D1435031

Un Noël avec toi

————

Aussi brûlant qu'un souvenir…

TESSA RADLEY

Un Noël avec toi

éditions Harlequin

Titre original : MILLIONAIRE UNDER THE MISTLETOE

Traduction française de FLORENCE MOREAU

HARLEQUIN®
est une marque déposée par le Groupe Harlequin

PASSIONS®
est une marque déposée par Harlequin S.A.

Photos de couverture
Décorations de noël :
© ROYALTY FREE / ISTOCKPHOTO / STEFAN KLEIN
Couple : © JAMES DARELL / GETTY IMAGES
Pommes de pin : © JOHANNA MVOHLBAUER / ROYALTY FREE

© 2009, Tessa Radley. © 2010, Harlequin S.A.
83-85, boulevard Vincent-Auriol 75646 PARIS CEDEX 13.
Service Lectrices — Tél. : 01 45 82 47 47
www.harlequin.fr
ISBN 978-2-2802-1525-1 — ISSN 1950-2761

- 1 -

Callum s'immobilisa sur le seuil, surpris par l'allure de la jeune femme qui faisait les cent pas devant la réception. Les rayons de la lumière venant de la fenêtre auréolaient sa chevelure auburn d'un halo flamboyant.

— Callum Ironstone m'avait convoquée pour 15 heures et il est déjà 15 h 10, protestait-elle auprès de la réceptionniste. Combien de temps compte-t-il encore me faire attendre ?

A n'en point douter, c'était bien une pointe d'agacement qu'il percevait dans sa voix rauque, mais il avait du mal à croire que cette jeune femme était bien Miranda Owen.

Il laissa errer son regard sur ses jambes moulées dans des bas noirs puis vers ses hanches prises dans une jupe de même couleur. Un pull noir soulignait la sveltesse de sa taille, et elle portait, sur le bras, un manteau dans les tons de safran…

Non, décidément, elle n'avait rien à voir avec la Miranda qu'il avait connue autrefois ! Il avait gardé le souvenir d'une adolescente un peu boulotte, toujours vêtue d'un jean, d'un pull trop grand et de

Nike jaunes, les cheveux ramassés en une longue queue-de-cheval terne.

Rien à voir avec la sculpturale déesse aux boucles gorgées de soleil qui se tenait là.

Il se racla la gorge pour signaler sa présence. Elle pivota aussitôt sur ses talons et planta ses grands yeux couleur caramel dans les siens. Il tressaillit face à l'hostilité qu'il lisait dans son regard et se fit la réflexion qu'une chose au moins n'avait pas changé chez elle : elle devait encore le tenir pour responsable de la mort de son père.

Affichant de nouveau un visage imperturbable, il traversa l'espace qui les séparait.

— Miranda ! Merci d'être venue.

— Bonjour, Callum.

Le ton en disait long sur le ressentiment qu'il lui inspirait…

Il lui tendit la main, se demandant si elle n'allait pas refuser de la lui serrer. Mais non ! Elle se plia aux convenances.

— Pour quelle raison m'avez-vous fait venir ? s'enquit-elle de but en blanc.

Cette façon d'aller droit au but n'était pas pour lui déplaire et, au demeurant, le sortit instantanément de l'état de stupeur où l'avait plongé la vision de la nouvelle Miranda.

— Allons discuter dans mon bureau, proposa-t-il. Voulez-vous une tasse de café ?

Une image lui traversa tout à coup l'esprit : Miranda versant trois cuillerées de sucre dans une tasse de chocolat chaud, après l'enterrement de son père… Une image qui remontait à trois ans.

— Non, merci, fit-elle d'un ton sec.

Il lança néanmoins à l'attention de la réceptionniste :

— Apportez un chocolat chaud à Mlle Owen, et pour moi, un café. Sans oublier le sucre.

Puis il entraîna Miranda vers son spacieux bureau.

— Je ne suis plus une enfant, protesta-t-elle.

Elle appuya ces mots d'un regard noir par-dessous ses cils d'une incroyable longueur. Il en frissonna bien malgré lui.

— Et je ne bois plus de chocolat chaud ! ajouta-t-elle d'un ton pincé.

— Je vois bien que vous n'êtes plus une enfant, marmonna Callum. Vous avez même drôlement changé.

— Vous, en revanche, vous êtes resté le même !

Elle fit un pas de côté pour éviter le bras qu'il lui tendait et avança d'un pas assuré vers son bureau.

« Toujours aussi emportée », pensa-t-il. En quelques secondes, elle avait réussi à refroidir les efforts qu'il faisait pour se montrer sympathique.

— Et moi qui croyais que vous aviez grandi ! renchérit-il.

— Désolée, maugréa-t-elle.

Il doutait fort de la sincérité de ses excuses, tant son manque de courtoisie semblait délibéré.

Pourtant, quand il croisa de nouveau son regard, il crut y percevoir une lueur de vulnérabilité.

D'un geste, il l'invita à prendre place sur l'un des deux canapés en cuir qui se faisaient face, devant une immense bibliothèque de bois pleine à craquer de livres. L'imposant sapin décoré de nœuds rouges et de boules argentées vint lui rappeler à bon escient que c'était la trêve de Noël, en d'autres termes une saison propice aux réconciliations. Pourtant, à voir le visage fermé de Miranda, il doutait qu'elle ait formé un tel projet de réconciliation le concernant. Et comment aurait-il pu le lui reprocher ?

Il se promit d'y aller avec prudence.

— Bien, asseyons-nous et commençons !

Ignorant les canapés, Miranda se dirigea vers la table de conférence placée derrière une baie vitrée qui offrait un panorama époustouflant sur Londres. D'un geste décidé, elle posa son manteau et son sac noir sur l'une des chaises.

Elle voulait qu'ils en restent à un registre strictement professionnel ? Qu'à cela ne tienne ! pensa Callum en prenant place en face d'elle.

— Je vous ai prié de venir car j'ai une proposition à vous faire, déclara-t-il.

— Une proposition ? répéta-t-elle, ironique, sans arriver à dissimuler totalement sa surprise.

Il s'adossa à la chaise.

— Vous êtes bien chef cuisinier, n'est-ce pas ?

Comment aurait-il pu l'ignorer ? C'était lui qui avait financé sa formation dans l'une des meilleures écoles hôtelières. Il avait été surpris d'apprendre par la suite qu'elle avait bradé ses compétences dans une chaîne de restauration bon marché, au lieu de les exercer dans un café sélect, ou dans le restaurant d'un grand hôtel. Avant qu'elle n'ait le temps de lui demander d'où il tenait cette information concernant sa profession, il ajouta :

— Adrian m'a dit que vous travailliez pour L'Oie dorée.

Adrian était le jeune frère de Miranda. Il occupait un poste temporaire de chauffeur dans la société — un job de vacances. C'était lui qui avait confié à Callum que Miranda rêvait de créer sa propre entreprise de traiteur. Il avait alors compris qu'il détenait enfin la solution qui apaiserait, une bonne fois pour toutes, sa mauvaise conscience concernant Miranda Owen.

— Exact, répondit-elle, toujours sur ses gardes.

Il ne pouvait pas espérer de grandes effusions de sa part... Plantant ses coudes sur la table, il se pencha en avant et lui décocha son plus charmant sourire.

— Voilà ce que je vous propose, enchaîna-t-il. J'ai l'intention d'inviter l'ancien président d'une société qu'Ironstone Insurance a récemment rachetée. Le dîner aura lieu chez moi, samedi soir.

— Vous êtes certain qu'il va venir, si vous l'avez acheté ? questionna-t-elle d'un ton mi-hautain, mi-surpris.

— Bien sûr ! Gordon est toujours actionnaire chez nous et je veux lui présenter les autres dirigeants de la compagnie. Voilà pourquoi je donne cette petite fête.

Il vit les yeux couleur noisette de Miranda s'assombrir.

— Je comprends. J'imagine que vos frères ont envie de connaître ce nouvel actionnaire.

En l'entendant évoquer ses frères, son visage se durcit.

La fusion relevait de sa seule initiative, et cette démarche réussie allait donner à Ironstone Insurance un avantage stratégique sur ses rivaux pendant des années. D'ailleurs, Gordon Harris avait vivement souhaité cette entente avec la famille Ironstone. Il voulait prendre sa retraite et mener une vie tranquille, loin des affaires. En outre, le dîner serait l'occasion de fêter un autre événement que, d'instinct, il jugeait plus prudent de ne pas révéler à Miranda.

Cette dernière leva ses fins sourcils.

— Samedi..., vous voulez dire samedi prochain ?

Il se contenta de hocher la tête et Miranda sourcilla de plus belle.

— Cela me laisse peu de temps, maugréa-t-elle.

Et pour cause ! Il avait l'intention de lui arracher son consentement sans lui laisser le loisir de la réflexion.

— Vous ne vous sentez pas en mesure de relever le défi ? demanda-t-il d'un ton provocateur.

Les beaux yeux caramel lancèrent une nouvelle salve d'éclairs de colère.

— Combien y aura-t-il d'invités ?

Retenant un sourire de triomphe, il se leva pour aller prendre un dossier dans un des tiroirs de son bureau. Puis il revint à la table de conférence.

— Voici tous les détails, dit-il en posant le dossier devant elle.

Son intention était des plus honnêtes : il souhaitait assurer le succès de Miranda en lui permettant de rencontrer son réseau de relations. Peut-être pourrait-il alors oublier le regard haineux qu'elle lui avait lancé autrefois, du haut de ses dix-huit ans… « Vous avez tué mon père », lui avait-elle lancé, d'une voix dure.

Toutefois, maintenant qu'il l'avait revue, il redoutait que la tâche soit très compliquée.

Il se tenait derrière elle, conscient de la subtile odeur de vanille chaude qui émanait de sa personne. Il en était un peu trop conscient pour son propre bien, d'ailleurs. Il contempla à loisir ses mains fines comme elle ouvrait le dossier qui contenait le contrat préparé par son assistante. Il la vit tressaillir en prenant connaissance de la somme astronomique qu'il était prêt à débourser pour une soirée de travail et fut vivement satisfait de cette réaction.

Miranda ne pouvait pas refuser son offre. Elle était bien trop intéressante, mais tout bien considéré, tout à fait raisonnable si l'on prenait en compte que c'était pour la paix de son âme.

Il n'avait bien évidemment commis aucun meurtre. Thomas Owen s'était suicidé quand il avait compris qu'il n'échapperait pas à un procès, et qu'il serait condamné en raison des preuves accablantes qui pesaient contre lui. Les tribunaux n'avaient pas l'habitude de se montrer indulgents envers les employés qui escroquaient leurs employeurs. Owen savait qu'il risquait la prison. Il avait préféré la mort.

Même s'il n'avait rien à se reprocher, le suicide de Thomas l'avait ébranlé bien plus qu'il ne voulait l'admettre. Depuis, il traînait sa culpabilité comme un forçat son boulet. Mais il était bien déterminé à se débarrasser du maudit héritage !

La vue de Miranda se brouilla en lisant les lettres inscrites sur le contrat. Elle en oublia le luxueux mobilier en érable, le spacieux bureau, la vue époustouflante sur Londres. Elle venait de plonger une nouvelle fois dans l'horrible drame, et la douleur qu'elle ressentait était toujours aussi vive. Depuis le jour où l'assistante de son père avait appelé à la maison pour annoncer l'arrestation de ce dernier, sa vie avait basculé.

C'était impossible, avait-elle immédiatement rétorqué. Mais l'assistante avait insisté : la police venait d'emmener son père au commissariat, elle pouvait le lui jurer. Miranda avait alors de toute urgence averti sa mère, car Callum Ironstone s'apprêtait à publier un communiqué de presse. Elle préférait que Flo apprenne la nouvelle de sa propre bouche, plutôt que brutalement par voie de presse.

Plantée devant son poste de télévision, Miranda avait à dix-huit ans découvert pour la première fois le visage de Callum Ironstone. Une fois passé le choc que suscitait la beauté diabolique de cet homme aux cheveux d'ébène, à la bouche sensuelle et au regard hypnotique, elle lui avait instinctivement voué une haine farouche. Le communiqué de presse avait été bref, mais accablant.

Après qu'Ironstone avait fini son discours, elle était restée pétrifiée d'horreur…

Il y avait forcément erreur sur la personne ! s'était-elle révoltée en silence. Ce réquisitoire n'était qu'un tissu de mensonges ! Une colère noire l'avait alors saisie. Son père ne pouvait pas être l'escroc qu'il avait décrit !

Thomas Owen avait été relâché sous caution. Il était ressorti blême du palais de justice, fortement ébranlé, et bien résolu à prouver son innocence. Il n'avait rien commis qui puisse justifier l'outrage que venaient de lui faire subir les Ironstone, après vingt ans de bons et loyaux services ! Elle avait été confiante : son père serait rapidement disculpé et sa réputation rétablie.

Hélas, la suite des événements s'était révélée encore plus traumatisante. Et, au final, Thomas Owen avait tout simplement renoncé à défendre son honneur. Elle se souvenait comme si c'était hier du visage grave de la femme policier venue frapper à leur porte pour leur annoncer son suicide…

Et puis il y avait eu l'enterrement.

Ses mains devinrent moites et elle sentit son estomac se nouer en se rappelant la dernière fois où elle avait vu Callum Ironstone… Anéantie par la mort de son père, ivre de haine, c'était dans le cimetière de l'église qu'elle l'avait croisé.

Les hommes qui entouraient Ironstone avaient tenté de s'interposer, mais elle avait réussi à les contourner. Se plantant devant Callum, elle l'avait fusillé du regard.

— Comment avez-vous pu détruire la vie d'un honnête homme ? lui avait-elle demandé sur le ton du défi.

Il avait serré les mâchoires, et ses traits étaient devenus aussi durs que le marbre des tombes alentour.

— Un honnête homme ne vole pas son employeur, avait-il dit.

— Que savez-vous de l'honnêteté, vous qui ne cherchez qu'à humilier les autres ?

A cet instant, un homme qui lui ressemblait fortement — un de ses frères sans doute — s'était avancé vers elle.

— S'il vous plaît, mademoiselle, vous…

Elle l'avait esquivé d'un mouvement d'épaule.

— Vous l'avez tué ! avait-elle poursuivi à l'adresse de Callum. Et j'espère que sa mort vous restera sur la conscience jusqu'à la fin de vos jours.

Des larmes de rage et de douleur avaient alors roulé sur ses joues.

— Il travaillait pour vous depuis vingt ans, vous lui aviez remis une médaille… Pourquoi est-ce que vous ne lui avez pas accordé la moindre chance de se justifier ? Pourquoi ?

La compagnie d'assurances n'avait pas laissé à son père le temps de se défendre. Après le communiqué de presse, la machine judiciaire s'était tout de suite emballée et Callum n'avait eu de cesse que la justice arrive aux conclusions qu'il souhaitait.

— Vous ne vous contrôlez plus, mademoiselle, avait-il répondu d'un ton méprisant.

Ce commentaire avait eu pour seul effet de décupler la colère qu'elle ressentait.

— Est-ce que vous avez pensé à ce que vont devenir ma mère et mon frère ? Avez-vous imaginé un seul instant ce qui va se passer, maintenant que vous avez détruit ma famille ?

Sans parler de son avenir à elle…

Il s'était contenté de lui adresser un regard dur. Puis il avait relevé un sourcil et demandé d'un ton sarcastique :

— Vous en avez terminé ?

Non, elle n'avait pas terminé, loin de là ! Cependant, sans lui laisser le temps de reprendre la parole, il avait ajouté d'un ton condescendant :

— Grandissez un peu, mademoiselle !

Ses paroles avaient été prophétiques.

Par la force des choses, elle avait prématurément

grandi. Elle avait beau aimer sa mère, elle savait que Flo n'avait pas du tout l'esprit pratique. En une nuit, elle était devenue l'adulte de la famille. Elle n'avait pas eu d'autre choix…

Et aujourd'hui, voilà que ce même homme était en train de lui proposer de l'argent. Cherchait-il à la corrompre ?

— Non ! s'exclama soudain Miranda, comme si elle revenait à elle.

Callum Ironstone se figea et elle frémit malgré elle quand ses yeux d'un troublant bleu clair se plantèrent dans les siens. Elle n'avait jamais remarqué leur couleur, jusque-là.

— Comment ça « Non » ?

Refermant le dossier d'un coup sec, elle le reposa brutalement sur la table de bois lustré.

— Je n'ai aucune intention d'accepter le prix du sang.

— Le prix du sang ? répéta-t-il d'un ton dangereusement doucereux.

Puis il plissa les yeux, désireux sans doute de l'intimider. Mais elle n'allait pas se laisser impressionner !

— Tout à fait ! insista-t-elle. Vous avez le sang de mon père sur les mains.

— N'inversez pas les rôles, Miranda. C'est votre père qui a escroqué Ironstone Insurance et qui ensuite n'a pas assumé les conséquences de ses actes.

Elle secoua la tête.

— Vous vous êtes trompé de coupable.

Il eut un mouvement d'impatience.

— Par pitié ! Vous n'êtes plus une enfant !

— Arrêtez !

Elle se boucha les oreilles, mais ne put échapper à son regard perçant.

Elle se sentit soudain idiote — comme l'enfant immature qu'il l'accusait d'être encore — et laissa retomber ses bras le long de son corps, avant de serrer les poings dans son dos.

Dans un ultime effort pour se ressaisir, elle déclara :

— Votre immense fortune vous fait croire que vous pouvez tout obtenir grâce à l'argent. Navrée, mais cette fois, ce ne sera pas le cas. Je n'accepterai pas un centime de vous.

Il serra les mâchoires. Elle ne put retenir un frisson de peur lorsqu'il lui demanda :

— Est-ce que vous ne pensez pas qu'il est un peu tard pour avoir des principes ?

Elle lui lança un regard étonné.

— Qu'est-ce que vous voulez dire ?

— Vous avez une mémoire sélective, n'est-ce pas, Miranda ?

— De quoi parlez-vous, à la fin ? Je ne comprends pas…

— Très bien ! Puisqu'il faut mettre les points sur les *i*, je parlais de l'argent que vous avez déjà accepté de moi.

— Que racontez-vous ? Je n'ai pas accepté le moindre centime de vous.

Elle aurait préféré mourir plutôt que d'accepter son argent tant il avait causé de dommages et de souffrances à sa famille !

Après le décès de son père, le domaine où elle avait grandi, une belle résidence entourée de vergers et d'enclos, avait été vendue, ainsi que Troubadour, son cheval, et les bicyclettes de courses d'Adrian auxquelles il tenait par-dessus tout. Sa mère n'avait jamais pu s'habituer à la maison en mitoyenneté exiguë dans laquelle ils avaient emménagé, au sud de la Tamise.

Le capital-décès que la compagnie d'assurances d'Ironstone avait versé à la famille avait été investi avec prudence ; les intérêts avaient permis de payer les frais universitaires d'Adrian et de Miranda, et permis aussi à Flo de toucher une pension, bien trop modeste à son goût, certes, en comparaison du train de vie qu'elle avait mené, dans une vie qu'elle avait crue éternelle…

Et tout à coup, tandis que le regard de Miranda scrutait celui de Callum, elle eut une curieuse intuition…

— A votre avis, d'où venaient les fonds qui ont payé Greenacres ? demanda-t-il, mentionnant l'école hôtelière chic qu'elle avait fréquentée.

Il leva deux doigts et enchaîna :

— Deux années. Et la formation de votre frère, à Saint-Martin…

Par pitié ! Ce n'était pas possible…

Elle avait accusé le choc en découvrant la précarité

20

financière de ses parents à la mort de son père. Mais heureusement, ce dernier bénéficiait d'une bonne assurance-vie. Et voilà que...

D'une voix tremblante, Miranda reprit :

— L'assurance-vie de mon père a payé...

— Le suicide de votre père a immédiatement rendu caduc le contrat.

— Non ! s'écria-t-elle, horrifiée. Ce n'est pas vrai !

Cependant, en même temps qu'elle prononçait ces mots, elle se rendait compte de la justesse du raisonnement de Callum... Son père lui-même n'avait-il pas raconté des histoires semblables, sur des droits récusés ? Pourquoi ne s'était-elle jamais posé de questions à ce sujet ?

Tout simplement parce qu'elle n'avait jamais pensé que Thomas ait pu faire quoi que ce soit qui les aurait laissés sans ressources ! Pourtant, en se suicidant alors qu'il n'était pas coupable, il avait abandonné sa famille et l'avait exposée à l'insécurité... Et il fallait que ce soit cet homme, ce Callum Ironstone qu'elle détestait plus que tout autre au monde, qui les ait sortis d'affaire !

Pourquoi ?

Reportant son regard sur Callum, elle fut intriguée de constater qu'il semblait mal à l'aise. Elle pouvait lire de la confusion dans son regard et dans sa façon de se balancer d'un pied sur l'autre. Avait-il quelque chose à se reprocher ? se demanda-t-elle en le scrutant plus intensément, comme si elle avait voulu lire jusqu'au fond de son âme. Se sentait-il coupable ?

Leur avait-il versé une sorte de pot-de-vin pour acheter leur silence ? Pour que la famille de Miranda ne porte pas plainte contre Ironstone Insurance ? Non, sa mère n'aurait jamais accepté un tel marché !

Encore que… Miranda n'était plus sûre de rien. La vie avait été dure, après le décès de son père. Flo avait-elle été incapable de résister à la tentation ?

— Vous n'avez pas pu tout payer, reprit-elle d'un ton hautain.

Une sorte d'empathie adoucit alors le regard de Callum.

— Vous voulez voir les factures ? demanda-t-il d'un ton détaché.

Elle sentit sa bouche s'assécher sous l'effet de l'émotion.

— Et la pension que ma mère perçoit chaque mois ? C'est vous qui la payez, peut-être ?

Il n'eut besoin que d'un simple regard pour confirmer ses pires craintes.

Mon Dieu ! C'était le cauchemar intégral… Le malaise qui sourdait en elle depuis qu'elle avait pénétré dans les locaux d'Ironstone Insurance confinait à présent à la nausée.

Tournant la tête, elle regarda par l'immense baie qui dominait la ville. Le ciel était couvert de nuages et la lumière déclinait. Elle frissonna. Combien avait-il déboursé pour eux, depuis trois ans ? Combien sa famille devait-elle à l'homme responsable du décès de son père ? Et surtout, pourrait-elle le rembourser un jour ?

En pensant à la somme astronomique que cela représentait, elle se sentit défaillir.

Dans un ultime effort pour se contenir, elle se leva et enfila son manteau, trouvant du réconfort au contact de ce cocon tout chaud dans lequel elle se blottissait frileusement. Puis, passant la bandoulière de son sac sur son épaule, elle releva la tête et lui fit face.

— Je ne veux pas de votre travail. Je ne veux rien de vous. Je veux aussi que vous cessiez de verser une pension à ma mère. Elle non plus n'en voudra pas, quand elle saura.

Sur ces déclarations qui ne souffraient pas de réplique, elle traversa son bureau, avec le sentiment de parcourir un long paquebot tanguant avant d'atteindre la porte.

Quand elle posa enfin la main sur la poignée, Callum déclara dans son dos :

— Si j'étais vous, je vérifierais que votre mère pense comme vous. Vous pourriez être surprise…

Une fois arrivée à l'extérieur de la tour de verre d'Ironstone Insurance, Miranda constata que la nuit était déjà tombée. Elle se dirigea à vive allure vers l'arrêt de bus. Les lumières de Noël qui scintillaient dans le froid de l'hiver ne parvenaient pas à adoucir son humeur sombre.

Une rafale de vent la gifla alors que les dernières paroles de Callum résonnaient encore à ses oreilles. « Si j'étais vous, je vérifierais que votre mère pense comme vous. Vous pourriez être surprise. »

Elle ne voulait pas croire que sa mère ait été au courant et qu'elle le lui ait caché…

Les voitures sur la chaussée passaient rapidement, les gens avaient hâte de rentrer chez eux. Elle fouilla dans son sac, en quête de son portable. D'un doigt glacé, elle sélectionna en tremblant le numéro de sa mère.

— Maman ?

— Bonsoir, ma chérie, dit Flo d'un ton à la fois enjoué et distant. Je viens de rentrer de chez Sorrel avec qui j'ai pris le thé. Que mangeons-nous au dîner ?

Le ton mondain de sa mère la déstabilisa pendant

quelques secondes. Elle se fichait bien du dîner ! Elle s'efforça de rassembler ses pensées.

— Je viens de rencontrer Callum Ironstone, déclarat-elle avec difficulté. Il m'a dit que l'assurance-vie de papa ne nous a jamais été versée et que c'est lui qui a payé ma formation et les études d'Adrian.

Elle venait enfin d'atteindre l'Abribus désert. Elle s'arrêta et retint sa respiration, attendant que sa mère démente l'affirmation de Callum.

Mais un odieux silence s'installa sur la ligne…

Sa mère savait !

— Maman ?

Pas de réponse.

— Flo ? reprit-elle en recourant au prénom de sa mère, comme elle en avait pris l'habitude, ces derniers temps. Dis-moi que c'est un mensonge, je t'en supplie !

Incapable de rester en place, elle se mit à faire les cent pas sur le trottoir. Elle ferma les yeux, espérant encore que sa mère allait démentir les propos d'Ironstone.

— Ma chérie…, commença cette dernière.

Comme la voix voilée de sa mère s'estompait, elle comprit que Callum lui avait dit la vérité. Elle ferma les yeux. Sa famille n'avait jamais perçu aucune assurance-vie. Agrippant son portable de sa main gantée, elle sentit le désespoir l'envahir. Le vent d'hiver sifflait à ses oreilles et elle frissonna. Rouvrant les paupières, elle se rendit compte que son bus venait de repartir.

— Attendez ! cria-t-elle au chauffeur en s'élançant derrière le véhicule.

— Qu'est-ce que tu dis, ma chérie ? s'enquit Flo d'un ton inquiet.

— Rien, je viens de manquer le bus…

Elle s'immobilisa. Le prochain ne passait que dans une demi-heure ! Elle avait le temps de geler sur place ! Elle eut envie de hurler à la face du ciel, d'éclater en sanglots… Mais à quoi bon ? Le téléphone toujours pressé contre son oreille, elle s'appuya contre la paroi de l'Abribus, fixant les ombres qui passaient devant elle d'un air absent.

— Ma chérie, les Ironstone nous devaient cet argent, plaida sa mère.

— Et moi, je ne veux pas de leur argent ! Je veux qu'ils reconnaissent leur responsabilité pour ce qu'ils ont fait à papa.

— C'est leur manière d'assumer la situation. En nous donnant de l'argent.

Non ! pensa-t-elle. Seul Callum payait, pas la société.

Elle se souvint de l'horrible pensée qui lui avait traversé l'esprit dans le bureau de Callum.

Aspirant une bouffée d'air glacé, elle demanda :

— Maman, est-ce que c'était un pot-de-vin pour nous empêcher de porter plainte contre la compagnie ?

— Pas du tout, ma chérie.

— Donc, tu n'as signé aucun accord écrit ?

— Il y a bien eu un document, admit sa mère. Mais rien d'important.

— Tu en es certaine ?

— Oui, ce document indiquait que je devais utiliser l'argent pour ton éducation et celle d'Adrian, ainsi que pour les frais courants du foyer.

— Mais encore ?

— Une petite somme mensuelle m'a aussi été octroyée, précisa Flo avec réticence.

— J'aimerais voir ce document, marmonna Miranda d'un ton sombre.

— Mais ma chérie, je ne sais même plus où je l'ai mis. Vraiment, tout cela n'a aucune importance ! Les Ironstone ont payé au sens propre du terme pour les malheurs qu'ils nous ont causés.

— Pas les Ironstone, Callum Ironstone ! nuança sa fille.

La distinction était cruciale pour elle. Et elle voulait coûte que coûte mettre la main sur le fameux document. Elle était quasiment certaine que Callum avait poussé la veuve éplorée à signer un contrat qui excluait toute poursuite judiciaire de la part de sa famille contre sa société.

L'argent qu'il avait versé pour eux, c'était le prix de sa bonne conscience.

A cette pensée, elle vit rouge.

Comment faire comprendre à sa mère que son père avait été victime d'un coup monté, dont les initiateurs étaient Callum, ses frères et leur père, alors président de la compagnie d'assurances ?

C'était surtout à Callum qu'elle en voulait, car c'était lui le supérieur direct de son père, lui qui avait pris la décision de détruire sa vie. Il s'était débarrassé d'un employé qui travaillait depuis vingt ans pour la société en l'accusant d'escroquerie ! Il l'avait fait arrêter, l'avait humilié. Un homme si bon, si humble…

— Chérie, Adrian voudrait te parler, reprit Flo.

La voix de sa mère la ramena à la réalité et à l'obscurité de la rue londonienne. Elle frissonna de nouveau. Une seconde plus tard, la voix de son frère résonnait dans l'appareil.

— Miranda ?

Il avait une voix si jeune ! C'était pour lui qu'elle avait accepté de rencontrer Callum Ironstone, aujourd'hui. Et soudain, elle eut le sentiment que le souci qu'elle se faisait depuis toujours pour lui appartenait déjà à un temps révolu. En une heure, Callum avait complètement chamboulé son univers.

Où allait-elle trouver l'argent pour le rembourser ?

— Qu'est-ce que tu veux ? demanda-t-elle d'un ton morne.

Après sa journée de travail à L'Oie dorée, son rendez-vous avec Callum avait épuisé ses dernières forces. Tout ce dont elle avait envie, c'était de la chaleur de son foyer et d'un repas chaud qu'on lui aurait préparé. Ainsi que d'une personne qui l'aurait prise dans ses bras et lui aurait assuré que tout allait s'arranger.

Hélas, aucun réconfort ne l'attendait à la maison ! Le chauffage était sur minimum par souci d'économie et elle ne trouverait pas de repas chaud, sauf si elle-même se mettait aux fourneaux.

Adrian l'arracha à ses tristes méditations.

— Miranda, j'ai besoin que tu me prêtes un peu d'argent. Est-ce que tu peux en retirer au distributeur automatique, en rentrant ?

— Encore ?

La veille au soir, elle lui avait prêté cinquante livres pour qu'il sorte avec ses amis. Il était censé recevoir sa paie à la fin de la semaine et elle espérait bien qu'il la rembourserait sans tarder ! Evidemment, elle était exaspérée de savoir que l'argent d'Adrian venait des Ironstone, mais elle en avait absolument besoin.

— Combien tu veux, cette fois ? enchaîna-t-elle.

— Euh…

Elle frémit devant l'hésitation de son frère.

— Combien ? reprit-elle en élevant la voix.

Le montant que lui indiqua Adrian lui coupa le souffle.

— Qu'est-ce qui te prend ? Je ne peux pas te prêter cette somme. Qu'est-ce qui s'est passé ?

— Rien, je t'assure. Rien d'important, en tout cas. J'aide juste…

— Tu n'as pas joué au casino, au moins ?

Quelques mois plus tôt, Adrian était devenu un adepte du black-jack et s'était mis à fréquenter les établissements de jeu. Il avait déclaré avoir conçu un système infaillible qui lui permettait de gagner à tous les coups. Miranda s'était affolée. Elle imaginait déjà son frère en proie à de sinistres individus, bâtis comme des armoires à glace et qui chercheraient à régler son compte à son petit frère.

— Tu m'avais promis d'arrêter, poursuivit-elle. Tu es en danger ?

— Pas du tout ! répondit-il en riant. Je te promets que je n'ai pas rejoué. Franchement, Miranda, tu deviens pire que maman !

Pire ? Flo était bien trop laxiste avec lui, voilà la vérité. C'était pour cette raison qu'il s'exposait aux ennuis. Il était temps qu'il grandisse.

— Je ne peux pas te faire continuellement des prêts, Adrian. Tu me dois déjà beaucoup d'argent. Hier encore, je…

— Je sais, je sais. Tu es la meilleure sœur du monde.

Elle hésita.

— C'est pour quoi faire, cet argent ?

— Juste pour aider un ami dans le besoin.

— Ah bon ? Et cette personne ne peut pas se débrouiller autrement ?

— Ecoute, s'impatienta Adrian, je me suis engagé, maintenant, je ne peux pas revenir sur ma parole…

Devant le silence de sa sœur, il continua :

— Bon, très bien, je vais trouver une autre solution. Je vais demander une avance sur ma paie.

Et s'endetter un peu plus auprès de Callum ? Plutôt lui passer sur le corps ! Elle calcula rapidement le total des économies qu'elle avait réussies à faire depuis quatorze mois sur les extra qu'elle avait faits. Sur les heures supplémentaires. C'était de l'argent censé l'aider à tenir quelques mois, quand elle donnerait enfin sa démission à L'Oie dorée pour monter sa propre affaire de traiteur.

Une somme dérisoire comparée au montant faramineux qu'elle devrait rembourser à Callum. Son rêve était déjà de l'histoire ancienne...

Bon, il fallait positiver, s'encouragea-t-elle. Adrian ne s'était pas remis à jouer, c'était déjà un bon point. En outre, elle n'avait pas été convoquée chez les Ironstone parce qu'il avait commis une faute, comme l'idée lui avait traversé l'esprit. Il voulait aider un ami ? Parfait ! La solidarité n'était-elle pas une des valeurs qu'elle s'était efforcée de lui inculquer ?

Elle devait enfin lui faire confiance, sans quoi, il ne grandirait jamais.

— Je vais voir ce que je peux faire.

— Oh, merci, sœurette !

— Mais je te préviens, il s'agit d'un prêt, Adrian. Il faut que ton ami le comprenne bien. Quand est-ce qu'il me remboursera ?

— Le plus vite possible, répondit-il promptement, ce qui rappela à Miranda la gêne de Flo, tout à l'heure. Quand il aura sa paie, dans quinze jours.

— Parfait, je te le rappellerai.

Elle mit fin à la communication et frissonna sous la

bruine qui avait commencé à tomber. Mais au fond, qu'est-ce que c'était qu'un peu de pluie comparée à son rêve en miettes ?

Des phares brillèrent soudain à travers le crachin, des pneus crissèrent et une voiture s'arrêta devant elle. Elle se retourna, prête à envoyer promener l'importun qui s'aviserait de la harceler.

— Montez ! fit une voix impérieuse à travers la fenêtre ouverte.

Callum !

Elle haussa les épaules et préféra l'ignorer.

Elle entendit ensuite une porte claquer et, quelques secondes plus tard, sentit un bras autour de ses épaules. Une vague de chaleur et de réconfort la submergea malgré elle. Que la tentation de poser la tête contre ce large torse vigoureux était grande ! Mais elle se ressaisit. C'était Callum Ironstone, que diable ! Son ennemi.

— Je suis très mal garé. Montez avant qu'on ne me mette une contravention, dit-il.

Elle se dégagea de son étreinte.

— J'attends le bus, merci.

Il regarda le tableau électronique de l'Abribus.

— Il n'est pas près d'arriver. Vous préférez geler sur place par principe ?

Décidément, c'était une habitude chez lui de la traiter comme une enfant capricieuse. C'en était agaçant à la fin ! Pour lui prouver le contraire, elle se laissa entraîner dans la voiture, tentant d'ignorer le trouble qu'elle ressentait au contact de ses doigts vigoureux sur son bras. Il lui ouvrit la portière et elle s'engouffra dans la Daimler couleur gris fantôme.

Elle soupira d'aise en s'installant dans l'habitacle accueillant. Toutefois, elle préférait se couper la langue plutôt que d'admettre qu'elle appréciait le confort de la luxueuse voiture, et feignit de s'intéresser au spectacle de la rue à travers la vitre, tandis que Callum prenait place à côté d'elle.

— Où allons-nous ? demanda-t-il.

Elle sentit son regard lourd peser sur elle.

— A la maison.

— Pas à L'Oie dorée ?

— Non, j'ai fini mon service pour aujourd'hui.

Au lieu de démarrer, il ne put s'empêcher de faire un commentaire désobligeant.

— Avec vos diplômes, vous auriez pu trouver une place dans un meilleur établissement.

Elle haussa les épaules et garda les yeux obstinément fixés devant elle : le trafic avait ralenti, la bruine s'étant transformée en pluie. Elle n'allait pas défendre L'Oie dorée, alors qu'elle rêvait de s'en échapper.

Encore que toute chance de monter son entreprise venait de s'évanouir au moment où il lui avait annoncé que l'assurance-vie de son père relevait de la fiction…

— C'est tout près de chez moi, c'est pratique, et le salaire que je perçois me permet de payer les factures, répondit-elle sèchement.

Et c'était ce qui importait. Assurer un avenir à

Adrian, aider Flo et, à présent, rembourser Callum. Tant qu'elle ne se serait pas acquittée de sa dette auprès de ce dernier, elle ne pourrait envisager d'ouvrir son entreprise de traiteur.

Il avait dû l'entendre soupirer, car il reprit :

— Je sais que votre famille ne roule pas sur l'or. Vous auriez dû accepter ma proposition, tout à l'heure. Qui sait ? Vous auriez pu impressionner les gens, obtenir d'autres propositions pour des dîners et lancer votre propre entreprise de traiteur.

Se rendait-il compte de la tentation que sa proposition représentait ? Combien il lui était difficile de refuser ?

Elle lui lança un regard méfiant, profitant d'un moment où il se concentrait sur sa conduite pour accélérer.

Oui, il en avait bien conscience, déduisit-elle.

— Je commence à penser que tout ce qu'on raconte sur vous est vrai, déclara-t-elle.

— Vous avez tort, il ne faut pas croire tout ce que l'on dit. Certaines rumeurs sont de grossiers mensonges.

— Comme le fait que vous avez le pouvoir de donner aux gens ce qu'ils souhaitent, puis de vous retourner ensuite contre eux quand ils ont cessé de vous amuser ?

Elle observa son profil arrogant et viril, passa rapidement sur sa bouche généreuse. Si elle avait reçu cette offre de n'importe qui d'autre, elle l'aurait acceptée les yeux fermés.

— Je vous demande simplement d'organiser un dîner, reprit-il. Comment pourrais-je utiliser contre vous le service que vous m'aurez rendu ?

— Je suis certaine que vous n'êtes pas à court de moyens.

N'avait-il pas poussé sa pauvre mère à signer un accord qui la désavantageait sans même qu'elle ne s'en rende compte ? Un immense sentiment d'impuissance la submergea d'un coup. Comment lutter contre un homme si redoutable ?

— Pourquoi ne pas me prouver que je n'ai pas gâché mon argent en payant votre école de cuisine ?

— Mon école hôtelière, corrigea-t-elle.

— Pardon, je suis novice dans le domaine.

Il ralentit alors que le feu passait au rouge. Puis il tourna la tête vers elle, et croisa son regard.

— Ecoutez, si vous voulez, prenons la situation sous un jour différent, et disons que vous me devez bien ce petit service.

— Pardon ? s'indigna-t-elle, surprise par sa sournoiserie.

Elle frémissait de colère et de confusion.

Elle aurait voulu le frapper aussi fort qu'il l'avait blessée, lui faire admettre sa part de responsabilité dans le suicide de son père. Mais elle refusait qu'il fasse la charité à sa famille ! De toute façon, jamais il ne pourrait lui rendre ce qu'elle avait perdu pour toujours : son père.

Elle espérait qu'en le remboursant, elle éveillerait

en lui une culpabilité qui l'empêcherait de vivre tranquillement.

— Je sais ce que vous pensez, Miranda, mais je vous assure que vous perdriez votre temps à vouloir me rembourser, déclara-t-il tout à trac.

Quel culot ! Ah, on ne pouvait pas dire qu'il mâchait ses mots !

— Oubliez votre ressentiment et saisissez l'opportunité que je vous offre, continua-t-il. Qui sait sur quoi ce simple dîner pourrait déboucher ?

En d'autres termes, il lui proposait un pacte avec le diable !

Elle repensa à ses propos… Il lui faudrait des années pour le rembourser et quand elle lui aurait redonné tout son argent, elle n'était pas certaine que la mauvaise conscience de Callum lui vaudrait des insomnies, dans la mesure où il était probable qu'il n'ait pas de conscience !

Aussi, pourquoi se tourmenter à le rembourser ? N'était-ce pas de la fierté mal placée ? Et pourquoi ne pas accepter son maudit boulot ?

La somme qu'il lui offrait était astronomique. Cela couvrirait presque ce que réclamait Adrian… sans avoir besoin de toucher à ses économies.

Que la tentation était grande ! Dans tous les cas de figure, Callum devait forcément faire appel aux services d'un traiteur. Il ne lui faisait pas la charité. Tout était en règle.

Trop, peut-être…

— Pourquoi m'avez-vous fait cette proposition ? questionna-t-elle tout à trac.

— Le traiteur que j'emploie habituellement n'est pas disponible. A cause de Noël.

Il désigna les illuminations qui scintillaient à travers la pluie.

— Ce matin, j'ai croisé Adrian, ce qui m'a fait penser à vous. Je sais que vous êtes douée. Mais si vous ne voulez vraiment pas, j'emploierai quelqu'un d'autre.

Elle aurait dû refuser. Rien de bon ne sortirait de cette association. Et pourtant… Elle prit une grande inspiration.

— O.K., j'accepte, dit-elle.

Un lent sourire éclaira le visage de Callum, et elle pria pour ne pas avoir commis une erreur fatale.

Callum lança un regard vers le buffet. De toute la soirée, il s'était efforcé d'ignorer la femme qui se tenait là, mais c'était comme si son regard était irrésistiblement attiré dans cette direction.

Miranda avait non seulement préparé des plats délicieux, elle avait aussi supervisé avec brio le personnel, vérifié que le vin ne manquait pas, et veillé à ce que la soirée se déroule à la perfection.

Il avait tellement été obnubilé par elle qu'il en avait presque oublié la présence à ses côtés de Petra Harris, la fille de Gordon, alors que cette soirée devait représenter un événement bien particulier pour elle.

Allons, ce n'était tout de même pas la tenue de Miranda qui l'avait troublé à ce point ! Au lieu de porter la veste traditionnelle blanche d'un chef et le pantalon à chevrons assorti, celle-ci était vêtue d'une robe noire et s'était fait un chignon ; elle ne portait aucun bijou visible. Et pourtant, sa beauté avait éclipsé toutes les autres femmes de la soirée !

Le noir soulignait le satin de sa peau crémeuse et, sous les lumières tamisées, elle semblait saupoudrée d'or grâce aux ravissantes mèches blondes qui s'étaient échappées de son chignon et prêtaient à son regard un air encore plus mystérieux.

A sa grande surprise, un désir violent le submergea. Cela ne pouvait tout de même pas lui arriver à lui !

Il fronça les sourcils. Dire que c'était la même jeune fille qui un jour lui avait hurlé au visage les pires malédictions, et qui l'avait accusé de la mort de son père. Alors pourquoi ne parvenait-il pas à détacher les yeux d'elle ? Il avait un futur tout tracé, et celui-ci n'incluait nullement Miranda Owen !

S'efforçant de reporter son attention sur la fille de Gordon Harris assise à côté de lui, il se jura de ne plus se laisser distraire. N'avait-il pas l'intention de la demander en mariage, à la fin de la soirée ? Dans son bureau, en tête à tête, avant de l'annoncer au reste des invités... Il avait d'ailleurs convié un journaliste à cette attention. La bague était dans sa boîte, dans sa poche. Elle attendait. Oui, ce soir, il n'avait pas l'intention de révéler simplement sa fusion avec la société de Gordon…

Il regarda la femme qui, d'après lui, avait toutes les qualités requises pour faire une épouse idéale.

— Le dîner, ce soir, est fabuleux, dit Petra en souriant.

Ses dents blanches brillaient et, de ses doigts, elle lui caressa la joue.

— Je suis tout à fait de ton avis, approuva-t-il.

Il voulut se persuader que les yeux bleu pastel de Petra étaient aussi séduisants que les prunelles couleur caramel de Miranda. En vain. Et il était très peiné de constater que le contact de ses doigts sur sa joue ne lui avait fait aucun effet.

— Crème au caramel ou gâteau aux framboises ? proposa Miranda.

Il suffisait qu'elle se présente pour qu'une poussée d'adrénaline le traverse et mette tous ses sens en alerte rouge. Il voyait des sous-entendus dans son innocente question, évoquant des plaisirs plus charnels. Bon sang, mais qu'est-ce qui lui arrivait ?

— Du gâteau aux framboises pour moi, répondit Petra en souriant à Miranda. Je complimentais justement Callum sur le repas exquis que vous nous avez servi.

— Merci, répondit Miranda en rougissant de plaisir, ce qui la rendit encore plus désirable aux yeux de Callum. Puis-je vous suggérer un sauternes ou un vin frais, en accompagnement ?

— Du vin frais, s'il vous plaît.

— Je vous l'apporte immédiatement.

Lorsque Miranda se pencha pour saisir le verre vide de Petra, le tissu de sa robe se resserra autour de son corps svelte et sensuel. Au passage, elle frôla involontairement Callum qui se figea. Il ne parvenait plus à détacher le regard de sa taille.

Elle se redressa.

— Et vous, que désirez-vous, Callum ?

Encore heureux qu'elle ne soit pas en mesure de deviner ses désirs ! Il croisa son regard, et ses yeux vifs le ravirent. Elle répéta les desserts au choix.

— De la crème caramel, s'il vous plaît, marmonna-t-il.

Une curieuse image s'imposa alors à lui. Il se voyait en train de lui donner une bouchée de caramel. Il visualisait sa langue rose léchant délicatement la texture de la crème, ses yeux, brillants et mordorés, lui promettant des délices inédites et…

— C'est tout ?

— Tout ? répéta-t-il d'un ton rauque.

Se rendant compte qu'il la dévorait des yeux, il détourna le regard. Non, ce n'était pas tout… Il voulait bien plus !

C'était vraiment une histoire à dormir debout !

Il s'était trouvé dans cet état d'esprit sitôt qu'elle avait fait son apparition, tôt dans la soirée. Il l'avait suivie dans la cuisine, pour lui offrir un verre de merlot, comme pour justifier sa présence dans ce lieu où il n'avait rien à faire. A l'arrivée de ses deux aides, il s'était réfugié dans son bureau afin de se consoler avec son whisky habituel.

Il avait su gré à ses frères de venir de bonne heure en compagnie de leur partenaire, ce qui lui avait permis d'échapper en partie au sortilège. Gordon et Petra étaient arrivés peu après.

Contrairement à sa fiancée, Miranda n'avait rien d'une beauté classique. Qui plus est, elle avait un caractère ombrageux et difficile. Et pourtant, elle l'intriguait.

Avait-il déjà connu une telle fascination ?

Le pire, c'était qu'il était pétri de culpabilité. La bague, dans sa poche, le mettait au supplice. Comment pouvait-il demander Petra en mariage alors qu'il était obsédé par Miranda ?

Il balaya la table du regard, avec la sensation d'étouffer. Son frère Fraser lui adressa un sourire. Il avait toujours régné un grand esprit de compétition entre eux, ainsi qu'avec ses demi-frères. Etant le plus jeune de la fratrie, il avait été le dernier à intégrer le conseil d'administration. Mais il avait bien l'intention de se marier le premier.

Et maintenant que l'heure de faire sa demande à Petra était arrivée, il était empêché d'agir et avait envie de prendre ses jambes à son cou !

Il aspira une bouffée d'air. C'était la peur, il n'y avait pas d'autre explication. Cela n'avait rien à voir avec Miranda.

Il adressa un sourire embarrassé à Petra.

— Tu t'amuses bien ?

Gordon se pencha vers lui.

— Nous nous divertissons tous, la soirée est vraiment réussie.

Un murmure d'approbation s'ensuivit.

— C'est dommage que la neige sur les routes ait empêché vos parents de venir à Londres.

Cette remarque fit aussitôt tilt : il ne pouvait pas annoncer son mariage sans leur présence ! Jamais ils ne le lui pardonneraient. Il scruta les visages, autour de la table. Tout le monde s'amusait, à part lui.

Devant le sourire de Petra, il se sentit défaillir...

Il savait que Gordon caressait l'espoir que leur relation devienne plus sérieuse. Il n'avait pas encore couché avec elle, même si tous deux savaient qu'ils finiraient par partager le même lit. Son plan consistait d'abord à signer les contrats, puis à lui passer la bague au doigt.

Il fourra la main dans sa poche.

— La crème caramel, annonça Miranda.

Sa voix rauque suffit à rallumer son désir. Retirant vivement la main de la poche, il regarda fixement le dessert qu'elle avait posé devant lui, sur la nappe de soie damassée blanche. Il avait l'exacte couleur de ses yeux. Un brun doré et profond.

Il prit une première cuillerée.

La crème fondit sous sa langue, suave et soyeuse, agrémentée d'une pointe de vanille. Le caramel était à se damner. Est-ce que Miranda serait aussi délectable ?

Rien qu'à cette pensée, il sentit son membre durcir. Mal à l'aise, il changea de position et s'efforça de se concentrer sur la conversation.

Dans la cuisine, Miranda appuya sa tête contre le mur carrelé et laissa échapper un juron.

— Tout va bien ? lui demanda Jane, l'une des aides en lui touchant l'épaule.

Elle se redressa.

— Oui, oui, éluda-t-elle.

Ce n'était pas du tout le cas. Quelque chose s'était produit dans la salle de réception. Quelque chose qu'elle ne comprenait pas. Callum l'avait regardée et, sous son regard ardent, elle s'était épanouie comme une fleur sous les rayons du soleil.

Cette constatation la glaçait…

Par pitié, pas lui ! C'était son ennemi !

D'une main tremblante, elle se saisit du verre de vin qu'il lui avait servi plus tôt dans la soirée et vida ce qu'il en restait. Sans mot dire, Jane prit la bouteille et la resservit.

— Merci, lui dit-elle. Crois-le ou non, mais c'est la première fois que je bois en travaillant.

— C'est un bon cru, observa Jane en se remplissant à son tour un verre. Mmm… Délicieux !

— Bien, fit Miranda en reposant son verre vide. Il est temps d'apporter le café.

Le vin l'avait revigorée, pensa-t-elle en entrant dans la salle de réception. Elle se sentait de nouveau maîtresse d'elle-même. Alors qu'elle passait devant une table, une femme lui demanda sa carte… et elle se rendit compte en rougissant qu'elle n'en avait pas. Dès demain, elle y remédierait, se promit-elle.

Elle avait toujours conscience du regard sombre et soucieux de Callum posé sur elle, à l'autre bout de la table. Il était diaboliquement beau dans son smoking et sa chemise blanche. Difficile d'oublier sa présence…

Elle sourit à la femme assise à côté de lui, et détourna les yeux quand celle-ci effleura la main de Callum. Allons, elle avait du travail ! Elle n'avait pas besoin de se compliquer la vie en succombant au charisme maléfique de Callum !

Dieu merci, le dîner était enfin terminé !

Rien ne s'était passé comme prévu, et il fut soulagé de voir Petra et sa famille regagner la porte d'entrée. Cependant, la confusion qu'il lut dans les yeux de sa fiancée, au moment de prendre congé, lui donna la sensation d'être le dernier des monstres.

— Je te téléphone demain, lui murmura-t-il.

Belle promesse ! Et qu'allait-il lui dire de plus, le lendemain ? Par quel miracle pourrait-il expliquer ce que lui-même ne comprenait pas ?

Certes, la situation aurait pu être pire. Il aurait pu demander Petra en mariage et s'apercevoir ensuite que Miranda lui inspirait un désir affolant et qu'il n'avait qu'une obsession : l'attirer dans son lit. A cette pensée, il se raidit.

Allons, ces hésitations étaient sans doute naturelles ! voulut-il se convaincre. Une peur classique, en somme, que ressentait n'importe quel homme sur le point de sauter le pas du mariage. Il ne fuirait pas. Il affronterait ce problème comme tous les autres. Il irait au bout de son désir avec Miranda et la sortirait ainsi de ses pensées. Puis il épouserait Petra, comme prévu.

Voilà, c'était très simple.

Une fois la porte refermée sur le dernier invité, il partit en quête de Miranda, avec une légèreté toute nouvelle. Il la trouva dans l'arrière-cuisine, où elle remplissait le lave-vaisselle.

Elle avait mis un tablier blanc qui consistait en un bout de tissu blanc ourlé de dentelles, et qui lui prêtait la sévérité d'une gouvernante française... tout en évoquant forcément des images érotiques dans l'imaginaire d'un homme.

Il aspira une large bouffée d'air.

— Qu'est-ce que vous faites ?

— Je range, répondit-elle sans lever les yeux.

Sa placidité eut le don d'exaspérer ses nerfs déjà à vif. Il demanda alors d'un ton plus cinglant que voulu :

— Où sont les serveuses dont j'ai loué les services ?

— Ces serveuses ont des prénoms, observa-t-elle en se redressant. Elles s'appellent Emily et Jane, et ce sont des personnes. Emily était épuisée, elle était debout depuis l'aube, alors je lui ai dit de rentrer.

— Et l'autre ?

— Vous voulez dire Jane ?

— Oui, Jane, fit-il avec impatience.

— Son frère est venu la chercher.

— Vous êtes un chef cuisinier, Miranda, pas une femme de ménage.

— Emily et Jane ont fait le plus gros du travail avant de partir. Comme vous pouvez constater, la cuisine est impeccable, n'est-ce pas ?

Elle ponctua sa remarque d'un geste pour désigner la cuisine.

Il la suivit et s'adossa à l'îlot.

— Et vous ? Vous ne rentrez pas ?

— Bien sûr que si.

Et pour preuve, elle prit la direction du porte-manteau, d'où elle décrocha son manteau et son sac qu'elle posa au centre de l'îlot pour y chercher son téléphone portable.

— Comme vous m'avez payé une somme astronomique pour la préparation de ce dîner, je tenais à ce que tout soit parfait, du début à la fin. Vous y avez mis le prix, je devais être à la hauteur.

Ces paroles, pourtant innocentes, chauffèrent à blanc le désir de Callum. Etait-ce lié à l'uniforme qu'elle portait ?

Il fit un effort pour se ressaisir.

— C'est toujours la somme que je paie, déclara-t-il.

Elle écarquilla les yeux.

— Et vous donnez souvent des dîners ?

— Souvent, oui.

Voilà pourquoi il avait, entre autres, besoin d'une femme pour jouer les hôtesses. Petra serait parfaite. Pourquoi ne lui avait-il pas demandé sa main ? se redemanda-t-il, complètement désorienté.

Peut-être parce qu'il ne pouvait l'imaginer aussi candide et érotique dans l'uniforme noir et blanc que portait Miranda. Parce que Petra ne lui faisait pas du tout le même effet que son employée d'un soir. Son membre était tendu à en être douloureux et il ferma les yeux.

Quand il les rouvrit, Miranda l'observait.

Le silence dans la cuisine était assourdissant.

Elle avait la bouche appétissante, les yeux séducteurs… Poussé par un désir incontrôlable, il s'avança vers elle et posa les mains sur ses bras. Sa chair était douce comme la plus belle des promesses.

D'une voix rauque, il demanda :

— J'ai eu envie de te goûter toute la soirée. Est-ce que tu es aussi délectable que la crème au caramel ?

Le temps parut se suspendre.

Immobile et muette, elle ne manifestait aucune aversion. Sur une impulsion, il fit glisser ses bras autour de sa taille et l'attira à lui. Son odeur chaude et vanillée l'enveloppa tout entier. Un parfum si féminin, si séduisant…

Lui prenant le téléphone portable des mains, il le posa sur l'îlot. Elle garda les lèvres fermées quand il effleura sa bouche, mais ne le rejeta pas. Il lui souleva alors le menton, et plongeant ses yeux dans les siens, y lut une lueur farouche.

— Tiens, tiens, pas aussi douce que je l'aurais cru, dit-il d'un ton provocateur.

Elle ouvrit la bouche pour protester et il en profita pour la bâillonner. Sa langue se mêla bientôt à la sienne, toute chaude… Il avait menti. Elle était plus suave que le péché. Elle sentait le vin fin, les épices et une sensualité exacerbée.

Il poussa un grognement de satisfaction en sentant le corps de Miranda se plaquer contre le sien. Une onde de chaleur le traversa de part en part. Il prit ses fesses à pleines mains et frotta contre elle son membre éminemment viril.

Contrairement à ce qu'il avait redouté, elle ne le repoussa pas. Il se mit à jouer avec le nœud de son tablier qui tomba bien vite à terre.

— Tu sais combien ce bout d'étoffe est sexy, n'est-ce pas ? murmura-t-il d'une voix rocailleuse.

— Ce vulgaire tablier ?

— Oh oui !

Elle éclata d'un rire perlé, et il crut devenir fou. Il plaqua sa bouche sur la sienne, pour capter les notes ensorcelantes qui en sortaient. Mmm, elle était vraiment délicieuse.

— Nous ne devrions pas, commença-t-elle.

— Pourquoi ?

— Parce que…

Il lui sourit.

— Parce que quoi ?

— Vous voulez la vérité ?

Il se raidit, et son sourire s'évanouit. Il savait parfaitement le sujet qu'elle allait lui resservir ! Mais il était prêt à faire face à ses accusations et à les réfuter : pour lui, aucun délit ne pouvait rester impuni, quand bien même il s'agissait d'un employé de longue date.

Elle le regardait à présent d'un air implacable.

— Je ne vous porte pas dans mon cœur.

De façon paradoxale, il ressentit un vif soulagement. Ouf ! Ils n'allaient pas parler des circonstances de la mort de son père alors qu'il était au comble de l'excitation et que son sang battait à ses oreilles. Il voulait qu'elle revienne dans ses bras, il voulait l'étreindre, la caresser… C'était insensé, il le savait, mais irrésistible.

— Votre cœur n'est pas le bienvenu ce soir, dit-il en souriant.

Sur cette affirmation arrogante, il la coinça entre lui et l'îlot avant de glisser ses cuisses entre les siennes. Elle poussa une petite exclamation, et enfonça ses ongles dans les bras de Callum.

Cette fois, sans lui donner le temps de la réflexion, il l'embrassa à perdre haleine. Quand il releva la tête, elle était toujours agrippée à lui.

— Ça t'a plu, n'est-ce pas ?

Un démon le poussait à obtenir cet aveu. Mais elle ne répondit rien, les yeux étincelants, les joues rouges. Comme un homme ivre, il la hissa sur l'îlot, au beau milieu des couverts en argent. Un de ses escarpins tomba par terre.

— Ma chaussure ! fit-elle.

— Quelle importance ?

Il releva un peu plus haut l'ourlet de sa robe, et enfouit la tête dans sa nuque pour la couvrir de baisers. Elle rejeta le cou en arrière, consentante… Faisant glisser ses mains sur ses cuisses gainées de noir, il entraîna sa robe dans son geste et ses doigts touchèrent bientôt de la dentelle avant d'effleurer le satin de sa peau… Elle portait des bas, et non des collants !

— Tu sais allumer le désir d'un homme, déclara-t-il dans un souffle.

De ses doigts experts, il se mit à caresser son intimité humide tandis qu'elle s'accrochait à lui…

Assurément, il venait de perdre la raison.

Il retira sa veste, sa chemise, et elle poussa une exclamation émerveillée quand il dressa son torse splendide devant elle. Alors, lui enserrant le menton, il l'embrassa avec une lenteur délibérée avant de redessiner avec sa langue le contour de ses lèvres. Elle répondait avec ardeur, et bientôt, rien ne put arrêter leurs étreintes déchaînées…

Elle sentait les doigts de Callum courir sur tout son corps, sous sa robe, sur ses seins, ses bas, entre ses cuisses humides… Elle se cambra sous sa caresse et enfonça ses doigts dans ses cheveux. Il émit un sourd grognement. Il fallait mener l'affaire à terme, décida-t-il en débouclant son ceinturon…

Son pantalon tomba à terre, et il l'attira tout contre lui tandis qu'elle enroulait ses cuisses autour de sa taille. Les carreaux de l'îlot étaient glacés. Durs.

— Tu dois avoir froid, dit-il.

Elle secoua la tête, bascula en arrière... et se redressa de manière inattendue.

— Attends !

— Qu'est-ce qui te prend ? bredouilla-t-il, désespéré.

Il la vit alors fouiller fébrilement dans son sac à main et comprit enfin ses intentions quand elle brandit un étui. Il n'avait même pas pensé au préservatif. Heureusement qu'elle avait eu du bon sens pour eux deux.

Il le lui prit des mains.

— Pas de regret, Miranda ?

Elle fit non de la tête, et lui tendit les bras.

Fébrilement, il pénétra enfin la femme qui avait failli le rendre fou pendant toute la soirée.

- 3 -

Lorsqu'elle ouvrit les yeux, Miranda réalisa qu'elle était blottie contre un homme nu et se pétrifia.

Callum !

Oh non ! Qu'avait-elle fait… ?

Par chance, l'homme à qui elle s'était donnée de façon si inconsidérée la nuit précédente dormait encore. Comment avait-elle pu finir dans le lit de Callum Ironstone ? Après leurs étreintes impulsives sur le comptoir de la cuisine, elle n'avait pas protesté lorsqu'il l'avait portée dans sa chambre pour lui faire de nouveau l'amour.

Elle avait même été totalement consentante.

Affligée, elle inspecta la chambre au mobilier en bel acajou. La lumière pâle du petit matin filtrait par les immenses baies de la chambre. Elle était bel et bien dans la chambre de Callum.

Il n'allait pas tarder à se réveiller, et l'idée qu'il la trouve nue dans son lit lui fit soudain d'horreur. Elle prit une profonde inspiration et glissa une jambe hors du lit. A son côté, il remua. Elle se figea.

Après de longues secondes de silence, elle se détendit. Il ne s'était pas réveillé. Elle roula sur le bord du matelas, le cœur battant à tout rompre.

Soudain, elle sentit un bras la recouvrir et une large main se poser familièrement sur ses seins. Elle s'efforça de demeurer absolument immobile.

Par pitié !

Que faire maintenant ?

Elle songea d'abord à repousser cette main possessive pour bondir hors du lit, mais les doigts de Callum se figèrent.

Il s'était rendormi ! Pour un peu, elle l'aurait pris pour un affront ! Preuve ultime, s'il en fallait, qu'elle avait perdu la raison !

Elle jeta un regard circulaire dans la pièce et eut vite fait de repérer sa robe et ses dessous en tas, sur le sol. Quant à ses escarpins, elle ne les voyait nulle part. Ils devaient être dans la cuisine… Malgré elle, elle frissonna à l'idée des souvenirs que l'endroit évoquait.

Comment avait-elle pu se livrer à une telle débauche avec cet homme ? Bon, il était préférable ne pas y penser pour le moment. Sa priorité actuelle, c'était de fuir !

Une fois hors du lit, elle pourrait saisir ses vêtements au passage et prendre la poudre d'escampette. Avec un peu de chance, elle serait partie avant qu'il ne se réveille et ne se rende compte de son absence. Au rez-de-chaussée, elle enfilerait ses chaussures, son manteau, prendrait son sac qui devait se trouver sur le comptoir, là où elle l'avait laissé la veille au soir.

Elle était incapable de se souvenir si elle avait

bien remis son téléphone portable dans son sac et s'il ne s'y trouvait pas, elle risquait alors de perdre du temps à le retrouver. Sa mère ! pensa-t-elle alors. Jamais elle ne passait la nuit hors de la maison sans la prévenir. Flo devait être affreusement inquiète, et avait dû lui laisser une douzaine de messages.

Miranda poussa un long soupir, prête à mettre son plan de fuite à exécution.

— Toujours en vie ? fit la voix rauque dans son dos.

Elle sentit ses doigts courir le long de ses hanches.

— L'espace de quelques secondes, j'ai cru que tu avais cessé de respirer et que j'allais devoir te faire du bouche-à-bouche pour te ressusciter.

La confiance indolente de Callum la plongea dans le désespoir. Il s'était sans doute réveillé en même temps qu'elle, et elle n'aurait eu de toute façon aucune chance de fuir en catimini.

Elle se recroquevilla, refusant de lui répondre.

— Viens près de moi !

Il la fit rouler sur le dos pour l'attirer à lui. Son regard croisa alors ses yeux bleus grands ouverts.

— C'était une nuit fantastique. Pour nous deux, déclara-t-il d'une voix rauque.

Son sourire satisfait était la pire des humiliations. Quel vaniteux ! Il ne doutait décidément de rien.

Tout en maintenant le drap serré autour d'elle, elle se redressa puis rejeta ses cheveux en arrière.

— Ne sois pas si arrogant ! Ce n'était pas si extraordinaire que ça.

Elle vit un sourire s'allumer dans ses yeux.

— Tu as la mémoire courte, ma chérie. Permets-moi de te rappeler que tu m'as suppliée plusieurs fois de te prendre, cette nuit.

Elle sentit ses joues s'empourprer. Difficile de nier, même s'il était odieux de la part de Callum de le lui rappeler. Mais qu'espérer d'autre, de la part d'un homme comme lui ?

Sous le drap, elle sentit sa main impérieuse parcourir son corps… Un corps bien trop sensible à ses caresses, notamment quand les doigts de Callum se concentrèrent sur ses seins.

— Arrête !

Elle repoussa son bras et, dans son geste brusque, fit glisser le drap.

— Pas mal, dit-il en la dévorant des yeux.

Sans prévenir, il plaça ses mains sous les aisselles de Miranda, puis, de ses pouces, il souleva sa poitrine.

— Délicieux, même.

Ses seins s'étaient hérissés à son contact, et maintenant, des picotements de désir les tourmentaient.

Délectable ? Une vague de chaleur l'enveloppa tout entière, bientôt suivie d'une onde de colère. Comment pouvait-elle être si désinhibée dans les bras de cet homme ?

— Fiche-moi la paix ! lui ordonna-t-elle.

Puis elle bondit hors du lit et, ramassant ses vêtements, alla s'enfermer dans la salle de bains où elle s'habilla en toute hâte.

Après avoir enfilé un jean, Callum dévala l'escalier et se précipita dans la cuisine, juste à temps pour voir Miranda, de dos, rassembler le contenu de son sac, épars sur le comptoir.

Ses yeux se posèrent sur ses mèches d'or qui dansaient comme des rayons de soleil dans la lumière du matin. Il se fit violence pour ne pas la prendre dans ses bras, l'embrasser et ébouriffer cette sublime chevelure. Il avait tellement aimé son expression alanguie dans ses bras. Mais visiblement, elle n'était pas d'humeur à accepter de tels gestes passionnés à ce moment-là.

Il fit néanmoins un pas dans sa direction.

— Sois au moins honnête et reconnais que, tout comme moi, tu as apprécié la nuit que nous avons passée ensemble.

Elle sursauta au son de sa voix et se retourna d'un bloc. Ses yeux lui rappelèrent alors ceux d'une biche prise au piège.

— J'ai juste couché avec toi parce que je te suis redevable, déclara-t-elle d'un ton provocateur.

Ses paroles lui firent l'effet d'une gifle.

— Parce que tu m'es redevable ? répéta-t-il en articulant bien chaque syllabe.

— Oui, je te dois de l'argent, confirma-t-elle sur le ton de la bravade. Pour l'école hôtelière, pour Adrian, pour ma mère…

— Alors hier soir, c'était pour me dédommager ?

— En quelque sorte, c'est ça.

Elle hocha la tête faisant danser les boucles qui encadraient son visage.

— Alors comme ça, tu as couché avec moi parce que tu te sens redevable envers moi ?

Il pâlit sous l'affront. Aucune femme ne s'était jamais « prostituée » dans son lit. En quelques mots, elle avait réussi à rendre sordide ce qui avait été pour lui une expérience formidable.

Contrarié, il déclara :

— J'ai payé une fortune pour tes études. Si tu veux me rembourser en nature, une nuit ne suffira pas.

Il la vit se raidir mais elle ne répondit rien. Elle lui tourna le dos pour rassembler ses dernières affaires avant de refermer son sac d'un geste décidé. Dans le mouvement, elle fit tomber la veste de Callum, qui était elle aussi restée sur le comptoir.

— Hé ! Mon Armani préférée ! protesta-t-il.

S'il avait cherché à détendre l'atmosphère par cette pointe d'humour, il en fut pour ses frais.

— Désolée, marmonna-t-elle.

Elle se pencha pour la ramasser et il entendit ses clés de voiture tomber de sa poche.

— Qu'est-ce que c'est que ça ? fit-elle.

Il s'agenouilla à son tour et croisa son regard, intense et indéchiffrable.

— Mes clés, fit-il, sans comprendre ni sa question, ni sa réaction.

Et surtout, incapable de s'arracher à son regard hypnotique.

— Non, ça !

Il baissa enfin les yeux pour découvrir qu'elle tenait dans sa main l'écrin en velours bleu nuit.

Et zut !

— Mais c'est une boîte à bijou, constata-t-elle.

Il n'avait pas eu le temps de répondre. Déjà elle cherchait à l'ouvrir.

— Non, arrête ! s'écria-t-il.

Trop tard…

Pendant de longues secondes, Miranda contempla le diamant de la bague, à l'intérieur. Puis elle leva vers lui un regard plein d'interrogations.

— Tu avais l'intention de me demander en mariage ?

Il eut l'impression déconcertante d'avoir été télé-porté dans la quatrième dimension. Il ne parvenait plus à penser, ni même à respirer tant la situation avait pris un tour inattendu.

— Pourquoi ? continuait-elle. Parce que tu as couché avec moi ?

Il la vit froncer les sourcils tandis qu'elle dégageait délicatement la bague de son lit de velours pour la caresser du bout des doigts.

— Non, je fais fausse route, continua-t-elle. Tu avais acheté la bague *avant* de coucher avec moi. Donc…

Décidément, rien ne se passait comme il l'avait prévu. Il la voyait réfléchir activement. A quelles conclusions allait-elle arriver ?

Au point où il en était, autant tout lui avouer.

— Ce n'est pas toi que je voulais demander en mariage, marmonna-t-il.

Elle planta de nouveau sur lui ses beaux yeux noisette. Une expression indéchiffrable les traversa alors.

— A qui, alors ?

Mais il n'eut pas le temps de répondre. Elle venait de comprendre.

— A Petra, compléta-t-elle, d'un ton lugubre.

Il hocha lentement la tête, gêné par la façon dont Miranda le scrutait.

— Tu as demandé à Petra de t'épouser, hier soir…

Elle remit la bague dans la boîte et la referma d'un coup sec qui résonna dans le silence du petit matin. Puis elle se leva et posa avec désinvolture l'écrin sur le comptoir.

Il se sentit fléchir. Miranda pensait-elle vraiment qu'il était capable de…

— Attends ! s'écria-t-il.

Ignorant sa demande, elle se dirigea vers la porte en faisant furieusement claquer ses talons sur le sol comme pour marquer les lattes de bois de son empreinte.

— Hé, tu n'as pas compris !

Il s'élança pour la retenir. Elle tourna la tête et

lui décocha un regard empli de mépris. Il laissa retomber sa main.

— Rassure-toi, j'ai très bien compris. Tu as demandé en mariage la fille de ton nouvel action-naire. Elle a eu le bon sens de refuser, alors tu as cherché quelqu'un parmi le petit personnel pour te divertir. Par pur dépit.

Il était assommé par ce qu'il entendait. Comment pouvait-elle imaginer des choses aussi tortueuses ?

Il entendit ses pas s'éloigner, puis une porte claquer, puis un cliquetis. Il comprit qu'elle avait fermé la porte du vestibule à clé pour l'empêcher de la poursuivre. Le temps qu'il fasse le tour par l'arrière, Miranda serait partie.

Quelle infâme ordure ! Miranda fulminait encore contre Callum lorsqu'elle arriva à L'Oie dorée, un peu avant midi, ce dimanche-là. Par chance, Flo ne l'avait pas interrogée sur l'endroit où elle avait passé la nuit, acceptant la vague explication de sa fille sur les horaires tardifs de son contrat de la veille.

La discrétion bienvenue de sa mère ne l'avait pourtant pas apaisée, et ce n'était pas Gianni, chef cuisinier depuis longtemps à L'Oie dorée, qui la toisait de sa hauteur, ni Mick qui tournait autour d'elle en répétant qu'elle était en retard, qui allaient l'aider à se calmer. D'autant qu'elle n'était pas en retard ! Elle avait franchi le seuil du restaurant juste une seconde avant midi, heure à laquelle elle commençait sa journée.

Le coup de grâce se produisit un peu plus tard, quand Mick l'attira à l'écart pour lui déclarer tout à trac qu'il déplorait qu'elle ne se montre pas plus motivée par son travail. Elle avait quitté le travail très tôt la semaine dernière, et aujourd'hui, elle arrivait en retard, lui dit-il. C'était un avertissement. En ces temps de crise, il attendait davantage de ses employés.

Gianni lui adressa un petit sourire sournois quand elle passa devant lui, lui confirmant que c'était bien lui qui avait soulevé le problème. Elle aurait aimé le rassurer et lui certifier qu'elle n'avait nulle ambition de lui voler son poste. Mais elle savait qu'il irait immédiatement rapporter ses paroles à Mick qui serait alors conforté dans l'idée qu'elle ne s'investissait pas assez dans son travail.

Elle était coincée !

Quand elle rentra chez elle ce soir-là, assez tardivement, elle n'était pas du tout d'humeur à supporter la vue du bouquet tape-à-l'œil composé de longues roses qui l'attendait et qui avait dû coûter une fortune au plaisantin qui le lui avait envoyé.

D'autant qu'elle se doutait de l'identité de l'expéditeur.

— Un admirateur de la soirée dernière ? suggéra Flo en soulevant ses sourcils aussi fins qu'un trait de crayon. Je croyais qu'il s'agissait de travail.

— On aura voulu me remercier, dit Miranda de façon évasive.

Elle s'empara de l'enveloppe accrochée au bouquet et la glissa dans sa poche, pour la lire hors de la vue de sa mère.

— C'est si attentionné, déclara Flo en touchant les roses du bout des doigts, avec déférence. Elles sont tellement belles. Je les ai mises dans un vase, mais tu peux les emporter dans ta chambre.

Pour avoir sous les yeux en permanence un souvenir de la nuit précédente ? Non, merci ! Sortant de la pièce, elle regretta d'avoir dit qu'on les lui avait envoyées en guise de remerciements : maintenant, elle ne pouvait plus jeter les maudites fleurs à la poubelle.

— Quelqu'un a téléphoné et voulait te parler, aujourd'hui.

Miranda s'immobilisa sur le seuil, sans se retourner.

— Qui ?

— Un homme à la voix rauque qui m'était étrangement familière, déclara Flo avec lenteur.

Elle se raidit un peu plus.

— Est-ce qu'il a laissé son nom ?

Elle espérait bien que non ! Sa mère n'avait pas besoin de savoir qu'elle avait « fraternisé » avec les Ironstone.

— Non, il a dit qu'il essaierait sur ton portable.

Elle n'allumait pas ce dernier, au travail.

— Merci, maman, se contenta-t-elle de dire.

Après avoir déposé l'enveloppe blanche sur sa table de nuit, elle se rendit dans la salle de bains que partageaient les trois occupants de la maison. Elle se doucha longuement pour bien se débarrasser des odeurs de L'Oie dorée, puis enfila une chemise de nuit en flanelle et se brossa les dents.

Une fois au lit, elle finit par allumer son portable. Elle avait un message. Elle le fixa quelques longues secondes…

Non, elle ne céderait pas à la curiosité de vérifier si c'était Callum qui le lui avait laissé. Il n'avait que trop hanté ses pensées jusque-là. Elle n'allait pas subir une deuxième nuit d'insomnie à cause de lui !

Elle posa le téléphone sur la table de nuit et éteignit la lumière, refusant de repenser à la raison qui l'avait conduite à si peu dormir, la veille…

- 4 -

Le matin suivant, Miranda fut réveillée par un coup frappé à sa porte. Elle ouvrait à peine les yeux qu'Adrian fit irruption dans sa chambre.

— Téléphone ! annonça-t-il en lui tendant le combiné. C'est Callum.

Elle sentit son cœur se serrer. Comme elle regrettait d'avoir été trop lâche pour écouter son message, la veille au soir. Maintenant, c'était lui qui avait l'avantage.

— Merci, marmonna-t-elle.

Adrian resta sur le seuil, visiblement curieux. Mais elle lui lança un regard courroucé et il s'éclipsa en levant les yeux au ciel. Comme les pas de son frère s'éloignaient, Miranda porta l'appareil à l'oreille.

— Oui ?

— Tu ne me dis pas bonjour ? fit Callum d'un ton amusé.

Elle jeta un coup d'œil au réveil sur sa table de chevet. C'était l'aurore pour elle !

— Tu sais quelle heure il est ?

— Maintenant que j'y pense, renchérit Callum, hier non plus tu ne m'as pas salué. Tu n'es sans doute pas du matin.

Il avait le droit de pavoiser, elle lui avait donné matière à le faire. Il n'empêchait qu'elle n'allait pas le laisser épiloguer sur le réveil de la veille, dans son lit.

— Qu'est-ce que tu veux ? trancha-t-elle.

— En voilà une bonne question ! fit-il d'une voix rauque. A ton avis ?

Elle s'enflamma aussitôt et se le reprocha amèrement. Elle n'allait pas entrer en transe à la moindre de ses paroles !

Contenant à grand-peine ses émotions, elle reprit :

— Il est un peu trop tôt pour les sous-entendus, Callum.

Il se mit à rire.

— Je suis désolé d'avoir appelé de si bon matin. Mais voilà, je m'envole pour New York cet après-midi, et d'ici là, je n'aurai pas une minute à moi.

Elle retint un cri de joie à l'idée de le savoir à des milliers de kilomètres d'elle. Cela lui donnerait le temps de se remettre de ses émotions.

Il poursuivit sur un ton plus rapide :

— J'ai des billets pour aller voir *Les Misérables*, samedi prochain. Tu veux m'accompagner ? Après le spectacle, on pourra aller dîner quelque part.

— Tu m'as appelée pour m'inviter à sortir avec toi ? demanda-t-elle en articulant chaque syllabe, sans très bien comprendre ce qui lui arrivait.

Qu'est-ce qu'un homme qui vous invitait au spectacle et au restaurant pouvait bien avoir en tête, à part vous conduire dans son lit ? Elle frissonna…

La dernière chose dont elle avait besoin, c'était d'une liaison avec Callum Ironstone. Elle se méprisait suffisamment d'avoir déjà une fois cédé à ses avances, même si elle avait été plus que consentante, elle devait bien l'admettre. Mais si elle n'avait pas bu plusieurs verres de vin… S'il n'avait pas été aussi séduisant… S'il ne l'avait pas grisée avec ses baisers enivrants…

Non, elle ne voulait pas revivre ces instants ! Elle savait à quel point il pouvait être dangereux. Ne l'avait-il pas entraînée dans son lit le soir même où il avait demandé sa main à une autre femme ? N'était-ce pas lui qui avait poussé son père au suicide ? Comment avait-elle pu accepter qu'il la touche ? Si elle acceptait de le revoir, elle devrait accepter l'idée de se trahir elle-même. Pourrait-elle encore se regarder dans le miroir après ?

— Non, je ne peux pas, répondit-elle.

— Un autre soir, alors ?

— Non.

Et elle raccrocha.

Le téléphone se mit à sonner derechef. Elle le regarda fixement pendant quelques instants, puis décrocha avant qu'Adrian ou Flo ne s'en charge.

— Est-ce que tu as écouté le message que j'ai laissé sur le répondeur de ton portable, hier soir ?

— Non, dit-elle sur ses gardes, en jetant un coup d'œil à son mobile, sur sa table de chevet. Mais quoi que tu aies pu me dire, cela n'aurait rien changé à ma réponse.

— Tu penses que j'ai couché avec toi parce que Petra a repoussé ma proposition, commença-t-il.

C'est bien ce qu'elle avait compris, et cet acte peu glorieux n'était que le sommet de l'iceberg. Elle l'imaginait capable de bien pire. Elle était surtout furieuse contre elle-même de ne pas l'avoir repoussé, et contre lui, de l'avoir séduite.

— Oui. Et alors ?

— Je n'ai pas demandé Petra en mariage, déclara-t-il. C'est ce que je te disais dans le message que je t'ai laissé hier.

Elle resta silencieuse. Pourquoi lui confiait-il cela ? Et pourquoi cet aveu prenait-il une telle importance à ses yeux ? Elle sentit son pouls s'accélérer alors qu'elle aurait dû rester indifférente ! Elle s'efforça de retrouver une respiration régulière, consciente qu'elle devait se montrer plus prudente.

— Cela ne change rien…

Elle s'interrompit. Elle ne pouvait pas se le mettre à dos non plus. C'était grâce à lui qu'Adrian avait obtenu son job de vacances qui pourrait se transformer en CDI, l'année prochaine. Si elle le contrariait, il pouvait tout simplement décider de renvoyer son petit frère.

Elle poursuivit alors :

— Je ne pense pas que ce soit une bonne idée de sortir avec toi.

Dans un murmure, elle l'entendit la traiter de

« menteuse », alors qu'elle raccrochait précipitamment.

Cette fois, il ne rappela pas. Mais, avant qu'elle n'ait le temps de se lever, Adrian s'introduisit de nouveau dans sa chambre.

— Qu'est-ce que Callum voulait ?

Il n'était pas question d'avouer à son frère que l'homme qui l'employait lui, et qui était son talon d'Achille à elle, l'avait invitée à sortir.

— Rien à voir avec toi, si c'est ce qui t'inquiète.

Adrian parut soudain soucieux.

— S'il te plaît, sœurette, sois sympa avec lui.

Son inquiétude la conforta dans l'idée que Callum pouvait très bien renvoyer Adrian si elle le contrariait trop. Mais il y avait des limites qu'elle ne pouvait pas franchir, et son frère devait en être conscient.

— Qu'est-ce que tu veux dire au juste, Adrian, en me priant d'être sympa avec lui ?

— D'être polie, c'est tout, répondit ce dernier.

Sa pomme d'Adam montait et descendait avec une rapidité anormale. Il ajouta alors :

— Je veux qu'il me recommande ensuite, quand je chercherai un véritable travail.

Elle n'aimait pas l'idée qu'Adrian craigne qu'elle ne compromette ses projets. La croyait-il aussi amère pour redouter qu'elle mette ses intérêts en péril ?

— J'ai simplement organisé un dîner pour lui. C'était de cela dont nous parlions.

L'expression d'Adrian s'éclaircit.

— Super. Alors tu vas travailler pour lui, maintenant ?

— Non, c'était occasionnel.

— Je lui ai dit que tu étais un grand chef, et que tu perdais ton temps à L'Oie dorée.

— L'Oie dorée présente beaucoup d'avantages pratiques.

Elle plongea son regard dans celui de son frère avec une attention soutenue. Adrian avait dû parler devant Callum du rêve qu'elle caressait de monter sa propre entreprise de traiteur.

— Qu'est-ce que tu lui as dit, encore ?

Son frère leva les mains en signe d'innocence.

— Rien d'autre, je te jure.

Elle s'assit sur le rebord du lit sans le lâcher du regard.

— Très bien, je te crois. Et maintenant, disparais ! Je veux m'habiller.

Mais Adrian ne bougea pas.

— Euh… Quand est-ce que tu vas me donner l'argent ?

— J'irai à la banque aujourd'hui.

— Miranda…

Il hésita, puis déclara d'une traite :

— Est-ce que tu pourrais rajouter deux cents livres ?

Elle s'immobilisa alors qu'elle tendait le bras vers son peignoir.

— Quoi ? fit-elle d'une voix blanche. Alors que

tu ne m'as pas encore remboursé les cinquante livres que je t'ai prêtées la semaine dernière ?

Cette fois, Adrian se précipita hors de la chambre.

— Nous en reparlerons quand tu seras habillée, lança-t-il par-dessus son épaule.

Quand elle arriva dans la cuisine, Adrian avait préparé le petit déjeuner. Miranda tira l'une des chaises en pin que Flo avait recouvertes d'une housse vichy à carreaux blancs et jaunes. Puis elle contempla la table d'un air suspect. Des œufs brouillés, du bacon, des champignons, des toasts, de la confiture. Son petit déjeuner préféré.

— Est-ce que tu as l'intention de me soudoyer ? demanda-t-elle.

— Non.

Toutefois, il paraissait bien trop coupable pour qu'elle ne sente pas le piège.

Il précisa alors :

— J'ai apporté le petit déjeuner à maman au lit.

— Comme ça, on est en tête à tête, observa Miranda en s'asseyant. Bon, maintenant, tu vas m'expliquer pourquoi tu dois donner deux cents livres de plus à ton ami ? Il n'a pas de famille qui pourrait l'aider ?

Adrian devint tout rouge.

— Ce n'est pas pour un ami, c'est pour moi.

— Qu'est-ce que tu veux t'acheter encore ? Une

nouvelle paire de chaussures ? Et ça ne peut pas attendre ?

Son petit frère fixa son assiette pendant quelques secondes. Quand il releva les yeux, elle fut choquée du désespoir qui se reflétait dans ses yeux.

— J'ai des ennuis, confessa-t-il.

Ses pires craintes refirent surface.

— De quel ordre ? demanda-t-elle, soudain très inquiète.

— Lundi soir…

— Quand tu es sorti avec tes amis ?

Il hocha la tête.

— J'ai emprunté une voiture de travail, enchaîna-t-il, mais j'ai eu un accrochage : je suis rentré dans un pilier du parking souterrain alors que nous quittions le club.

Elle poussa un cri horrifié.

— Personne n'a été blessé, j'espère ? s'écria-t-elle.

Elle se calma quelque peu lorsqu'il lui affirma que non, mais elle accusa le choc, au bord de la nausée.

— Tu avais trop bu ?

— Non, dit-il en secouant la tête. Je ne bois jamais quand je conduis.

Ouf ! Rien de vital n'était en jeu. Elle s'attaqua alors à son petit déjeuner et avala une première bouchée.

— Fais réparer la voiture, lui dit-elle.

— C'est déjà fait. J'ai emprunté de l'argent à

mes amis pour les réparations. Mais le montant est plus élevé que le devis. C'est pour ça que j'ai besoin d'argent. En plus, mes amis veulent que je les rembourse.

Mais elle-même n'avait pas d'argent à jeter par les fenêtres ! Et surtout pas pour ce genre d'incident ! Un immense désespoir l'envahit soudain.

— Tu m'as menti, dit-elle.

— J'avais honte de te raconter la vérité.

Elle se retint de l'interroger sur tout ce qu'il tramait d'autre derrière son dos et préféra se concentrer sur l'affaire qui le préoccupait.

— Tu m'as dit que la voiture appartenait aux Ironstone ? reprit-elle. Elle est donc assurée. Remplis un procès-verbal et laisse la compagnie se charger de l'affaire.

— Je ne peux pas…

Cette fois, il paraissait vraiment misérable.

— Je n'étais pas censé utiliser la voiture après mes heures de travail, avoua-t-il. Ce sera considéré comme illégal par Ironstone.

— Illégal ? répéta-t-elle, inquiète.

— Oui. Je me suis servi de la voiture sans le consentement de son propriétaire.

Soudain, il avait l'air d'un tout petit garçon. Il est vrai qu'il venait juste de terminer sa formation et qu'il avait encore tout à apprendre de la vie.

— Je suis vraiment désolé, Miranda.

Elle savait pertinemment comment Callum réagirait s'il découvrait l'incident. Sa piètre excuse ne lui serait d'aucun secoursm car il ferait arrêter Adrian et porterait plainte contre lui. Il ne s'était pas gêné, avec son père !

L'histoire ne pouvait se répéter avec tant de cruauté !

— Tu auras ton argent aujourd'hui, lui assura-t-elle.

Adrian était plus important que la société de traiteur qu'elle voulait lancer !

Et si elle-même expliquait toute l'affaire à Callum ? pensa-t-elle tout à coup. Peut-être se montrerait-il plus compréhensif… Aujourd'hui, elle ne travaillait pas et Callum lui avait dit qu'il s'envolait pour New York dans l'après-midi…

Si elle se dépêchait, elle pourrait le voir avant son départ.

— Je te promets que je ne recommencerai pas, plaida Adrian.

— Il ne vaut mieux pas, marmonna-t-elle. Et maintenant, mange.

— Je n'ai pas faim.

Repoussant sa chaise, il prit son assiette et la posa dans l'évier.

— Je dois aller au travail.

Cette fois, Miranda se présenta à la réception d'Ironstone Insurance sans être attenduem et la réceptionniste ne fut pas aussi amicale que la fois précédente.

— M. Ironstone est occupé, dit-elle.

— Je n'en ai que pour cinq minutes.

Elle devait le convaincre qu'Adrian était un bon garçon, qu'il avait commis une erreur en « empruntant » la voiture, mais que tous les dommages seraient réparés et payés.

Elle ne voulait même pas envisager l'autre solution — la prison. Elle ne laisserait pas son frère gâcher sa vie pour une erreur de jeunesse. Elle frissonna tandis que les souvenirs affluaient. Son père avait été arrêté… puis il était mort. Les deux notions étaient étroitement liées dans son esprit. Cela ne se reproduirait pas avec Adrian.

— M. Ironstone n'est pas disponible.

— Je sais, Callum part pour New York aujourd'hui, il me l'a dit. Et je suppose qu'en ce moment, il est en réunion, renchérit-elle pour montrer à sa revêche interlocutrice qu'elle était au courant de son emploi du temps.

La réceptionniste lança un coup d'œil hésitant en direction d'une porte fermée, derrière elle, puis gratifia Miranda d'un regard curieux.

A cet instant, la porte s'ouvrit en grand.

— Biddy, est-ce que vous pouvez me photocopier ce rapport en quatre exemplaires, s'il vous plaît ?

La réceptionniste se leva pour prendre le rapport et elle en profita pour se signaler à lui.

— Callum !

Il leva les yeux et un sourire y miroita.

— Miranda ! Qu'est-ce que tu fais ici ?

— Il faut que je te parle de toute urgence, en privé.

— O.K., donne-moi une seconde.

Il s'excusa auprès des membres du conseil qui occupaient la salle de conférences et la conduisit dans son bureau.

— Tu as changé d'avis ? demanda-t-il en refermant la porte derrière eux.

Ses yeux étaient d'un bleu bien plus chaleureux qu'elle ne les aurait jamais imaginés.

Changer d'avis ? Elle fronça les sourcils en s'installant dans le canapé, près de la bibliothèque. Mais de quoi parlait-il ? Et soudain, elle comprit ! L'invitation pour *Les Misérables* !

— Euh… Non…

Elle s'enlisait déjà sans même avoir commencé à plaider sa cause.

Il vint s'asseoir juste à côté d'elle. Une onde de chaleur qu'elle s'était jurée de réprimer désormais envahit tout son être… Elle sentit les doigts de Callum se refermer sur son bras. Pendant quelques secondes, elle fut troublée au point d'envisager de poser la tête sur son épaule et de se laisser embrasser. Mais ce n'était pas possible.

— Eh bien… Je voulais te parler de…

Il inclina la tête, un sourire aux lèvres. Ce sourire allait être sa perte. Dans quelques secondes, cette bouche serait sur la sienne.

— Non ! s'écria-t-elle en reculant à l'autre bout du

canapé. Tu ne peux pas m'embrasser. Je te rappelle que tu vas épouser Petra.

Elle avait balbutié ce qui lui avait passé en premier par la tête. Il cligna des yeux.

— Tu lui as acheté une bague, insista-t-elle.

A cette idée, elle reprit contenance et parvint à assembler ses pensées. Le père de Petra occupait une place importante dans la vie professionnelle de Callum puisqu'il était actionnaire d'Ironstone. Et c'était pour des motifs pratiques de cet ordre que les hommes comme Callum se mariaient !

Pas par amour, ni même par désir. Non. Pour des raisons purement financières.

Petra s'empresserait d'accepter, lorsqu'il la demanderait en mariage. Callum était un très bon parti, personne ne pouvait repousser un Ironstone ! Tout le monde ne partageait pas l'opinion qu'elle avait de lui.

Elle repensa à la catastrophe qui avait eu lieu dans sa cuisine, le samedi soir, quand elle avait fini, offerte, sur son comptoir, et plus tard, dans son lit… Toute la soirée, elle avait senti son regard posé sur elle, ce qui avait allumé un feu insensé en elle. Même quand il avait écouté Petra, parlé à son père, plaisanté avec ses frères, il n'avait cessé de l'observer.

Et c'était en l'honneur de Gordon qu'il donnait cette réception dont il lui avait confié le déroulement ! Cette réception censée être une fête.

Pour célébrer quoi, au juste ?

Au départ, elle pensait qu'il s'agissait de fêter la fusion. Mais il devait y avoir une autre raison.

— Ces deux invités qui n'ont pas pu venir à cause de l'état enneigé des routes, c'étaient tes parents, n'est-ce pas ? questionna-t-elle tout à trac.

— Oui…

Ses suspicions devinrent certitudes.

— Tu avais donc bien l'intention d'annoncer ton mariage avec Petra.

Le silence de Callum lui indiqua qu'elle avait vu juste.

— Mais tu n'as fait aucune annonce, parce que tu n'es pas parvenu à lui demander sa main, continua-t-elle. Et à la place, tu as couché avec moi.

Elle releva la tête.

— Est-ce que tu as rompu avec elle ?

Il tendit la main vers elle.

— Miranda…

Ah ! Sa réaction prouvait qu'il n'avait pas mis un terme à la relation qu'il entretenait avec Petra, quelle qu'elle soit. Et, pour une raison qui lui échappait, il avait décidé de jeter son dévolu sur elle, ce soir-là.

— Attends, Miranda…

Décidément, cet homme était méprisable.

— Oui ou non ? insista-t-elle.

Il secoua la tête en signe de négation.

Sur la table lustrée, le téléphone sonna deux fois, puis s'arrêta brusquement. Il regarda l'appareil avant de reporter les yeux sur elle.

— La réunion va reprendre. Je dois y aller.

Mais il ne fit pas mine de se lever.

— Si tu changes d'avis, appelle-moi, ajouta-t-il.

— Je ne changerai pas d'avis, affirma-t-elle avec détermination. Et ne m'invite plus jamais ! Adresse-toi plutôt à Petra, puisque c'est la femme que tu vas épouser.

Il ne faisait aucun doute, dans l'esprit de Miranda, que celle-ci accepterait. La pauvre ! Elle ignorait l'existence qui l'attendait.

— Si tu le dis, fit-il avec fatalisme. A propos, pourquoi voulais-tu me voir ?

Toute trace de sourire avait disparu de son expression.

Elle hésita, conscience du gouffre qui les séparait.

Adrian l'avait priée d'être gentille avec son patron. Les circonstances n'étaient pas vraiment favorables pour qu'il soit clément envers son petit frère !

Et pourtant, elle se devait d'essayer.

— Comment est-ce qu'Adrian se…

— Se débrouille ? Très bien !

Le regard de Callum s'étrécit.

— C'est pour ça que tu es venue me voir ? A cause de ton frère ?

La chaleur avec laquelle il l'avait accueillie avait disparu. A la place de ses yeux rieurs brillaient deux éclats bleu glacé.

Elle fit vite machine arrière.

— Non, non, je te demandais juste comme ça.

S'efforçant de lui adresser un sourire conciliateur, elle ajouta :

— Je suis heureuse que tout se passe bien entre vous.

Il se leva.

— J'ai l'intention de lui proposer de postuler pour une des bourses d'études qu'offre notre compagnie. Et avant que tu ne te méprennes sur mes intentions, sache que ce n'est pas une faveur, que nous proposons cette possibilité à tous ceux qui travaillent pour nous et n'ont pas fait d'études.

· Et voilà, elle avait tout gagné ! Il était en colère, cela se voyait. Impossible maintenant de lui avouer l'histoire au sujet de la voiture accidentée, car son frère perdrait immédiatement son job de vacances, le CDI qui aurait pu éventuellement le prolonger et la possibilité de reprendre des études. Tout ça à cause d'elle !

— Cela correspond à mon rêve le plus cher, dit-elle pour l'apaiser.

Ce qui était vrai ! Elle avait toujours souhaité qu'Adrian fasse des études supérieures qui lui permettraient une réussite professionnelle.

Seule ombre au tableau : la réussite serait due à la famille Ironstone. Elle soupira. Elle devrait s'en accommoder. Elle n'avait pas le droit de se mettre en travers des ambitions d'Adrian.

Ce fut alors que Callum demanda :

— Si tu n'es pas venu pour accepter mon invitation, ni pour me parler de ton frère, quelle est la raison de ta présence ici ?

Il l'avait prise à son propre piège. Elle aurait dû se douter qu'il ne la laisserait pas s'en tirer à si bon compte. Elle prit une profonde inspiration. Elle n'avait plus qu'une solution…

— Je voulais te remercier de m'avoir donné l'opportunité d'organiser ton dîner. On m'a déjà fait une proposition. Regarde…

Elle ouvrit son sac et en sortit des cartes professionnelles qu'elle avait fait imprimer, la veille.

— Samedi, un de tes invités m'a demandé ma carte. Je n'en avais pas. Alors j'en ai fait imprimer. Qu'est-ce que tu en penses ?

Elle ne put retenir un élan de fierté en lui en tendant une. Il l'étudia avec attention.

— Pas mal. Tu en as beaucoup ?

— Pourquoi ?

— Pour que je puisse en distribuer à mes connaissances.

Il s'interrompit, lui jeta un bref coup d'œil et reprit :

— A propos, est-ce que tu pourrais organiser une réception de Noël ? Ici, dans la salle de conférences, pour vendredi ?

Elle rougit de confusion.

— Ce n'était pas un appel du pied, commença-t-elle. Je ne cherchais pas à ce que tu me…

— Le traiteur prévu est tombé malade. Tu le

remplaces ? Ou je demande à Biddy de chercher quelqu'un d'autre ?

Elle pensa à la situation fâcheuse dans laquelle Adrian s'était mis. Elle pensa à l'état précaire de leurs finances…

On frappa alors à la porte.

— Oui ou non ? s'impatienta-t-il.

Il venait de parodier sa question initiale, concernant sa rupture avec Petra, et elle rougit.

A cet instant, Biddy passa le nez par l'entrebâillement de la porte.

— Les photocopies sont faites, tout le monde a fini son café et vous attend.

Il se dirigea vers la porte.

— Alors, ta réponse ?

Ignorant le regard inquisiteur de la réceptionniste, elle répondit dans un souffle :

— Entendu !

- 5 -

La salle de conférences était pleine à craquer.

Où que Callum porte son regard, les gens s'égayaient, un verre à la main, en bavardant et riant. Des hôtesses vêtues de longues robes rouges à paillettes et affublées d'un bonnet de Père Noël bordé de fourrure sillonnaient la foule pour offrir des petits-fours, sur des plateaux. Derrière le brouhaha des conversations, on percevait des chants de Noël.

Il aurait dû être satisfait. Ravi même. Et pourtant, tout ce qu'il pouvait faire, c'était fixer avec une frustration croissante l'auteure de cette réussite.

Miranda portait des bas résilles, ce soir.

Et il n'avait vraiment pas eu besoin que Fraser le lui fasse remarquer ! Elle était aussi vêtue d'une robe noire qui, contrairement à la précédente, n'avait pas de décolleté, mais un col montant qui aurait dû calmer ses ardeurs.

Or, il n'en était rien.

Il la regardait s'affairer autour du buffet où s'empilaient des tartes et des pots de crème, arranger les poinsettias ornés de nœuds et veiller à ce que les bougies rouges soient bien allumées.

Est-ce que ces bas-là s'arrêtaient aussi en haut de ses cuisses ?

Il frissonna de désir au souvenir de sa peau douce, à cet endroit… Les avait-elle mis délibérément pour le rendre fou ?

Soudain, il vit Fraser sourire à Miranda pour la deuxième fois en cinq minutes.

— Laisse tomber ! lui déclara-t-il avec dureté.

— Pourquoi ? Je suis moi aussi sur les rangs, murmura son frère. Et je suis le plus âgé de nous deux. C'est toi qui dois céder la place.

Dans un suprême effort, Callum détacha les yeux de la femme qui l'obsédait.

— Oublie ! reprit-il en fixant son frère. Tu ne m'impressionnes plus.

— C'est une chasse gardée ? fit Fraser avec un grand sourire. Je pensais que tu étais déjà fiancé.

Il balaya la salle du regard.

— Mais il est vrai que je n'ai pas encore vu ta « princesse », ce soir, ajouta-t-il.

— Petra déteste que tu l'appelles comme ça, répondit-il d'un ton pontifiant.

— Ta façon d'éluder ma question signifiait-elle que Petra était censée venir ?

— Pas du tout.

Il fronça les sourcils en repensant à la navrante conversation téléphonique qu'il avait eue avec elle, de New York. Il se reprochait amèrement de ne pas avoir eu le courage de rompre avant de partir. Au lieu de cela, il avait abordé le sujet par téléphone. Il se sentait tellement coupable de la tenir sur le gril alors qu'il ne pensait qu'à Miranda qu'il avait pensé que ce serait un moindre mal de lui annoncer de cette façon leur rupture plutôt que de lui laisser ses illusions plus longtemps.

Petra n'avait pas été très loquace, mais il était bien conscient qu'il l'avait blessée. Il avait eu recours aux formules bateau « Ce n'est pas à cause de toi, mais de moi. » « Tu mérites mieux que moi. » Ce qui était vrai. Cependant, il aurait dû attendre son retour à Londres pour le lui faire savoir en personne.

Moins pour la consoler que pour soulager sa conscience, il lui avait envoyé un collier de perles. Il était heureux qu'elle ne soit pas là ce soir, et la présence de Gordon, en dépit de l'affront fait à sa fille, le rassurait.

Il savait que c'était Petra qui avait insisté auprès de son père pour que celui-ci participe à la fête. Cette femme avait de l'élégance et du savoir-vivre.

Aussi, pourquoi n'était-ce pas elle qu'il désirait si désespérément ?

— Elle est plus raisonnable que je ne le pensais si elle t'a laissé tomber, déclara Fraser avec un petit sourire condescendant.

Plissant les yeux, Callum observa son frère plus attentivement. Après réflexion, il préférait ne pas le détromper et le laisser croire que c'était bien Petra qui était à l'origine de leur rupture.

Il déclara avec une certaine candeur :

— Je ne crois pas qu'elle t'aimait beaucoup, tu

sais. Un peu comme Miranda, qui ne peut pas me voir en peinture.

— Miranda ? releva Fraser, stupéfait. Est-ce que la fille de Thomas Owen ne s'appelait pas aussi Miranda ?

Malgré lui, Callum dirigea les yeux vers la femme qui tourmentait ses nuits.

— Si.

Son frère suivit son regard.

— C'est la même Miranda ? demanda-t-il.

— Oui, répondit-il d'un ton sec.

Il se sentait de plus en plus mal à l'aise sous le regard inquisiteur de son frère. Un lourd silence s'établit tout à coup entre eux.

— Aïe ! fit Fraser pour tout commentaire.

Il ne pouvait pas mieux dire.

— C'est pour cette raison qu'il vaut mieux ne pas t'approcher d'elle ! Compris ?

— Sinon quoi ? Tu me réduis en chair à pâté, petit frère ?

— N'essaie même pas, tu entends ! insista-t-il, bouillonnant de colère.

Il vit Fraser se raidir sous l'agressivité de sa menace.

— Tu as des vues sur elle ? demanda-t-il en lui jetant un regard incrédule.

Puis il éclata de rire.

— Je ne vois pas ce qu'il y a de drôle ! protesta Callum.

— Ne compte pas sur moi pour te l'expliquer.

Comme Fraser s'éloignait pour rejoindre Jack et Hunter, leurs demi-frères et actionnaires principaux dans la compagnie, il lança par-dessus son épaule :

— Tu as toujours aimé te compliquer la vie, Callum.

« Tu as toujours aimé te compliquer la vie, Callum. »

Ces paroles résonnaient encore à ses oreilles comme il se frayait un chemin à travers la foule pour rejoindre Miranda et les deux serveuses qui ravitaillaient le buffet.

Elle lui lança un regard circonspect en le voyant approcher.

Il ne devait pas s'attendre à de la gratitude de sa part après toutes les assurances qu'il avait prises afin que la soirée se déroule sans accroc. Biddy n'avait pas du tout apprécié de devoir décommander la société de traiteur initialement retenue… Et il avait dû par ailleurs leur verser la rétribution prévue en raison de l'annulation de dernière minute.

Bien sûr, Miranda ignorait tout de sa manœuvre. Elle pensait, comme il le lui avait indiqué, que le traiteur était tombé malade. Tout comme elle ignorait qu'il avait rompu avec Petra…

Elle possédait bien plus d'emprise sur lui qu'il ne l'aurait voulu. Il se sentait pris dans les mailles d'un filet.

Elle le fascinait, et lui se sentait capable de tout

pour elle. Cette idée était des plus inquiétantes. Il avait la sensation d'avoir perdu le contrôle de la situation. Il ne comprenait pas ce qui lui avait pris de coucher avec elle. Tout ce qu'il savait, c'était qu'il voulait de nouveau l'attirer dans son lit, pour se repaître encore d'elle.

Mais serait-elle consentante une nouvelle fois ?

Elle lui tenait toujours rigueur de la mort de son père. Il sentit soudain le malaise qui le rongeait depuis des années s'affirmer avec plus de force en lui : s'il n'avait pas autant insisté pour que Thomas Owen soit arrêté, ce dernier aurait probablement toujours été en vie.

Et Miranda et Adrian auraient encore eu un père !

Il répondit machinalement à un sourire que lui adressait un partenaire commercial, sans s'arrêter pour autant. Il arriva enfin à la hauteur de Miranda qui disposait de nouvelles serviettes sur la table du buffet ainsi que d'autres bols d'olives.

— Besoin d'aide ?

Sous ses doigts experts, des serviettes imprimées de flocons de neige dorés se transformaient en de charmants éventails.

— Tout est sous contrôle, marmonna-t-elle sans le regarder.

Il baissa les yeux vers ses doigts, et avisa le tablier blanc à dentelles qui lui inspirait d'affriolantes pensées érotiques. A n'en pas douter, Miranda avait dû lui jeter un sort !

S'éclaircissant la voix, il déclara :

— Je voulais te parler d'Adrian.

Elle se figea.

— Adrian ?

Le reste de sa phrase se trouva noyé dans le bruit des éclats de rire et, même en fixant le mouvement de sa bouche, il ne comprenait pas ce qu'elle lui disait. En revanche, la vue de ses adorables lèvres déclencha en lui une nouvelle vague de désir.

Il la prit par le coude et l'entraîna à l'écart.

— Désolé, je n'ai rien compris à ce que tu m'as dit.

Elle le suivit à contrecœur, ce qui n'augurait rien de bon pour lui ni pour l'envie d'elle qui le torturait. Ce fut alors que, se penchant vers elle, il ajouta :

— Laisse-moi te présenter à certaines personnes, nous parlerons d'Adrian plus tard.

Il la sentit hésiter. Puis elle se hissa sur la pointe des pieds et, s'appuyant sur son épaule, lui dit à l'oreille.

— Je ne sais pas si je pourrai attendre.

Il frissonna sous son souffle chaud et ses mots innocemment provocateurs. Tournant la tête, il se retrouva à la hauteur de sa bouche. Et, l'espace d'un instant, il fut tenté d'envoyer toute prudence aux orties, de lui confier que Petra ne signifiait rien pour lui et qu'elle, Miranda, était devenue le centre unique de ses pensées, puis de piller la douceur de sa bouche sensuelle…

Mais elle retira sa main et il eut la sensation

d'avoir été abandonné. Dans un ultime effort, il revint à la réalité.

— Nous verrons pour Adrian plus tard, quand la réception sera finie. Pour l'instant, je dois m'occuper de mes invités.

Elle hocha la tête, mais ses iris étaient dilatés d'inquiétude. Aussi ajouta-t-il :

— Il n'y a aucun problème avec Adrian, je peux te l'assurer.

Miranda devait cesser de se faire du souci pour les siens et se concentrer sur elle, pensa-t-il. Il demanda alors :

— Est-ce que tu as fait imprimer de nouvelles cartes de visite ?

— Oui, elles sont dans mon sac.

Il leva le pouce et lui dit :

— Va les chercher, je t'attends.

Miranda poussa un énorme soupir de soulagement. Le secret d'Adrian n'avait pas été éventé. Dès lors, elle envisagea la soirée sous un nouvel angle et prit plaisir à se mêler à la foule.

Callum la présenta à un couple âgé, Madge et Tom Murray. Cette première déclara :

— Vos tartes aux noix étaient succulentes. Elles fondaient dans la bouche. Quel tour de magie utilisez-vous ?

Une discussion sur la pâtisserie s'ensuivit, qui attira une autre femme. Au bout de quelques minutes, Miranda se tourna vers Callum et Tom Murray.

— Désolée, quand il s'agit de cuisine, je ne sais plus m'arrêter.

— Ma femme non plus, dit Tom en riant.

La conversation tourna ensuite sur les plats préférés de chacun et les réceptions ratées. Madge était très drôle et son mari éperdument amoureux d'elle, cela sautait aux yeux. Même s'il avoua détester les huîtres au four et que sa femme estima que c'était un motif de divorce.

Tout le monde se mit à rire, et Miranda ressentit une pointe de jalousie. Son père avait adoré sa femme et l'avait toujours gâtée, mais il n'y avait jamais eu ce genre de complicité et de rires partagés entre eux.

L'arrivée d'un homme brun à l'air vaguement familier interrompit le cours de ses pensées. Elle ne tarda pas à comprendre qu'il devait s'agir de Fraser, le frère de Callum. Il la jaugeait de ses yeux à demi plissés auxquels rien ne semblait échapper. Ni la présence de son frère à son côté, ni le bras de ce dernier dans son dos. Il fronça légèrement les sourcils, mais par chance, se mêla tout de suite à la conversation sur la nourriture.

— Quel est votre mets préféré, Miranda, celui pour lequel vous vous damneriez ? demanda Madge.

— Le chocolat. Intense, noir et légèrement amer.

— Tiens, comme Callum, observa Fraser avec un petit sourire.

Miranda n'osa pas regarder l'homme silencieux qui se tenait à son côté. En une seconde, les instants de folie qu'ils avaient partagés lui revinrent à l'esprit comme un film au ralenti. Callum la hissant sur le comptoir et se faufilant entre ses jambes. Callum la savonnant, pendant la douche. Callum nu, quelques gouttelettes perlant encore sur le corps, la faisant basculer sur le lit et…

Soudain, elle prit conscience de la légère pression de sa main, au bas de ses reins, et elle frissonna. Le courant était décidément électrique, entre eux…

Elle voulut se raisonner : comment pouvait-elle oublier aussi facilement que l'homme qui lui donnait le vertige était Callum Ironstone ! Le quasi-fiancé de Petra. Le chef de son frère. Son ennemi juré. Comment pouvait-elle accepter de se laisser consumer par de tels désirs, et être tentée de répondre à ses caresses, de frissonner à chacune de ses respirations ?

Qu'est-ce qui ne tournait pas rond, chez elle ?

— Je dois retourner en cuisine, dit-elle d'un ton désespéré.

— Ne t'avise pas de faire le moindre commentaire sur la place d'une femme dans une maison, intervint immédiatement Madge.

C'était un avertissement à l'adresse de Fraser qui semblait effectivement sur le point de faire une observation.

— Je ne me permettrai jamais, répondit-il. Maman nous aurait renvoyés dans nos chambres, si nous avions osé formuler une telle hérésie, n'est-ce pas, Callum ?

— Sans aucun doute, répondit ce dernier d'un ton pince-sans-rire.

Puis de petites rides creusèrent le coin de ses yeux, ce qui le rendit encore plus séduisant.

Miranda prit la poudre d'escampette redoutant de se retrouver sous peu sous l'emprise totale de cet homme. Voilà qu'elle était elle aussi tentée de le séduire.

La longue soirée était presque terminée.

Miranda gardait les yeux fixés sur la pendule depuis une demi-heure, attendant le départ des derniers invités. Au pot-pourri de chants de Noël avait succédé de la musique classique légère. Elle se figea lorsque Callum se glissa derrière elle en silence, envahissant sa « cachette » derrière le grand sapin de Noël où elle s'était réfugiée pour ranger les verres dans les caisses, précisément dans l'espoir de l'éviter.

Il avait retiré sa veste, et sa chemise blanche semblait presque phosphorescente sous les lumières tamisées.

— Je te cherchais, lui dit-il.

Sur ces mots, il lui tendit un verre de porto.

— Tu en as fait assez pour aujourd'hui, Miranda, poursuivit-il.

Elle observait le liquide grenat qui tournoyait dans le cristal en se rappelant avec une acuité un peu trop vive les événements qui s'étaient produits sous son toit, la dernière fois où elle avait bu du vin. Son pouls s'accéléra, et un petit vertige s'empara d'elle.

— Non, merci, répondit-elle en luttant pour se reprendre.

Si elle buvait du porto, ses défenses déjà bien vulnérables seraient réduites à zéro. En début de soirée, il lui avait promis qu'il lui parlerait d'Adrian. Nul doute qu'il l'avait recherchée pour cette raison — et non pour la séduire, contrairement à ce que sa folle imagination l'amenait à penser.

Haussant les épaules, Callum avala une gorgée de porto. Les lumières scintillantes de l'arbre de Noël créaient un halo argenté surnaturel au-dessus de sa tête, un halo envoûtant. Il avait également retiré sa cravate et elle voyait battre son pouls, à la naissance de son cou.

Elle ne pouvait en détacher son regard, comme hypnotisée.

— Cette soirée était vraiment réussie, Miranda. Je tenais à te remercier.

L'expression de ses yeux était aussi chaleureuse qu'un ciel de printemps. Elle aurait donné cher pour qu'ils se soient rencontrés dans d'autres circonstances. Pour qu'il n'ait rien à voir avec le décès de son père.

— J'ai simplement fait le travail pour lequel j'ai été payée, répondit-elle en se raidissant.

Il posa alors le verre de porto sur le sol en marbre blanc, à côté d'elle. Elle détourna la tête, bien résolue à lui cacher ses inavouables pensées, tout en continuant à disposer les verres propres dans les caisses.

— Non, tu t'es surpassée, insista-t-il. Les petits-fours étaient un véritable délice et les décorations de Noël comestibles d'une originalité qui a fait fureur, parmi les invités.

Il s'était rapproché d'elle.

Elle répondit d'un ton rapide, priant pour être capable de le tenir à distance :

— J'ai pensé que tes invités pourraient les emporter chez eux, en souvenir.

— Madge Murray était intarissable sur tes anges en chocolat, continua Callum.

— C'est ma mère qui m'a appris à les faire, quand j'étais enfant.

Flo avait toujours eu des dons pour confectionner des gâteaux dignes de contes de fées. En revanche, les tâches ordinaires, comme préparer le déjeuner ou le dîner, étaient au-dessus de ses capacités.

Soudain, elle sentit les doigts de Callum lui caresser le menton. Ses pensées s'affolèrent... Il riva son regard terriblement brillant au sien. Et, comme les lumières du sapin s'y reflétaient, elle crut y lire de l'émotion. Mais les paroles qu'il prononça la ramenèrent à la réalité.

— Le mari de Madge est l'un de nos plus importants clients.

Son espoir s'évanouit d'un coup.

Pour lui, le monde tournait autour de son entreprise. Jamais l'émotion n'entrait en jeu. Et encore moins les contes de fées. Il était prêt à se marier pour des intérêts professionnels. Contrairement à elle, il ne croirait jamais à l'amour, ni aux vœux de Noël. Elle s'efforça de ne pas montrer sa déception et s'en voulut d'avoir espéré qu'il puisse en aller autrement.

— Je suis ravie que tu sois satisfait.

— Je le suis au-delà de toute mesure.

— Tant mieux !

Elle se redressa et ajouta :

— Et maintenant, je dois absolument finir de ranger ces verres. L'entreprise à laquelle je les ai loués ne va pas tarder à passer les reprendre.

Il lui jeta un regard contrarié.

Il se fichait pas mal des verres. Pourquoi ne faisait-elle pas comme ces coquettes qui battaient des paupières au moindre compliment et se confondaient en remerciements ? Comme il se serait délecté de sa gratitude…

Il contempla sa peau crémeuse, sa bouche douce et sensuelle, et le désir le vrilla.

Un désir noir, impérieux, implacable.

Il fit un effort pour se reprendre. Il n'allait rien se passer entre eux, ce soir. Ni plus tard, d'ailleurs. Aussi était-il préférable qu'il surmonte la fascination qu'elle exerçait sur lui.

Même Fraser avait remarqué à quel point il était troublé en sa présence.

Bon sang !

Arriverait-il un jour à oublier la nuit qu'elle avait

passée dans son lit ? Ou à cesser de réfléchir à la meilleure stratégie pour la ramener dans son lit et lui faire de nouveau l'amour ?

Il devait avoir perdu l'esprit.

Il voyait bien à la façon qu'elle avait de ranger obstinément les verres en cristal dans leur carton qu'elle n'avait aucune intention de sortir avec lui. Il en avait assez d'user de prétextes professionnels pour pouvoir passer du temps avec elle.

Une fois la saison des fêtes terminée, il devrait laisser passer un peu de temps avant de l'engager de nouveau pour l'organisation de réceptions, sans quoi elle finirait par se méfier. A moins qu'il ne se mette à fréquenter L'Oie dorée, il n'aurait aucune raison de la voir…

A cette pensée, il grimaça.

Ce serait vraiment par désespoir qu'il en arriverait là !

— Quelque chose ne va pas ?

Il se ressaisit au son de la voix de Miranda.

— Pardon ?

— Tu as l'air sombre.

— Non, pas du tout. La soirée était parfaite, comme je te l'ai dit.

Et soudain, il trouva l'excuse qu'il cherchait pour s'attarder en sa compagnie.

— Je voulais te parler de ton frère, tout à l'heure, commença-t-il.

Elle se raidit aussitôt.

— A mon retour de New York, je lui ai remis

des formulaires afin qu'il dépose sa candidature pour les bourses d'études que propose Ironstone Insurance.

— Si Adrian pouvait aller à l'université l'année prochaine, j'en serais vraiment heureuse, déclarat-elle alors sur un ton nettement plus détendu. Merci de tout cœur.

Il leva la main, dans l'intention de lui dire qu'elle ne lui devait rien, que c'était le moins qu'il pouvait faire… Puis il se ravisa. Pour un peu, il allait manquer l'opportunité qu'il recherchait !

Et pourtant, c'était une occasion en or.

Il pourrait se servir de son frère afin de rester en contact avec elle, organiser des rendez-vous en tête à tête pour discuter de lui.

Soudain, il trouva tout cela terriblement moche.

Adrian était presque un homme, et lui-même s'était toujours efforcé de le traiter comme un adulte. Si celui-ci découvrait qu'il rencontrait Miranda pour s'entretenir à son sujet, le lien qu'il avait mis si longtemps à établir entre eux serait brisé.

Mais le désir que lui inspirait cette dernière était plus fort que tout. Et s'il n'offrait pas un poste permanent à son frère, à Ironstone Insurance, ou n'appuyait pas sa candidature pour des études universitaires, il n'aurait plus de prétexte pour la voir. Plus aucune excuse pour l'attirer dans son lit…

Il fit glisser son pouce sur son bras, sur l'étoffe de sa robe, et l'entendit respirer plus fortement.

Elle n'était pas aussi insensible qu'elle voulait le laisser paraître !

Le souvenir de sa peau douce sur la sienne s'imposa à lui… Elle avait un goût si sucré et elle était tellement passionnée…

Il gardait les yeux fixés sa bouche.

La passion qu'elle lui inspirait le troublait profondément. Il avait eu raison de rompre avec Petra. Il ne pouvait épouser aucune femme tant qu'il était dans cet état. Et, en dépit de l'indifférence que Miranda affichait à son endroit, il suspectait qu'elle le désirait aussi fort que lui. La ferveur dont elle avait fait preuve entre ses bras, dans son lit, ne pouvait être feinte.

Si seulement le souvenir de son père ne planait pas au-dessus d'eux !

— Miranda, en ce qui concerne ton père…

Elle le fusilla du regard.

— Tu n'aurais jamais dû…

— Je n'avais pas le choix.

— On a toujours le choix, dit-elle.

Elle avait raison. Dans cette affaire, il avait voulu prouver combien il était déterminé, impitoyable. Un homme d'affaires à qui on ne marchait pas sur les pieds. Il devrait sans doute expier cette faute toute sa vie.

— Tu as raison, admit-il.

— Merci.

Il crut qu'elle allait en dire davantage à ce sujet, mais à la place, elle reprit d'un ton enjoué :

— C'est bientôt Noël. J'espère que tout se passera bien pour Adrian, l'année prochaine.

Il cligna des yeux.

— Tu crois aux vœux de Noël ?

Elle releva le menton et regarda l'arbre, au-dessus d'eux.

— Je pense que tout rêve, tout souhait, tout espoir est permis.

Elle était si romantique ! Pendant quelques secondes, il aurait aimé partagé cet optimisme pur et aveugle.

Incapable de se retenir, il demanda :

— Qu'est-ce que tu souhaites le plus, pour Noël ?

— J'adore le passer en famille. J'adore…

Elle s'interrompit.

— Mais en quoi est-ce que ça t'intéresse ?

— J'ai envie de savoir, c'est tout.

A son propre étonnement, il était sincère.

— Dis-moi, par exemple, ce que tu aurais envie de voir, le matin de Noël.

— Le plus beau cadeau ?

Elle eut un petit sourire triste.

— Cela, continua-t-elle, je ne pourrai jamais l'avoir, alors disons que c'est la neige. En cette saison, même si j'aime la ville illuminée, je préfère la neige. A Londres, on a juste de la neige fondue et de la boue sur les trottoirs, mais pas ce manteau immaculé qui craque sous les pieds le matin de bonne heure, à la campagne, lorsqu'on fait les premières empreintes dans la neige.

Il percevait parfaitement une pointe de nostalgie dans sa voix.

— La campagne te manque, n'est-ce pas ?

— Oui, surtout à cette époque de l'année.

Les lumières du sapin scintillèrent de nouveau, et il vit passer sur son visage une expression de mélancolie.

Mais elle se reprit pour ajouter :

— Je me rappelle, enfant, quand nous nous levions le matin de Noël… La première chose que nous faisions avec Adrian c'était de nous précipiter vers la cheminée. Puis j'allais voir mon poney, pour lui apporter des carottes et des pommes.

Elle poussa un léger soupir.

— La chaude odeur des écuries après l'air piquant de l'extérieur, je crois que c'est mon meilleur souvenir de Noël. Et quand je rentrais à la maison, mes parents étaient réveillés et nous pouvions ouvrir les cadeaux, sous le sapin.

Elle ferma les yeux. Ses cils formèrent alors de gracieux croissants noirs sur ses joues. Puis elle eut un sourire un peu triste qui procura à Callum un curieux élancement, du côté du cœur.

— Un vrai, précisa-t-elle avant de désigner l'arbre sous lequel ils se tenaient : pas comme ce monstre en plastique, et sa neige artificielle.

Il hocha la tête, se sentant en communion avec elle. Quand il était enfant, sa famille avait toujours eu de véritables sapins. Chaque année, son odeur emplissait la maison, conjuguée à celle des arômes des biscuits faits maison. Ils continuaient à passer Noël tous ensemble, à la campagne.

Il eut soudain envie de lui offrir la chance de revivre le Noël dont elle rêvait. Il voulait l'inviter à Fairwinds pour qu'elle passe Noël à la campagne, avec lui.

— Miranda…

Elle tendit le bras afin de redresser un nœud argenté, sur l'arbre. Dans son mouvement, sa robe épousa plus étroitement sa poitrine et il retint son souffle. Il en oublia ce qu'il voulait dire… Oublia tout, sauf le désir insensé qu'elle lui inspirait.

Incapable de résister à la tentation, il l'attira à lui, puis effleura sa bouche avec douceur.

L'air se figea alentour.

Il aurait aimé l'embrasser à pleine bouche avec toute la passion qu'elle lui inspirait avant de l'emmener chez lui. Au lieu de quoi, il la relâcha.

— Pourquoi ce baiser ? demanda-t-elle en touchant sa bouche rose framboise du bout des doigts.

Ah bon, il devait avoir une raison pour l'embrasser ?

Il la regarda longuement.

Au lieu de se réfugier dans ses bras, comme de nombreuses femmes l'auraient fait, elle paraissait plutôt méfiante.

Il finit par dire :

— Ce doit être la faute au gui.

Elle leva les yeux et sourcilla.

— Il n'y en a même pas !

Exact. Et il n'avait besoin d'aucun prétexte pour l'embrasser. Le feu qu'elle avait allumé en lui le torturait en permanence, mais il doutait qu'elle aurait goûté son honnêteté, s'il lui avait révélé la vérité.

- 6 -

Miranda n'appréciait guère la façon dont Callum jouait avec elle. Ce baiser qui en était à peine un, aussi doux qu'une caresse, l'avait fortement secouée.

Et même un week-end très occupé à L'Oie dorée ne lui avait pas permis de s'en remettre. Tout cela parce que l'homme en question avait eu l'audace de venir y déjeuner, le samedi.

Elle avait été avertie de son arrivée sitôt qu'il avait franchi la porte du restaurant. Kitty, la plus jeune, la plus jolie et aussi la plus frivole des serveuses avait débarqué en cuisine pour l'informer que le plus beau gosse qu'elle n'avait jamais vu de sa vie venait d'entrer à L'Oie dorée.

— Grand, brun, avec des yeux bleu pervenche. On dirait une star de cinéma.

Miranda s'était d'abord figée, horrifiée…

Elle avait bien essayé de se rassurer en se disant que cette description pouvait s'appliquer à des centaines d'autres hommes ! Cependant, poussée par une intuition, elle avait jeté un coup d'œil par la porte entrebâillée…

Et découvrit Callum !

Il était assis seul à une petite table, près du poêle.

Le feu n'était pas très nourri, mais les flammes diffusaient suffisamment de chaleur pour rendre l'atmosphère plus que confortable. Il étudiait le menu. Soudain, il releva les yeux, comme s'il avait senti son regard.

Elle retira bien vite sa tête, se maudissant pour sa stupidité, le cœur battant à tout rompre.

En entendant Mick se plaindre des chefs qui n'avaient pas assez de travail, elle se précipita vers le four afin d'en retirer des tartelettes qui menaçaient de brûler. Elle les disposa sur une grille et entreprit de faire de la crème Chantilly parfumée au Grand Marnier.

Que voulait-il ? Que faisait-il ici ?

Elle sentit sa main trembler, alors qu'elle pressait la douille et des éclats de crème volèrent un peu partout. Elle avait soudain envie de l'étrangler !

— Il veut du steak ! annonça Kitty en rentrant en cuisine. Saignant. Sans sauce, juste quelques rondelles d'oignons. Un vrai carnivore !

Les deux autres serveuses se mirent à rire.

— Je vais lui apporter de l'eau, déclara l'une.

— Peut-être qu'il veut plus d'oignons, suggéra l'autre.

Miranda se retint de lever les yeux au ciel.

Pendant la demi-heure qui suivit, les serveuses ne cessèrent de glousser et de rivaliser pour le servir, ce qui l'irrita suprêmement. Mais le summum fut quand Kitty vint annoncer que le bel invité souhaitait remercier le chef en personne !

Sous l'insistance du regard noir de Gianni, elle ne put que s'exécuter et sortit des cuisines. Elle se garda de la moindre remarque désobligeante et se contenta d'un doux sourire docile.

— Je suis heureuse que tu aies apprécié ton déjeuner.

Il fixa longuement sa bouche avant de croiser son regard.

— Qu'est-ce que tu fais pour Noël, cette année ?

Décidément, il récidivait.

— Je le passe en famille. Comme toujours.

Il hésita, puis déclara :

— Ma mère nourrit une passion peu commune pour les tartelettes à la crème Grand Marnier et celles-ci sont les meilleures que je n'ai jamais mangées de ma vie.

Sa sincérité la désarma. D'autant qu'il la regardait comme s'il voulait la dévorer sur place.

— Elle adorerait ton dessert, continua-t-il.

— Je te donnerai la recette, parvint-elle enfin à articuler.

Inclinant la tête de côté, il les montra, attentif à ses moindres réactions.

— Je préférerais que tu les fasses pour elle.

— Ta mère n'habite pas à Londres, répondit-elle. Si tu les transportais, les gâteaux ne seraient plus aussi frais à l'arrivée. C'est un peu comme un soufflet, il faut les manger sans attendre.

Il lui adressa un sourire en coin, et déclara :

— La prochaine fois que ma mère viendra en ville, je te rappellerai ta proposition.

Son sourire s'élargit, et pour la première fois, Miranda aperçut l'homme qu'il devait être pour les siens. Il était bien différent de celui qu'elle avait appris à détester. Cet homme-là, elle aurait pu l'aimer. Et dire qu'elle avait refusé de l'accompagner voir *Les Misérables*, ce soir, laissant passer l'occasion de mieux le connaître. Mais elle avait une bonne raison, se rappela-t-elle à l'ordre : Petra… Même si Callum demeurait une énigme qu'elle ne comprendrait jamais.

Elle dut supporter l'affreuse humeur de Gianni pendant tout le reste du week-end. L'une des serveuses avait dû lui rapporter ses propos et cela ne lui avait pas plu.

Par chance, quand elle rentra enfin chez elle le dimanche soir, sous une pluie froide, aucun bouquet ne l'attendait pour lui rappeler la plus grande erreur de sa vie.

Adrian étant sorti, la maison semblait vide. Comme elle pénétrait dans la salle à manger, Miranda vit Flo glisser précipitamment une enveloppe dans un dossier.

— Une autre facture ? demanda-t-elle en s'asseyant elle aussi à la table. Je pensais les avoir toutes réglées.

— Ne t'inquiète pas pour ça, ma chérie.

Le ton vague de sa mère piqua sa curiosité.

— Fais voir ! Il est possible que je l'aie déjà payée.

— Non, c'est une facture personnelle.

— Personnelle ? répéta Miranda d'un air surpris.

Flo lui remettait en général toutes ses factures, dans la mesure où elle était incapable de gérer ses comptes. De sorte que sa fille était souvent obligée d'effectuer des heures supplémentaires…

Elle ressentit comme une nausée.

— Je t'en prie, ne me dis pas qu'il y a encore des factures dont j'ignore l'existence.

Ce fut alors qu'elle aperçut le logo sur l'enveloppe. Celui d'une boutique de luxe !

— Elle provient de chez Hemingway ? s'étrangla-t-elle.

— J'avais besoin d'un nouveau manteau, s'excusa Flo.

Elle s'empara de la facture.

— Qu'est-ce que c'était ? Du vison ?

— Ne sois pas bête, ma chérie.

Sa mère lui arracha la facture des mains.

— J'ai acheté aussi quelques robes. Ma garde-robe d'hiver laissait vraiment à désirer, et ton père n'aurait pas supporté de me voir en haillons.

— Papa n'est plus là, et nous n'avons plus son salaire.

Elle repéra alors une autre facture, dans l'enveloppe, du même établissement. Elle s'en saisit.

— Des casseroles en cuivre ! Tu m'avais dit que c'était ton amie Sorrell qui te les avait données.

Sa mère rougit.

— Je réglerai ces factures, Miranda, je t'assure.

— De quelle façon ?

Les mains sur les hanches, elle considérait sa mère avec amertume. A part la pension que Callum lui versait et qui ne provenait pas de l'assurance-vie de son père, comme on avait voulu lui faire croire, Flo n'avait aucun revenu.

— Je m'arrangerai, ma chérie. Ne t'inquiète pas pour ça.

Des arrangements, à présent ?

Miranda sentit ses nerfs à cran.

— Quelle sorte d'arrangements ?

— J'appellerai Hemingway pour qu'ils me fassent crédit. Ils l'ont déjà fait.

— Ah bon ? fit Miranda, se demandant bien comment la boutique avait pu faire crédit à sa mère.

— Oui, la dernière fois, ils ont même augmenté le seuil de ma réserve.

Miranda regarda sa mère les yeux agrandis d'effroi.

— Quoi ? Alors que tu ne peux pas payer tes factures ? Pourquoi auraient-ils fait ça ?

Flo parut confuse.

— Grâce à Callum, bien sûr, marmonna-t-elle.

— « Grâce à Callum » ? répéta Miranda, en ayant

la sensation d'être l'idiote du village. Qu'est-ce que Callum Ironstone a à voir avec ces comptes ?

— Je te rappelle que c'est lui qui a pris en charge tous nos comptes, après la mort de ton père. Cela faisait partie de notre accord, répondit Flo, sur la défensive. Tout le monde connaît les Ironstone. Les choses étaient difficiles à l'époque, tu te souviens ? C'est lui qui a payé les factures jusqu'à ce que tu prennes le relais.

— Non, je ne me souviens pas, trancha Miranda. Cela doit figurer dans le fameux accord que tu ne m'as jamais montré. Serais-tu en train de me dire que tu as demandé une plus grande réserve de crédit en te servant du nom de Callum ?

Elle ne pouvait se résoudre à croire l'affreuse vérité.

— Eh bien quoi ? Cela ne lui coûte rien, répondit Flo, un rien irritée.

— Si tu ne rembourses pas, c'est lui qui devra le faire à ta place ! Je n'arrive pas à croire que ce magasin ait accepté de te faire crédit pendant si longtemps.

— Je les appelle régulièrement, ils savent qu'ils seront remboursés et que Callum ne me laissera pas tomber.

Miranda reposa la facture, affligée.

— Ils y trouvent leur compte, étant donné le taux d'intérêt croissant, observa-t-elle, mâchoires serrées.

— Toutes les boutiques ne pratiquent pas des taux aussi élevés, ma chérie.

— Quoi ? Tu t'es endettée auprès d'autres boutiques ?

Miranda n'en croyait pas ses oreilles.

Elle qui s'était juré de n'être plus jamais redevable à Callum de quoi que ce soit ! Où trouverait-elle l'argent pour solder tous les crédits ? Les magasins ne tarderaient pas à appeler Callum pour l'informer que Mme Owen utilisait son nom pour ouvrir des crédits chez eux.

A moins que Hemingway ne décide d'entamer une procédure pour recouvrer les dettes. Quelle honte ce serait alors !

— Oh, maman, mais qu'est-ce que tu as fait ?

L'après-midi suivant était son jour de repos et Miranda arpenta Londres pour se calmer et réfléchir à la meilleure façon d'agir.

Même si Callum avait soldé les crédits de ses parents après le décès de son père, elle ne pouvait imaginer qu'il ait autorisé sa mère à utiliser son nom pour contracter d'autres crédits. Il était temps d'aller lui parler à cœur ouvert et de sortir tous les cadavres du placard, décida-t-elle avec un humour noir. Adrian et Flo devraient assumer les conséquences de cette discussion, quelles qu'elles soient.

Callum ne pouvait plus continuer à être abusé de la sorte.

Pour l'heure, elle se trouvait à Trafalgar Square.

Des années auparavant, Flo les amenait souvent ici, Adrian et elle, pour nourrir les pigeons et, à chaque Noël, ils venaient admirer les illuminations et le beau sapin bien décoré. Depuis longtemps, les pigeons avaient déserté l'endroit, mais l'arbre était toujours là, en cette saison. Tout comme la fontaine dans laquelle Adrian avait failli tomber, un jour glacial d'hiver.

Soudain, son téléphone mobile sonna. Elle fut à peine surprise d'entendre la voix de Callum. Elle se laissa tomber sur un banc, près de la fontaine.

— Allô ? dit-elle, le souffle court.

Ne pouvait-elle donc pas s'exprimer normalement ? se reprocha-t-elle aussitôt, exaspérée. N'était-elle pas en mesure de contrôler le moindre échange avec lui ?

— Tu as fait des tartelettes à la crème Grand Marnier, dernièrement ?

Son ton léger lui donna envie de pleurer. Il ne manquerait pas de changer d'humeur, une fois qu'il serait mis au courant des agissements de sa mère.

— Pas beaucoup…

Involontairement, il venait de lui rappeler qu'elle devait trouver des heures supplémentaires à effectuer, si elle voulait s'acquitter de tous les crédits de Flo !

Sur une impulsion, elle demanda :

— Tu n'aurais pas du travail pour moi ?

Elle ferma aussitôt les yeux, entendant dans son cerveau l'écho de ses propres paroles et les regrettant amèrement. Quand elle rouvrit les paupières, elle fixa du regard le sapin de Noël, avec ses guirlandes de lumière rouge, de l'autre côté de la fontaine.

— Je veux dire du vrai travail. Pas la charité.

— Oui, je sais… J'étais en train de réfléchir.

Elle s'efforça d'ignorer la sensualité de sa voix, qui la faisait frissonner jusque dans son âme…

— Et si on se voyait, pour en discuter ? reprit-il. Je vais passer en revue les personnes susceptibles de te donner du travail.

Ce ne serait pas un rendez-vous. Après tout, quel mal y avait-il à utiliser les connaissances de Callum à des fins professionnelles ? De cette façon, elle pourrait évoquer le « cas » de sa mère. Et peut-être aussi celui d'Adrian. Si la rencontre se passait bien…

— Avec plaisir, répondit-elle d'un ton soudain enjoué.

— Très bien. Dînons ensemble vendredi. Je passerai te chercher.

Vendredi soir ? Finalement, cela avait tout d'un rendez-vous. Mais elle ne pouvait se permettre le luxe de refuser.

Callum était assez content de lui.

Non seulement il venait de décrocher un rendez-vous avec Miranda, même s'il doutait qu'elle envisageait la soirée sous cet angle, mais il avait obtenu un feed-back remarquable sur la réception de Noël. Tout le monde l'avait félicité. Par ailleurs, Hunter lui avait annoncé qu'ils allaient sans doute signer un nouvel accord avec Tom Murray, et un homme d'affaires qu'il courtisait depuis longtemps lui avait enfin donné rendez-vous en vue de confier à Ironstone Insurance l'assurance de toutes ses usines. Il savait même que Miranda avait organisé un dîner chez Hunter, bien qu'elle ne lui en ait rien dit.

Il éprouvait l'agréable sensation que tous ses projets se concrétisaient.

Quand il passa la chercher, le vendredi soir, elle était fin prête, ce qui augurait d'une bonne soirée, décida-t-il. Il appréciait la ponctualité, chez les femmes.

Elle ne portait pas de robe noire, et il ne savait trop s'il devait en être déçu ou soulagé. Elle était vêtue d'un pantalon cigarette noir, de bottes à hauts talons, et d'une veste à basque qui masquait ses formes. Peu importait ! Il avait l'intention de l'emmener dans un endroit bien chauffé et, à la fin de la soirée, elle serait bien moins couverte, si tous ses plans se déroulaient comme prévu…

Ils se trouvaient à présent dans l'un de ses restaurants préférés. Assis en face d'elle dans l'alcôve qu'il avait spécialement réservée et qui donnait sur la rue merveilleusement illuminée, Callum sourit de satisfaction lorsque ses yeux tombèrent sur le gris sensuel de son chemisier en satin. Jusque-là, tout allait bien… Il l'observa tandis qu'elle étudiait le menu, et la vit sourciller. Quand elle referma la carte des menus, elle leva les yeux vers lui. Il saisit rapidement sa flûte de champagne et en avala une gorgée.

— Pourquoi est-ce que tu me regardes comme ça ? demanda-t-elle.

— Tu es toujours tellement sérieuse, répondit-il. Tu t'impliques tout entière, quoi que tu fasses.

Il reposa sa flûte sur la nappe en lin blanc.

Elle baissa les yeux, en quête de sa fourchette.

D'un air embarrassé, elle déclara alors :

— Certaines personnes estiment que je suis trop tenace.

— Je ne vois pas où est le problème.

— C'est vrai ? dit-elle en rivant son regard au sien. On m'a dit que ce n'était pas féminin.

Il se mit à rire.

— Sois sans crainte ! Tu es rayonnante de féminité, lui affirma-t-il.

Il dévisagea ses sourcils noirs, la douce courbe de sa joue, avant de fixer son regard sur sa bouche sensuelle. Il suivit le mouvement qu'elle fit du bout de sa langue rose pour humecter ses lèvres. Il devait exprimer un désir manifeste car elle eut l'air choquée lorsqu'elle croisa son regard.

Pour détendre l'atmosphère, il demanda à son tour :

— Pourquoi est-ce que tu me regardes comme ça ?

— Je n'ai pas de raison particulière, dit-elle.

Puis elle rougit et, détournant les yeux, s'empara de sa serviette qu'elle plaça sur ses genoux. La chaleur qui la transperçait chaque fois qu'elle se trouvait près de lui l'avait de nouveau submergée.

Elle était aussi réceptive à sa présence que lui à la sienne, pensa-t-il. Il aurait aimé qu'elle admette l'inévitable : ne voyait-elle pas qu'ils étaient faits pour être amants ?

Elle redressa la tête.

— J'ai l'impression que ce qui devait être un dîner de travail est en fait un rendez-vous, déclara-t-elle.

Puis elle désigna les flûtes en cristal ainsi que la façon originale dont les roses blanches étaient arrangées, sur la table.

Elle ajouta alors :

— Je t'ai déjà dit que je ne voulais pas de rendez-vous avec toi.

Malgré tout, elle accompagna ses propos d'un petit sourire doux.

Un serveur arriva et alluma une bougie blanche avant de prendre les commandes. Une fois qu'il eut rempli leurs flûtes, Callum reprit le cours de leur conversation.

— Ce n'est pas un rendez-vous, mais bien un dîner d'affaires, précisa-t-il.

Il se retint de sourire face à son expression incrédule.

— Tu invites souvent des associés le vendredi soir pour parler affaires ?

Il leva les mains en signe d'innocence.

— Les hommes d'affaires travaillent même le

week-end, tu sais. Je ne suis pas le seul dans ce cas.

— Je comprends que tu dînes ici avec tes frères en fin de semaine, mais en va-t-il de même avec Gordon ? Ou Tom Murray ?

Elle leva sa flûte en guise de salut moqueur.

Cette fois, il ne put retenir un large sourire.

— Nous venons parfois fêter des alliances, ici.

Elle reposa son verre.

— Et des rachats ?

Comprenant l'allusion, il annonça sur un ton tranquille :

— J'ai dit à Petra que notre relation était terminée.

Cela fit un froid. La légèreté de leur échange s'effaça pour laisser place à une tension tangible.

— Tu as rompu avec elle ? demanda-t-elle pour être sûre d'avoir bien assimilé l'information.

Ses beaux yeux noisette exprimaient la consternation.

— Je ne t'ai jamais demandé une chose pareille ! continua-t-elle.

— Cela fait une semaine, précisa-t-il alors.

— Une semaine ? répéta-t-elle. Et tu ne me l'as pas dit ?

— Cela n'a rien à voir avec toi, mentit-il.

En réalité, cela avait tout à voir avec elle. Jusqu'à ce qu'elle surgisse dans sa vie, il avait été pleinement satisfait à l'idée de s'installer avec Petra. Mais elle était arrivée et l'avait envoûté, aiguisant ses sens tout en le laissant perpétuellement sur sa faim. Ils s'entendaient si bien, au lit !

Il se pencha vers elle.

— Je t'assure que ce soir, c'est un dîner d'affaires et ne t'inquiète pas pour le champagne, je le déduis des impôts.

— Vraiment ? fit-elle ironique.

A son grand soulagement, il remarqua la lueur amusée qui dansait dans ses yeux sombres : il était en train de gagner la partie !

Aussi enchaîna-t-il :

— Voyons comment je peux t'aider dans tes projets. Soit dit en passant, j'ai entendu que la fête que tu as organisée pour Hunter la semaine dernière était des plus réussies.

Il la vit s'animer.

— Oh oui ! Merci beaucoup de m'avoir recommandée à lui.

— Je t'en prie. Hunter était impressionné.

— Un de ses amis m'a appelé ce matin pour me demander de lui établir un devis pour la fête du nouvel an.

— Génial ! Il n'y a rien de tel que le bouche à oreille.

— Ah, si seulement ça pouvait continuer… !

Elle se tut brusquement et il attendit qu'elle reprenne la parole. Alors, dans un sourire, elle déclara :

— A L'Oie dorée, les rapports sont un peu tendus. Je ne sais pas combien de temps encore ils vont me garder. Avec la crise économique, il y a des rumeurs de restructuration.

Il fut surpris qu'elle l'ait choisi pour confident. En général, elle faisait tout pour mettre le plus de distance entre eux.

— Cela ne te concernera pas, affirma-t-il d'un ton péremptoire.

Elle se mordit la lèvre.

— J'aimerais en être aussi certaine.

Il comprit que la question l'inquiétait vraiment.

— Qu'est-ce qui te fait peur ? Tu es surqualifiée pour le poste que tu occupes, tu es appliquée, et tu cuisines divinement bien.

Elle lui adressa un petit sourire.

— Merci pour cette confiance. Si je reste à L'Oie dorée, c'est parce que c'est pratique. Tout près de la maison. Mais je suis chef cuisinier junior, et le chef senior me rend la vie difficile.

— Je vois. Tu es jeune, douée, et ton salaire est sans doute moins élevé que le sien. Tu représentes une menace directe pour lui.

— Tu as peut-être raison… Mais il n'empêche que dès qu'il y a un problème en cuisine, c'est à moi que Gianni s'en prend. Même si je ne suis pas là au moment des faits. Sans compter qu'il dit toujours à Mick que je suis en retard alors que j'arrive à l'heure.

— Tu ne dois pas rester à L'Oie dorée. Tu peux trouver un bien meilleur poste. Dans un endroit comme celui-ci, par exemple.

Il désigna alors la nappe en lin blanc fin, les couverts en argent qui brillaient dessus, puis il fit un geste circulaire de la main vers le reste du restaurant, ses hauts plafonds élégants, ses larges baies et ses alcôves, les rideaux couleur ivoire.

— Tu crois ? dit-elle, sceptique. Tu sais, les gens n'ont pas oublié le scandale lié à mon père.

— Quel rapport ? Tu as de bonnes références, c'est tout ce qui compte.

— Gianni et mon patron sont amis, je ne sais pas si ce dernier me fera une lettre de recommandation, quand je partirai.

Il résista à l'envie de dire qu'il la lui ferait, lui, cette lettre ! Il la suspectait de préférer mener seule sa barque.

— Dans ces conditions, concentre-toi sur la société de traiteur que tu veux monter. Tu as déjà commencé. Est-ce que tu as couché ton projet sur le papier ?

Elle hocha la tête en signe d'acquiescement.

— J'y jetterai un œil, si tu le permets.

Il sortit alors une enveloppe de sa poche et ajouta :

— Voici une liste comportant les numéros d'hommes d'affaires qui seraient ravis que tu organises des fêtes pour eux. Propose-leur tes services.

Hésitante, elle s'empara de la liste, la déplia et en parcourut les noms. Il devina, à son expression, qu'elle en connaissait quelques-uns de réputation.

— La plupart savent que tu vas prendre contact avec eux, continua-t-il.

— Ce n'est pas aussi simple, protesta-t-elle. Même les entreprises bien établies font faillite en ce moment, et j'ai des responsabilités à assumer.

En dépit de la confiance qu'elle affichait, elle était effrayée par le saut dans le vide que représentait le fait de démissionner pour lancer sa propre entreprise. Il ressentit un élan de compassion envers elle.

— Le dernier nom de la liste est celui d'une comptable qui sera capable de t'aiguiller et de t'éviter les écueils d'une petite entreprise. C'est une vieille amie de la famille.

Il lisait dans ses yeux une expression qu'il ne pouvait déchiffrer. Pensait-elle à sa famille ? A son père ? Lui en voulait-elle et estimait-elle que c'était le décès de ce dernier qui l'avait placée dans cette situation ?

De nouveau, il fut envahi par un terrible sentiment de culpabilité. Elle n'aurait pas dû assumer toutes ces responsabilités.

Depuis le suicide de Thomas, il s'était efforcé d'aider les Owen, de leur éviter la précarité tout comme il avait permis qu'Adrian et Miranda bénéficient d'une formation. Et maintenant, il était résolu à aider cette dernière à monter sa propre entreprise de traiteur. Mais il était bien conscient qu'en dépit de tous ses efforts, rien ne pourrait lui ramener son père.

Il tendit le bras et referma ses doigts sur les siens.

— Laisse-moi t'aider.

Elle se dégagea vivement. De toute évidence, l'idée lui déplaisait.

Au bout de quelques secondes, il reprit :

— Tu m'en veux toujours pour la mort de ton père, n'est-ce pas ? Pourquoi t'est-il si difficile d'accepter mon aide ?

— Et de te faciliter les choses ? Te permettre, grâce à l'argent, de te racheter une bonne conscience ? Cela ne marche pas comme ça !

Ses yeux brillaient. Il espérait que c'était de colère, qu'elle n'allait pas se mettre à pleurer. Il ne supportait pas les larmes.

— Ma conscience me tourmentera toujours, confessa-t-il alors.

Elle lui lança un regard curieux, puis ses épaules s'affaissèrent.

— Mon père me manque terriblement.

Cet aveu ébranla Callum. De nouveau, il lui saisit le bras. Elle se raidit, mais ne le repoussa pas.

— Je suis désolé, bien plus que tu ne peux imaginer.

— Merci, murmura-t-elle. J'avais besoin de t'entendre prononcer ces mots.

Il désigna d'un mouvement de menton la liste qu'il venait de lui donner.

— Appelle ces numéros. Le succès est à portée de main, Miranda. Et ne pense pas que je te fasse une faveur ! Il m'arrive souvent de donner un coup de pouce aux jeunes entrepreneurs. C'est dans ce même esprit que notre compagnie propose des bourses d'études. Adrian a vraiment une chance d'en obtenir une. Il est travailleur et intelligent.

Elle baissa soudain les yeux, et son regard se voila.

— Je te remercie d'avoir proposé sa candidature. Il faut désormais qu'il pense à son futur.

— Oui, c'est un grand garçon, il doit faire ses propres choix.

Elle battit des cils, comme choquée d'entendre un tel conseil, et lui lança un regard en biais.

— Tu as sans doute raison. J'ai été tellement habituée à le couver. Ce qui m'amène à un autre sujet dont je voulais te parler.

— De quoi s'agit-il ?

— De ma mère… Elle ouvre des crédits partout en ville, et les boutiques acceptent parce qu'elles pensent que tu te portes garant de ses dépenses. Il faut que tu leur écrives d'arrêter.

Callum se mit à jouer avec les doigts de Miranda.

— Ce n'est rien, je peux me le permettre.

Miranda secoua la tête.

— Non, je ne pourrai jamais te rembourser.

— Je n'attends rien en retour.

— Je t'en prie, Callum, prends contact avec ces boutiques ! Je ne veux pas m'endetter davantage auprès de toi.

— Tu n'as pas à me rembourser les dettes de ta mère.

— Bien sûr que si ! Sans compter tout le reste…

— Allons, Miranda, cesse de t'obstiner. Oublie ces histoires.

Comme elle aurait aimé oublier ! Mais comment pourraient-ils avoir une relation normale — ne serait-ce qu'un semblant d'amitié — si elle lui était redevable ? Elle aurait toujours la sensation qu'il lui avait fait la charité. Elle souhaitait l'aborder d'égal à égal. Elle avait été choquée d'entendre qu'il avait rompu avec Petra. Pendant quelques minutes, elle avait espéré violemment autre chose qu'une amitié entre eux, puis elle était redescendue sur terre.

Elle dégagea sa main de la sienne.

— Je ne peux pas, marmonna-t-elle.

Au départ, elle voulait que Callum se sente responsable et coupable. Puis elle avait découvert tout l'argent qu'il avait dépensé pour sa famille. Visiblement, sa conscience le taraudait, alors que pendant trois ans elle l'avait voué aux gémonies. Ce revirement de situation lui déplaisait.

— Ecoute, reprit-il, il y a une façon aisée de contourner tout cela.

Elle lui lança un regard suspicieux.

— C'est-à-dire ?

— Nous formons une belle équipe, toi et moi.

— Que veux-tu dire ?

— A Noël, notre réception a été un véritable succès. Les gens ont adoré. En outre, cela m'a donné la possibilité de signer des contrats que j'espérais conclure depuis longtemps.

Il lui reprit la main.

— J'ai besoin d'une maîtresse de maison, Miranda.

C'était une des raisons pratiques pour lesquelles il avait voulu épouser Petra. Le problème, c'était que cette dernière ne lui inspirait pas le même désir farouche que Miranda. Un désir qui confinait à la souffrance…

— J'ai juste préparé la nourriture, rectifia-t-elle.

Il inclina la tête de côté et la considéra.

Qu'est-ce qui l'attirait tant, chez cette femme ? Même quand il n'était pas avec elle, il ne cessait de penser à elle. Elle consumait tout son être.

— Non, tu as fait bien plus, tu as apporté ta touche.

Même le responsable des relations publiques avait souligné le caractère unique de la soirée !

Il se mit à masser ses doigts fins. Elle se figea.

— Que me demandes-tu, au juste ? De jouer les hôtesses, au cours de tes soirées ?

— Plus que ça.

De la suspicion brilla dans ses yeux.

— Tu veux que je sois ta maîtresse ?

— Non !

Il n'était pas assez fou pour croire qu'elle accepterait une telle proposition. Même s'il avait été tenté de le lui demander… De l'avoir enfin dans son lit, d'assouvir ses désirs…

Toutefois, il y avait peut-être une autre option.

— Alors qu'est-ce que tu veux ?

Elle avait toujours eu l'art d'aller droit au but.

Callum porta les doigts de Miranda à ses lèvres et, déposant un baiser au bout de chaque doigt, déclara posément :

— J'aimerais que tu deviennes ma femme.

— Ta femme ?

Sous l'effet de la surprise, Miranda ouvrit la bouche en forme de cœur et son pouls s'accéléra.

En face d'elle, Callum semblait presque aussi saisi qu'elle par sa proposition. Avait-il vraiment eu l'intention de la demander en mariage ? Avait-il cédé à une impulsion ? Cette proposition était-elle liée à sa rupture avec Petra ?

Les questions se bousculaient dans son esprit.

— Et pourquoi voudrais-tu m'épouser ?

Il esquissa un sourire qui lui coupa le souffle.

— Pour de nombreuses raisons.

Sa demande avait été réfléchie, comprit-elle. Elle lui savait au moins gré de ne pas l'humilier en affirmant qu'il l'aimait !

Elle l'observa avec plus d'intensité. Impossible d'imaginer que cet homme au cœur de pierre pouvait être amoureux ! Il n'aimait pas Petra — même si elle représentait pour lui la femme parfaite et que son père détenait des parts importantes dans Ironstone Insurance. Avec son beau visage ovale, ses cheveux blonds et ses yeux bleus, Petra était d'une beauté exquise. Leurs enfants auraient été des anges aux yeux clairs.

De plus, Callum et Petra étaient issus du même milieu, alors que, pour sa part, elle avait pour père un homme qui avait été poursuivi pour escroquerie !

Callum avait admis qu'il avait l'intention d'épouser la belle blonde. Il lui avait même acheté une bague. Aussi pourquoi lui faisait-il à elle cette demande en mariage ?

— Donne-m'en au moins une, reprit-elle.

— Ta cuisine est à se damner.

La réponse était visiblement destinée à la faire rire. L'effet était réussi, mais elle réprima son hilarité et lui adressa un regard sévère.

— Ce n'est pas drôle ! A moins que ta proposition ne soit une blague ?

Pour toute réponse, il entreprit de lui caresser le dos et elle sentit tout son être s'embraser… Non, ce n'était pas pour rire. Avec le jeu de ses doigts, elle avait la sensation qu'il lui soufflait qu'elle était sienne…

Allons, c'était ridicule ! Elle était le jouet de son imagination.

— Et si je te disais qu'avec ton tablier de soubrette, tu me rends complètement fou de désir ? Que je donnerais cher pour te séduire vêtue de ta seule toque de chef ? Est-ce que tu m'accuserais toujours de plaisanter ?

L'intensité de son regard lui fit comprendre qu'il

était sérieux. Alors, l'espace d'un instant, elle se vit dans ses bras, sur le comptoir de la cuisine…

Elle porterait uniquement son tablier à frou-frou et sa toque. Il se tiendrait entre ses cuisses, nu et viril. Il plongerait les mains dans un pot de mousse au chocolat noir et les lui offrirait. Elle lécherait la mousse en commençant par le bout des doigts… Il pousserait un grognement… Ses yeux bleus se brouilleraient, lui promettant de l'emmener au paradis jusqu'au bout de la nuit…

D'où lui venait cette imagination débridée ?

Elle se sentit rougir. Les parties les plus intimes de son corps étaient soudain devenues brûlantes…

— Personne n'est excité par une tenue de cuisinier, éluda-t-elle.

— Tu es en mesure de parler pour moi ?

Ses pommettes saillaient sous sa peau tendue. Il avait l'air sombre et dangereux, et incroyablement désirable.

— Le sexe n'est pas une raison suffisante pour se marier, asséna-t-elle d'un ton farouche.

L'avertissement valait autant pour elle que pour lui. Et le fantasme qu'elle venait d'avoir l'avait perturbée bien plus qu'elle ne voulait l'admettre.

— Je n'en vois pas de meilleur, rétorqua-t-il.

Elle sentit son souffle mourir dans sa gorge devant son regard de prédateur.

Callum Ironstone la désirait.

Dans un moment d'affolement, elle fut tentée de fuir. De le fuir lui, ainsi que les images érotiques qu'il faisait naître malgré elle dans son esprit. Elle balaya rapidement le restaurant du regard, vérifiant si la voie était libre…

Elle l'était !

Elle pouvait prendre ses jambes à son cou. Maintenant.

Si elle restait, il serait alors trop tard pour se libérer de son magnétisme. Il était devenu un risque qu'elle n'avait pas anticipé.

Et pourtant, elle demeura clouée à sa chaise, tandis qu'il continuait à caresser tendrement ses mains…

Il ne pouvait pas lui proposer le mariage pour l'attirer dans son lit, puisque c'était déjà fait. Il devait y avoir un facteur autre que l'incompréhensible désir qui les attirait l'un vers l'autre. Et il était manifeste que l'amour n'avait rien à voir dans cette affaire !

Elle était des plus perplexes. Mais avant qu'elle ne puisse émettre la moindre question, il se pencha un peu plus vers elle. A la lumière des bougies, elle vit les étoiles noires qui constellaient le bleu de ses iris, comme des rochers dangereux dans une mer faussement calme.

— Je te le répète, nous formerions une admirable équipe.

— Toi et moi ? Une équipe ?

Cet homme avait perdu la tête.

— Chut ! dit-il en plaçant son doigt sur sa propre bouche. Laisse-moi t'expliquer.

Elle fixa son doigt, puis ses lèvres pleines qui

adoucissaient la sévérité de ses traits et prêtaient une sensualité inattendue à son visage d'une beauté arrogante.

— Tu as un don qui complète mes atouts, déclara-t-il.

— Mon don pour la cuisine, c'est ça ?

Elle rejeta la tête en arrière, incrédule.

— Tu veux vraiment m'épouser pour mes talents culinaires ?

— Cela va bien au-delà. Tu as non seulement la capacité de nourrir les gens mais aussi de les choyer, de leur donner la sensation qu'ils sont uniques. Et ça, j'en suis incapable.

Elle se sentit rougir face au compliment inattendu.

Allons, pourquoi faire la modeste ? Elle avait toujours été attentive à ses proches. Sa famille était assurée de son amour. Nourrir, chérir : il avait articulé des concepts qui sous-tendaient sa vie et lui donnaient une raison de se lever le matin.

— Merci, dit-elle. C'est gentil.

Il secoua la tête.

— Ça n'a rien à voir avec la gentillesse, c'est la vérité, un point c'est tout. Et c'est un talent qui peut m'être utile. Tu prendrais en charge la partie de ma vie dont je n'ai pas le temps de m'occuper.

Evidemment ! pensa-t-elle avec dérision. Tout dépendait toujours de l'intérêt que *lui* en tirait. De ce qu'il pouvait transformer en profit. Il avait dû naître avec une calculette à la place du cœur.

Miranda leva son verre et en but une gorgée.

Le champagne lui parut soudain bien fade. Le reflet de son état d'esprit, sans doute. Elle reposa sa flûte.

— Tu veux m'épouser pour que je m'occupe de ta vie mondaine, c'est ça ?

Il ne nia pas.

Que croyait-elle ? Qu'il allait changer pour elle ? Non, il resterait fidèle à lui-même.

— Tu dois te féliciter du bon investissement que tu as fait en payant mon école hôtelière.

Le visage de Callum se crispa.

— Ne sois pas cynique, Miranda ! Tu serais bien plus qu'un chef, tu serais ma femme, nom d'un chien ! Tu gérerais ma vie.

— Je serais Mme Callum Ironstone, une femme utile sans identité propre.

L'idée la faisait frissonner. Il n'y aurait pas de place pour nourrir et chérir, dans cette vie-là.

Elle poursuivit alors :

— Et que fais-tu de l'amour, du romantisme et de toutes ces raisons qui font que les gens se marient ?

Les yeux de Callum lancèrent des éclairs.

— J'ai la ferme intention de coucher avec Mme Ironstone, annonça-t-il, mâchoires serrées. Ce ne serait pas un mariage platonique. Tu me vas comme un gant, et vice versa, nous en avons déjà fait l'expérience.

Comme un gant ? L'expression lui donnait l'impression d'être un maudit costume qu'il échangerait contre un autre quand le premier serait usé.

Vérifiant que personne ne l'entendait, elle martela chacun de ses mots :

— Je te parle d'amour, Callum, pas de sexe !

Il lui lança un regard indéchiffrable.

— L'amour est une complication émotionnelle que ni toi ni moi ne pouvons nous permettre.

— Parle pour toi ! L'amour représente bien autre chose à mes yeux.

Il lui adressa un sourire condescendant.

— Je comprends ! Il suffit de voir dans quel état te met ce mot ! Le sexe te permettra de te détendre.

Il avait repris ses doigts, avec lesquels il jouait machinalement, alors que ce simple contact suffisait à faire frissonner tout son bras ! Il examina soudain les fines lignes violettes de son pouls et afficha un sourire provocateur.

— Si le romantisme est important pour toi, je peux m'en occuper.

— C'est quoi ton idée du romantisme ? s'écria-t-elle. Des roses et du sexe ?

— Et alors ? Où est le mal ? demanda-t-il, d'un ton étonné. Pourquoi jouer les hypocrites ? Nous connaissons la même passion, au lit. Je n'ai jamais connu une telle expérience dans les bras d'une autre.

L'aveu était si honnête qu'il ne lui donnait pas d'autre choix que de le croire.

— C'est pour cela que j'ai rompu avec Petra, compléta-t-il.

Sur ces mots, il se pencha vers elle et son parfum frais et viril, relevé d'une pointe de bergamote et de musc, l'enivra…

Il aurait été si facile d'accepter.

Cela aurait résolu tous ses problèmes. Elle n'aurait plus eu à se soucier de Gianni, ni de Mick au travail. Ni de sa famille. Ses difficultés financières ne seraient qu'un mauvais souvenir. Callum se serait occupé de tout. Elle aurait quitté L'Oie dorée, et elle lui aurait demandé de régler les dettes de Flo. Grâce à sa fortune, les écarts d'Adrian et de sa mère n'auraient plus eu d'incidence sur sa vie…

Adrian !

Mon Dieu ! Elle ne lui avait pas encore parlé de l'accident… Que faire ? Son jeune frère l'avait suppliée de se taire. Pouvait-elle le trahir ? Cependant, s'il l'apprenait, Callum n'allait pas apprécier qu'elle le lui ait caché.

Quelle affreuse situation !

Une vague de honte l'envahit à la pensée qu'elle avait envisagé d'accepter sa proposition de mariage pour sa fortune. Dire qu'elle était prête à l'instrumentaliser.

Toutefois, Callum n'avait-il pas admis que lui aussi voulait l'utiliser ? Sans doute, mais ce n'était pas une raison pour se mettre à son niveau. Quand elle se marierait, ce serait avec un homme qu'elle aimerait tellement qu'elle ne pourrait imaginer de vivre sans lui.

Miranda se retint de pousser un soupir. Callum et elle appartenaient à des mondes bien trop différents, des mondes parallèles, sans point commun, et elle ne pourrait jamais le changer.

Elle dégagea sa main des siennes.

— Je ne peux pas me marier avec toi.

— Pourquoi ? fit-il surpris.

S'attendait-il vraiment à ce qu'elle lui dise oui ?

— Je veux davantage, Callum, murmura-t-elle.

— Je vois…

Elle doutait qu'il comprenne. De toute façon, c'était trop difficile à expliquer. Les coudes sur la table, elle prit son visage entre ses paumes, soudain très malheureuse…

Puis elle sentit qu'il lui relevait le menton. Seul son index la touchait, et pourtant ce simple contact se réverbérait dans tout son corps…

Leurs regards se croisèrent. Le sien était impénétrable : ce côté mystérieux l'attirait chez lui, même si elle savait que c'était autodestructeur.

— Ecoute, Miranda, j'ai vraiment besoin de ton aide.

— C'est-à-dire ?

Il n'allait pas lui refaire le discours sur le mariage de raison qu'il lui avait proposé, tout de même !

— Notre famille passe Noël à Fairwinds.

Au moment où elle avait le plus détesté Callum, elle avait pour habitude de se plonger dans *Country*

Life, le magazine où l'on pouvait admirer des photos de la propriété des Ironstone sur les bords du lac Windermere : Fairwinds. Un sentier bordé d'arbres serpentant à travers les herbes hautes, une cour entourée de haies parfaitement bien entretenues, une volée de marches menant à l'imposante demeure dotée de fenêtres à meneaux et de tourelles… Les clichés reflétaient l'aisance transmise d'une génération à une autre et une existence sans souci alors qu'elle-même était révoltée par ses conditions de vie !

Elle secoua la tête pour se libérer de ses souvenirs.

— Pourquoi est-ce que tu me dis ça ?

— J'aimerais que tu passes Noël avec nous, répondit-il. Tu serais ma partenaire pour le week-end.

Elle retint un petit cri.

— Le lendemain de Noël, c'est l'anniversaire de ma mère, continua-t-il. Nous voulons organiser une réception surprise. Gordon et Petra sont déjà invités.

Il n'eut pas besoin de préciser qu'initialement, il avait eu l'intention d'être accompagné de Petra en tant que fiancée, ce jour-là. Que la rupture avait induit une complication inattendue. Cela se lisait sur son visage déconfit.

Elle en ressentit une vive amertume.

— Je dois t'accompagner pour te protéger, c'est ça ?

— En quelque sorte.

Après un moment d'hésitation, il sourit.

— Tu pourrais prendre les commandes de la cuisine. Je ferais en sorte que tu passes du bon temps.

Elle se retint de le gifler.

— Ma mère se donne toujours beaucoup de peine durant les fêtes de fin d'année, elle tient à tout préparer elle-même, ce qui nous met tous mal à l'aise. Cette année, elle aura soixante ans.

Son expression afficha une tendresse qu'elle ne lui connaissait pas.

— Nous voulons la gâter. Nous voulions employer des traiteurs pour les préparations de Noël, mais nous avons été tellement absorbés par la fusion que personne n'a pris l'initiative de l'organisation. Nous sommes des fils négligents, n'est-ce pas ?

Elle trouvait plutôt attendrissant que les quatre fils de Mme Ironstone aient pensé à lui réserver une telle surprise. Elle se sentit sur le point de céder…

— Nous te paierons, bien sûr. Au prix fort, étant donné que ce sera le week-end de Noël.

Elle pensa à sa famille. Elle n'avait jamais passé Noël loin d'elle. Cependant… comment résister ? La somme que Callum faisait danser sous son nez lui permettrait d'aider Adrian à acheter la BMW dont il rêvait et pour laquelle il avait déjà versé un acompte à un ami — c'était avant l'accident. Elle pourrait aussi offrir à sa mère le dernier four à micro-ondes que celle-ci souhaitait désespérément. Et puis, elle devait l'admettre, elle avait envie de revoir la campagne à cette époque de l'année et de pénétrer dans le domaine de Fairwinds.

Son seul souci, c'était la présence de Petra.

Qu'éprouvait celle-ci pour Callum ? Elle serait assurément mortifiée de passer Noël avec sa supposée remplaçante, et elle-même serait fort mal à l'aise.

Callum dut sentir son hésitation, car il demanda avec un sourire en coin :

— Est-ce que tu viendras ? Est-ce que tu nous rendras la vie plus facile, à ma mère et à nous tous ?

Comment refuser, face à l'amour manifeste qu'il ressentait pour sa mère ? Elle découvrait un aspect de sa personnalité qu'elle n'avait jamais vu en lui.

Ou n'avait jamais voulu voir...

Bien qu'il connût à peine Flo, il avait pris soin d'elle depuis le décès de son mari. Au-delà de ce que Miranda avait cru. Il s'était gravement trompé sur le compte de son père, ce qui avait eu des conséquences tragiques. Toutefois, il n'avait pas tourné le dos aux siens, ne les avait pas abandonnés à leur sort dramatique.

Peut-être était-il temps qu'elle soit moins sévère avec lui. N'était-il pas évident qu'il regrettait les conséquences de ses actes ?

Aujourd'hui, il lui demandait une faveur et, eu égard à tout l'argent qu'il avait versé à sa famille, elle pouvait la lui accorder.

On leur apporta leur commande. Les deux serveurs retirèrent simultanément la cloche en argent qui recouvrait leurs assiettes respectives, comme dans un ballet bien rôdé.

Prenant sa respiration, elle déclara alors :

— Je pense que vous allez lui faire une belle surprise. Ta mère sera ravie. Bien sûr que je viendrai.

— Brosse à dents, shampooing, parfum…

Miranda finissait de remplir sa trousse de toilette qu'elle plaça dans son sac de voyage. Froissant la liste sur laquelle figuraient les affaires à ne pas oublier, elle la jeta dans la poubelle, sous sa coiffeuse.

— Tout est prêt ?

Elle n'avait pas entendu sa mère arriver. Elle se retourna pour lui sourire.

— Il n'y a plus que mon matériel de cuisine à emballer. Heureusement que la Daimler de Callum est spacieuse… Oh, comme vous allez me manquer, Adrian et toi !

— Tu seras de retour le surlendemain de Noël, dit Flo en lui tapotant le bras. Ce n'est pas si long que ça.

Peut-être, mais ce serait après Noël…

Devant l'air mélancolique de sa fille, Flo ajouta :

— Je te garderai du pudding de Noël, ma chérie.

— C'est très gentil !

Sa mère confectionnait les meilleurs puddings de Noël du monde.

— Adrian est déjà réveillé. Tu veux qu'on ouvre nos présents avant ton départ ?… Ou bien tu préfères qu'on attende le matin de Noël ? ajouta Flo après avoir observé sa fille.

— Tout cela est si étrange… Voyons voir ce qu'en pense Adrian, proposa Miranda.

Flo se dirigea immédiatement vers le salon, où Adrian les attendait au pied du sapin. Tous deux étaient impatients de remettre leurs cadeaux à Miranda.

— On le fait maintenant ! annonça Flo. Donne-moi le mien en dernier.

— Entendu, dit Miranda en riant.

Elle tendit son cadeau à Adrian, son après-rasage préféré.

— Voilà pour toi. Quand on m'aura réglée pour ce week-end, je te donnerai un chèque pour ton ami qui doit te vendre la BMW. Cela le fera attendre. Et toi, maman, tu auras le micro-ondes de tes rêves.

Adrian était aux anges.

— Merci, sœurette. C'est vraiment très sympa de ta part. Un jour, je te revaudrai tout ça.

— Pas la peine, c'est un cadeau.

Son frère parut gêné.

— Un cadeau que tu ne peux pas te permettre, surtout si tu veux partir de L'Oie dorée.

Etait-elle devenue si pénible avec l'argent au point que son frère ne pouvait plus accepter un cadeau de sa part ? Avant qu'elle ne réponde, il lui tendit son présent :

— Moi, je trouve que c'est rasoir, mais je pense que ça va te plaire.

C'était un livre sur un célèbre chef cuisinier qu'elle appréciait énormément. Elle le prit dans ses bras, puis ouvrit le cadeau que sa mère lui avait remis : une écharpe en laine rouge aussi douce que la soie. La laine était fine et chaude sous ses doigts.

Combien cela avait-il pu coûter ?

Elle se retint de poser la question.

— C'est beau, merci beaucoup, maman.

Les yeux de Flo brillaient de joie.

— Emporte-la pour ce week-end. La couleur va bien à ton teint. J'ai su qu'elle était pour toi dès que je l'ai vue. Et voici un deuxième cadeau.

Sur ces mots, elle lui tendit un paquet bien plus grand que le premier.

— Maman, il ne fallait pas…

Elle se tut en découvrant un luxueux caban couleur ivoire.

— C'est très à la mode, cet hiver, ma chérie, précisa Flo.

Miranda était pétrifiée. Elle regardait fixement le manteau et, au lieu de voir un vêtement, voyait une facture au montant faramineux ! Puis une pile de factures impayées…

— Maman, commença-t-elle avec circonspection, ne me dis pas que tu t'es endettée pour me l'acheter. Dis-moi que tu as gagné à la loterie, par exemple !

Sa mère se renfrogna.

— Oh, Miranda, ne gâche pas tout !

A ses côtés, Adrian montrait des signes d'impatience.

— Nous ne pouvons pas nous permettre de telles dépenses, Flo.

Elle devait absolument prévenir Callum que sa mère effectuait encore des dépenses en son nom. Elle voyait la dette croître de jour en jour et prendre des proportions vertigineuses.

— Oh, maman… !

— Quoi « Oh, maman ! » ? Tu n'es pas la seule qui a le droit de faire des cadeaux ! s'indigna sa mère. Nous ne pouvons donc rien t'offrir de beau ?

A l'expression d'Adrian, il était clair qu'il aurait aimé être ailleurs.

— Ce n'est pas la valeur d'un cadeau qui compte ! L'écharpe suffisait amplement, déclara Miranda.

Elle remballa le manteau et ajouta :

— Je veux que tu le rapportes et qu'on annule ton crédit.

Sa mère abaissa les épaules.

— Comme tu voudras. Mais tu gardes l'écharpe ?

La vision de sa mère si abattue lui serra le cœur.

— Oui, dit-elle.

— Et tu la porteras ce week-end, enchaîna Flo avec un regain d'allant. Ton rouge à lèvres ira parfaitement bien avec.

Miranda enlaça sa mère et eut la sensation qu'elle

était devenue aussi fragile qu'un papillon. Flo était plus mince qu'elle ne l'avait jamais été.

— Je t'aime, maman, lui dit-elle.

Même si elle aurait préféré qu'elle soit plus raisonnable, et qu'elle aurait tant aimé que son père fût encore en vie. Mais à quoi bon souhaiter l'impossible ?

Son père ne reviendrait pas.

Et elle s'apprêtait à passer le week-end avec l'homme qui avait précipité sa mort. Un homme qui l'avait par ailleurs demandée en mariage.

Quel genre de traîtresse était-elle donc devenue ?

- 8 -

Tout était emballé, prêt à être emporté à Fairwinds.

Il y avait des pâtisseries que Miranda avait préparées à l'avance avec l'aide de Flo, un choix d'herbes aromatiques et d'épices sans lesquelles elle ne se déplaçait jamais, des petits présents qu'elle avait l'intention de distribuer à la famille de Callum, ainsi qu'une pléthore d'instruments et d'ustensiles destinés à lui faciliter la vie.

Depuis l'échange des cadeaux, il n'avait cessé de pleuvoir, ce qui avait rendu impossible le transfert de tout l'attirail à l'extérieur, de sorte que Callum allait devoir entrer chez eux pour l'aider à porter les différents paquets.

Comme l'idée déplaisait à Miranda, elle décida de faire fi du mauvais temps et embrassa sa mère avant de serrer bien fort Adrian dans ses bras.

Il lui donna un baiser sur la joue.

— Je vais t'aider à transporter tout ton bazar, lui dit-il.

Prenant le sac de voyage, il ajouta :

— Je ferai un second voyage pour les plus grands cartons.

Elle lui adressa un sourire reconnaissant.

— Qu'est-ce que je ferais sans toi ? dit-elle d'un ton taquin.

La pluie s'était calmée. Des gouttelettes tombaient encore des feuilles, tandis que le vent sifflait dans les branches dénudées du bouleau argenté et solitaire, planté dans un pot.

— Prends soin de maman, dit-elle à son frère, sur les marches.

Adrian posa son bagage.

— Ne te fais pas de souci de ce côté-là.

Il rentra et ressortit peu de temps après avec les cartons de Miranda, qu'il déposa à côté du sac.

— Le temps est à la neige, déclara-t-il en scrutant le ciel.

— C'est possible.

Elle sourcilla en levant les yeux vers les lourds nuages au-dessus de leur tête.

— Tu te souviens quand on faisait des bonshommes de neige, autrefois ? demanda-t-elle. Avec la paire de bottes en caoutchouc de papa ! Est-ce que tu te rappelles qu'une fois on avait emprunté l'écharpe rose de maman ? Elle était furieuse.

Son frère se mit à rire.

— Et la fois où tu avais enlevé la belle carotte qui lui servait de nez pour la donner à Troubadour ? On avait fait une sacrée bataille de boules de neige, ensuite.

— Mais cette carotte, tu l'avais volée à Troubadour ! s'insurgea-t-elle en riant. Et puis tu n'as pas été fairplay car tu m'as mis une boule de neige dans le cou, pendant la bataille !

— Tu m'as donné un coup de cravache, pour te venger, tu as oublié ?

— Oh, mon pauvre chou ! Mais je n'ai pas dû taper bien fort. Finalement, papa est intervenu et t'a fait la leçon sur la façon dont les hommes devaient se comporter avec les femmes, sur le code de l'honneur…

Elle sentit sa gorge se nouer.

— J'avais oublié tout cela… On a vraiment fait les quatre cents coups, toi et moi, ajouta-t-elle.

Il cessa subitement de rire.

— Miranda…

Son regard était inquiet et elle se sentit fondre.

— Qu'est-ce qu'il y a ?

— Je suis désolé d'en rajouter encore, avec mes histoires, mais…

Oh non ! Quelle nouvelle confession avait-il à lui faire ?

— Bon, qu'est-ce qui se passe ? Callum va bientôt arriver, parle !

— Le carrossier qui a réparé la voiture…

— Il n'a pas fait du bon travail ?

— Non, de ce côté-là, il n'y a pas de souci. La voiture a été remise dans le circuit, sinon, elle aurait été considérée comme disparue.

— Quel est le problème, alors ?

— Il me menace de rapporter à mon supérieur

que j'ai emprunté la voiture sans sa permission si je…

— Si tu quoi… ?

— Si je ne lui donne pas plus d'argent !

Elle fixa son frère du regard, comme étourdie.

— Cet homme te fait chanter ?

— Il dit que si je le paie, il se taira.

— Tu envisages de donner de l'argent à cet escroc ?

Adrian haussa les épaules.

— Je n'ai pas vraiment le choix.

— Et où est-ce que tu comptes trouver cet argent ? Ne me dis pas que tu vas dévaliser une banque, cela est entièrement contraire au code de l'honneur !

Il s'assombrit devant son sarcasme et lui lança un regard en coin.

— Je pensais que…

Elle secoua la tête vigoureusement.

— Eh bien, tu peux t'enlever cette idée de la tête ! Je ne vais pas te donner de l'argent pour ce maître chanteur, même sous forme de prêt. Si tu lui concèdes une première somme, ce sera un engrenage sans fin.

— Qu'est-ce que je peux faire, alors ?

Sous ses taches de rousseur, Adrian avait pâli.

— Le dénoncer à la police. Mais avant, il faut que tu avoues la vérité à Callum.

Il prit un air horrifié.

— Non, je ne peux pas.

— Il faudra pourtant bien que tu le fasses !

Percevant soudain une masse grise dans son champ de vision périphérique, elle ajouta :

— Le voici qui arrive. Pourquoi est-ce que tu ne lui dirais pas tout, tout de suite ?

A la vue de la Daimler s'arrêtant devant eux, il blêmit encore plus.

— Je t'en prie, Miranda, ne lui dis rien.

— Mais il doit être mis au courant !

— Pas maintenant, je t'en supplie, implora Adrian, les yeux écarquillés. Je dois réfléchir à la façon de lui présenter le problème.

Devant son désarroi, elle céda.

— Entendu, mais si tu ne fais rien dans les plus brefs délais, j'interviendrai. Tu ne m'auras pas laissé le choix.

— Je lui avouerai tout dès que Noël sera passé, lui promit Adrian avec un petit sourire. Je n'ai pas envie de passer les fêtes en prison pendant que tu cherches une caution.

— Nous n'en arriverons pas là !

Du moins l'espérait-elle ! Toutefois, elle frissonnait encore quand Callum sortit de la voiture pour venir la saluer.

Son frère échangea une rapide poignée de main avec son patron, puis s'éclipsa en disant :

— Conduisez prudemment, et bon Noël à vous deux !

Bien que la neige fût tombée en abondance les jours précédents, les routes étaient dégagées et ils n'auraient pas besoin de beaucoup plus de temps que d'ordinaire pour regagner Fairwinds.

Callum jeta un coup d'œil à sa passagère.

A part quelques réponses monosyllabiques, elle n'avait pas beaucoup parlé depuis le départ. Après plusieurs tentatives infructueuses de conversation, il avait renoncé et mis de la musique.

A ce moment précis, elle prenait des notes dans un carnet, et semblait fort concentrée.

— Ne t'inquiète pas, tout va bien se passer, la rassura-t-il.

— Je ne suis pas inquiète.

Pourtant, la façon dont elle mordillait son crayon indiquait le contraire. Ainsi que l'expression fermée qu'elle arborait depuis qu'elle était montée dans la Daimler.

— Détends-toi, ma famille ne mord pas, tu sais.

— Puisque tu le dis…

Il redevint silencieux et songea qu'elle devait être nerveuse. Voilà qui expliquait son comportement. Ils s'étaient souvent parlés au téléphone, ces derniers temps. Au départ, les problèmes de logistique avaient semblé l'inquiéter, mais au fur et à mesure des appels, elle était redevenue la Miranda qu'il connaissait. Intelligente. Confiante. Totalement maîtresse d'elle-même. Après avoir consulté ses frères et la gouvernante de ses parents, il avait approuvé tous les menus qu'elle lui avait présentés, et lui avait donné carte blanche pour acheter tout ce dont elle avait besoin.

Miranda avait estimé qu'outre la gouvernante, le concours de trois autres femmes serait nécessaire pour la fête d'anniversaire. Elles avaient été recrutées dans le village voisin. La vaisselle et les couverts seraient loués dans une société, à Ambleside. La plupart des produits seraient fournis par les producteurs locaux, qu'elle avait déjà contactés.

Jusqu'à la veille au soir, il n'y avait eu aucun problème. Aussi, pourquoi semblait-elle si distante et tendue ? Allons, son attitude était peut-être tout bêtement liée au fait qu'elle n'était pas une personne du matin.

Soudain, il quitta l'autoroute pour regagner une petite auberge de campagne qu'il aimait bien.

— Où allons-nous ?

Il lui désigna une pancarte.

— A La Rose et l'Epine !

— Merci, je sais encore lire.

Ignorant son agacement, il détacha sa ceinture.

— Je fais souvent une pause ici, sur le trajet. Ils servent de bons petits déjeuners.

Il contourna la Daimler pour lui ouvrir la porte.

— Et si tu n'as pas faim, tu pourras boire un de leurs thés à la crème, ma mère ne jure que par eux.

Elle hésita.

— Allez, Miranda, viens ! insista-t-il.

Elle frissonna quand l'air froid de l'extérieur pénétra dans l'habitacle tout chaud.

— Ils ont une immense cheminée, à l'intérieur, précisa-t-il comme elle resserrait son écharpe autour de son cou, en sortant de la voiture.

Avec son jean et son manteau en laine rouge, elle était ravissante, se fit-il la réflexion.

L'auberge était accueillante : un feu bien nourri brûlait dans l'âtre et ses poutres basses lui conféraient une allure délicieusement rustique. Une serveuse rondelette et accueillante vient prendre leurs commandes, puis repartit. Miranda observait l'arbre de Noël, l'air renfrogné. Callum poussa un soupir.

— Qu'est-ce que tu as ? demanda-t-il.

Elle haussa les épaules, pour lui indiquer qu'elle n'avait rien de particulier.

— Non ! Tu ne vas pas t'en sortir comme ça, l'avertit-il.

Il attendit, mais elle demeurait silencieuse, tandis que des ombres dansaient dans ses yeux.

— C'est moi, Callum, reprit-il en s'efforçant de plaisanter. Et en général, tu ne m'envoies pas ce que tu as à me dire !

Elle désigna le sapin.

— C'est la première fois que je passerai Noël sans ma famille, marmonna-t-elle.

Elle lui lança un regard par-dessous ses longs sourcils noirs et l'expression de ses yeux toucha quelque chose de profondément enfoui en lui.

— Tu ne peux rien y faire, ajouta-t-elle.

— C'est tout ?

— Comment ça, c'est tout ? Maman et Adrian sont les deux êtres les plus chers au monde, pour moi. Depuis la mort de papa, on faisait toujours rôtir une poule avec des pommes de terre — une dinde était trop grosse pour nous. Et cette année, je ne serai pas là…

Il jura en silence.

Après le décès du père, ils n'avaient plus eu les moyens de s'offrir une dinde. Il sentit le remords l'envahir : Miranda avait la nostalgie de ses Noëls en famille à cause de lui.

Tout ça parce qu'il était prêt à tout pour la ramener dans son lit !

Ce qu'il pouvait être égoïste ! Si elle savait la façon dont il la manipulait, elle serait furieuse. Il était préférable qu'elle n'apprenne jamais la vérité.

Les tourtes aux œufs et au bacon — la spécialité de la maison qu'ils avaient commandée — arrivèrent et cela fit diversion pendant quelques minutes.

Avec un sourire absent, elle reprit :

— L'année prochaine, Adrian sera sans doute parti. Il volera de ses propres ailes.

— Cela s'est produit un temps, dans ma famille. Quand les enfants grandissent, ils veulent s'émanciper. Mais Adrian reviendra… Maintenant, tous mes frères reviennent passer Noël à la maison. Et il est très rare que l'un d'entre nous manque à l'appel.

— Quatre garçons ! s'exclama Miranda. Comme

je plains ta mère, ça n'a pas dû être facile tous les jours. Ton demi-frère, c'est Hunter, c'est ça ?

— Oui, ainsi que Jack. Papa a épousé maman après le décès de sa première femme. Il avait déjà Hunter et Jack. Puis il a eu deux autres fils avec maman, Fraser et moi.

— Je savais que tu étais le plus jeune, mais je ne savais plus qui étaient tes demi-frères. Vous semblez tous si unis.

— Nous le sommes. Je considère Hunter et Jack comme mes frères, au même titre que Fraser. Et maman les aime comme ses fils. C'est elle qui les a élevés, car mon père a consacré toute sa vie au travail.

Il s'interrompit, pensif, avant de poursuivre :

— Une fois que papa s'est retiré des affaires, maman a pu respirer. Elle avait toujours rêvé de vivre à la campagne, alors ils s'y sont installés, même si je suis certain qu'en hiver elle doit trouver qu'il y fait un peu trop humide.

— Comme je comprends ce rêve, déclara Miranda, les yeux pleins d'envie. Et je dois avouer que l'humidité ne me déplaît pas.

— La campagne te manque, n'est-ce pas ?

— J'ai de très bons souvenirs de l'époque où j'y vivais. Sauf… la fin.

Après le suicide de son père, la maison familiale avait été vendue aux enchères — ainsi que tout le mobilier et les objets de valeur.

— Le pire, je crois, ce fut de me séparer de Troubadour.

— Troubadour ?

— Mon cheval. Je l'avais depuis mes treize ans et il était tout jeune. Je l'adorais.

Une autre perte.

Son père. Sa maison. Son cheval… Tout ce qu'elle aimait. Tout ce qui lui était cher et familier avait disparu.

Il garda le silence et se mit à couper sa tourte comme s'il s'engageait dans une bataille.

— Désolée, reprit-elle, je ne sais pas pourquoi nous en sommes arrivés à aborder des sujets aussi tristes.

— La période de Noël est toujours déprimante.

Il reposa son couteau et sa fourchette et déclara tout à trac :

— Miranda, je pense qu'il est nécessaire que nous parlions du passé une fois pour toutes.

Il aurait voulu prendre ses mains dans les siennes et les lui réchauffer, car il supposait qu'elles étaient glacées en dépit de la chaleur du feu.

— Je ne préfère pas, murmura-t-elle.

Elle s'efforça alors de lui sourire et il salua intérieurement son courage.

— Vivre à la campagne, ce n'est pas pratique dans la mesure où le travail, c'est à Londres qu'on le trouve, continua-t-elle.

Ce changement délibéré de sujet prouva à Callum à quel point le passé l'affectait encore.

Serait-elle capable un jour de s'en délivrer ? Il commençait à en douter… A l'entendre, il voyait un long tunnel noir sans fin. Pour sa part, il n'était pas prêt à vivre dans l'obscurité permanente ! Il trouverait une façon de lui montrer la lumière du soleil, à l'autre bout. Parce que l'idée de ne jamais plus la serrer dans ses bras, ne pas lui refaire l'amour, lui était tout simplement insupportable.

Il n'avait pas le choix ! décida-t-il.

Elle allait le haïr de rouvrir de vieilles blessures, mais s'il n'agissait pas maintenant, il pouvait dire adieu à toute chance de la ramener dans son lit.

Il fallait éclaircir le passé et le surmonter, pour qu'une promesse d'avenir puisse se profiler entre eux, même si le moment n'était pas des plus opportuns.

Rebondissant sur le sujet qu'elle avait abordé, il reprit :

— Si l'on veut gagner beaucoup d'argent, il est en effet préférable de vivre à Londres, mais je suis certain que tu pourrais trouver du travail dans une auberge comme celle-ci, par exemple.

— Sans doute, mais je n'ai jamais voulu être aubergiste !

Elle fit une moue qu'il trouva attendrissante et enchaîna :

— Pas plus que patronne de bar ! Non, ce qui ferait mon bonheur, ce serait d'être traiteur pour les nantis de ce monde.

Il se mit à rire, ses yeux toujours rivés aux siens.

— C'est vraiment ton souhait ?

Elle se rembrunit.

— Ce que je désire vraiment est impossible, aussi j'ai appris à vivre sans.

Encore une fois, elle faisait une allusion à son père. Au passé. A sa responsabilité dans l'affaire.

— Ecoute, à propos de ton père…

— N'en reparlons plus, tu m'as déjà présenté des excuses !

Elle baissa les yeux, ses cils formant des ombres sur sa peau crémeuse. Elle était devenue aussi immobile qu'une statue.

Mais il était trop tard pour se taire, il devait aller jusqu'au bout !

Trois ans plus tôt, il avait été convoqué par le conseil d'administration après un voyage d'affaires de cinq semaines en Australie. Il avait travaillé jour et nuit pour redresser les comptes dans leur filiale lointaine, après que son prédécesseur — un très bon ami de son père — avait donné sa démission pour des raisons médicales car il souffrait d'un cancer. Les rumeurs de népotisme qui avaient alors circulé avaient provoqué sa colère, d'autant qu'il voulait éviter que l'ami de son père soit blessé par ces bruits. Il n'avait pas fait de quartier à ceux qui avaient voulu se dresser sur son chemin.

A l'époque, il devait encore faire ses preuves,

montrer à ses frères et à ses détracteurs qu'il était à la hauteur des tâches que lui confiait son père.

La démonstration avait été réussie.

Il avait opté pour un style de gestion impitoyable. Aussi, quand l'affaire Owen avait surgi, avait-il dû s'en tenir à cette ligne de conduite. Néanmoins, il avait bien conscience que Miranda ne serait pas en mesure de comprendre le contexte…

Choisissant ses mots avec prudence, il déclara :

— Si c'était à refaire, je m'y prendrais différemment.

Elle lui lança un regard sceptique.

— Différemment ? répéta-t-elle. Tu veux dire que tu mènerais l'enquête avant de faire, devant la presse, une déclaration nuisible à un homme honorable ? Avant de le soumettre à une humiliation qui l'a conduit à se donner la mort ?

— Attends une seconde…

Il se pencha en avant et lui asséna d'un ton dur :

— Même sans communiqué de presse de ma part, ton père aurait été arrêté. Sans une si grande publicité, je te l'accorde.

L'expression de Miranda se ferma.

— Mon père n'a rien volé à ta société, affirma-t-elle entre ses dents.

Il poussa un soupir.

— Miranda, tu dois affronter la vérité.

— Ce n'est pas la vérité ! Ecoute, disons que nos avis divergent sur le sujet, et n'en parlons plus !

Prenant son sac, elle se leva.

Dieu, que cette femme était entêtée !

Il la rattrapa par le coude comme elle passait devant lui et l'attira à lui. Ignorant les regards surpris qui se tournaient vers eux — il y avait deux autres clientes, dans la salle, deux vieilles dames respectables aux cheveux gris — il déclara à voix basse, son visage tout près du sien :

— Tes parents vivaient bien au-dessus de leurs moyens. Je suppose que ton père avait l'intention de rendre l'argent qu'il avait détourné.

Miranda rejeta en arrière la masse de sa chevelure dorée qui lui donnait toujours envie de la faire basculer dans son lit. Que faire ? Essayer de la raisonner… ou l'embrasser ?

— Mon père n'a commis aucun délit. Il nous l'a écrit dans les lettres qu'il nous a laissées.

— Des lettres ?

Callum n'avait jamais entendu parler de ces lettres.

— Avant d'allumer le gaz dans le garage, il nous a écrit à Adrian, maman et moi pour nous dire qu'il nous aimait. Il affirmait aussi qu'il aurait été incapable de commettre le délit dont on l'accusait, qu'il avait été victime des erreurs de son prédécesseur mais qu'on n'avait pas voulu l'écouter et, qu'après l'humiliation qu'on lui avait fait subir, il n'avait plus la force de vivre. Il nous demandait pardon pour sa faiblesse.

Des larmes brillaient à ses yeux, mais la colère aussi.

— On l'a inculpé pour couvrir des fautes administratives commises par le département financier de ta compagnie, continua-t-elle. Et tu le sais, puisque tu m'as dit que tu étais désolé de l'avoir piégé.

— Non ! s'écria-t-il.

Il était à présent impératif de lever le malentendu.

— Je n'ai jamais dit ça. Je me suis excusé pour la publicité, je n'aurais jamais dû foncer tête baissée, mais je venais juste d'intégrer mes fonctions et je devais asseoir mon autorité. Je n'ai jamais dit que son arrestation était injuste. J'estime que les gens doivent être responsables de leurs actes…

A ces mots, Miranda se dégagea de son étreinte.

— Je ne veux plus écouter ces inepties. Tu mens ! Je t'attends dans la voiture.

Quand Callum sortit de La Rose et l'Epine, dix minutes plus tard, Miranda claquait des dents.

Elle aurait pu attendre au chaud dans le hall de l'auberge, mais elle était si furieuse qu'elle voulait s'éloigner physiquement de lui. Elle avait besoin de respirer l'air pur et vif pour se calmer.

Sans lui jeter un coup d'œil, il déverrouilla la Daimler. Elle s'engouffra dedans et il monta à côté d'elle.

Comme il ne mettait pas la clé de contact, elle

tourna la tête vers lui. Elle se sentit littéralement frémir sous l'impact de son regard bleu.

Il déclara lentement, avec un mépris évident :

— Je vais te dire quelque chose que je ne te répéterai pas une autre fois : je n'aurais jamais fait arrêter un homme que j'estimais innocent.

— Les preuves ont été truquées, argua-t elle. Mon père a été piégé.

— Ses aveux écrits n'étaient pas falsifiés.

L'affirmation à la fois posée et menaçante laissa Miranda bouche bée.

— Tout comme personne n'a falsifié la preuve qu'il nous a donnée et qui démontrait l'utilisation qu'il avait faite de l'argent détourné.

Elle voulut répondre, mais le choc de ces révélations avaient figé ses mots dans sa gorge. Elle finit par bredouiller.

— Ce… C'est un mensonge.

— Crois ce que tu veux, lui dit-il d'un ton sec.

Elle sentit son estomac se contracter violemment.

Sa mère et son frère lui avaient tous les deux menti, mais Callum, jamais. Pendant des années, sa mère lui avait fait croire que la famille bénéficiait d'une assurance-vie. Callum avait discrédité le mythe, à raison.

— Tu mens, s'entêta-t-elle pourtant par désespoir.

Il parut peiné et meurtri.

Elle appuya sa tête contre le repose-tête, et ferma

163

les yeux, pour ne plus le voir. Quelques secondes plus tard, il démarrait la voiture et ils se retrouvèrent sur l'autoroute.

Elle faisait mine de dormir, mais ses pensées bouillonnaient dans son esprit.

Il était un homme honnête, elle ne pouvait nier cette qualité intrinsèque. Même quand il l'avait demandée en mariage, il n'avait pas essayé de maquiller une proposition pratique, qui lui permettrait d'avoir une hôtesse à domicile avec qui il pourrait assouvir ses besoins sexuels, en une gentille histoire romantique.

Et si cette fois aussi il disait la vérité ?

A cette pensée, une insupportable douleur la saisit.

Son père n'avait pas pu lui mentir. Sinon, c'était tout son monde qui s'écroulait… Et pourtant, la foi qu'elle avait en ce dernier commençait à s'effriter, tout au fond de son cœur, elle le sentait bien.

Comme ils se rapprochaient de Windermere, ils empruntèrent une route secondaire qui offrait une vue spectaculaire sur le lac parsemé d'embarcations à voile bien attachées à la rive pour l'hiver. Après un nouveau virage, ils débouchèrent sur un sentier étroit flanqué de bas murs en pierre. Tout autour, les champs étaient recouverts de neige.

Callum avait ralenti l'allure et Miranda se doutait qu'ils étaient presque arrivés à destination.

Comme elle regrettait d'avoir poussé Callum à

lancer cette bombe au sujet de son père ! Elle se sentait toute déprimée. Elle aurait aimé lui poser quantité de questions, mais le nez de la Daimler venait de franchir une imposante grille en fer forgé pour s'engager dans une allée qui serpentait dans un parc.

Elle se redressa, clignant des yeux face à la lumière. La neige, l'absence d'animaux, les arbres dépouillés et leurs branches nues qui se croisaient prêtaient au paysage une beauté blême et unie.

Un immense sentiment de solitude l'envahit soudain.

Se recroquevillant sur elle-même, elle tira sur l'écharpe de Flo, autour de son cou. La maison familiale et la musique que cette dernière jouait les soirs de Noël lui manquaient déjà, ainsi que le sapin de Noël qu'Adrian avait récupéré, après les fêtes, deux ans auparavant.

Qu'est-ce qui lui avait pris de venir ici ? Sans doute parce qu'elle éprouvait l'envie irrationnelle de découvrir la fabuleuse maison de campagne des Ironstone, mais surtout pour la somme extrêmement tentante qu'il lui offrait.

Et parce que sa famille avait besoin d'argent !

Elle poussa un soupir. Elle en revenait toujours à cet écueil, l'argent, et si elle en était réduite à cela, c'était à cause de *lui*. Aussi, si elle se mettait à douter de la responsabilité de Callum dans ses malheurs, allait-elle perdre la raison. De toute façon, elle avait besoin du travail qu'il lui proposait pour sortir sa famille du bourbier dans lequel elle se trouvait. Elle devait cesser de ruminer.

Heureusement qu'elle ne lui avait pas parlé du maître chanteur d'Adrian. Etant donné les avis tranchés de Callum sur les responsabilités de chacun, il aurait sans aucun doute porté plainte contre son jeune frère pour avoir utilisé une voiture professionnelle sans permission.

Ce n'était qu'un autocrate rigide. L'inquiétude que nourrissait Adrian de passer Noël en prison n'était pas infondée.

- 9 -

Au détour d'un virage, Fairwinds se dressa soudain devant eux, contre le bleu du ciel. Les rais de lumière hivernale tentaient de percer les nuages pour caresser les solides pierres de taille, et les fenêtres à meneaux brillaient sous leur douceur.

— C'est magnifique, murmura Miranda dans un souffle.

Bien plus beau que tous les clichés dont elle s'était repue dans *Country Life*.

— Chaque fois que je viens ici, la beauté de l'endroit me saisit, déclara Callum avec fierté.

Il arrêta la Daimler dans la cour avant. Aussitôt, la lourde porte d'entrée de bois s'ouvrit et un flot de personnes descendit les marches en pierre, derrière deux labradors noirs qui aboyaient joyeusement.

Elle sortit de la voiture avant qu'il n'ait le temps d'atteindre sa portière.

— Mojo, Moxie, du calme ! ordonna-t-il.

Les animaux cessèrent aussitôt de japper et s'approchèrent d'elle pour la renifler. Elle s'immobilisa pour leur permettre de se familiariser avec son odeur.

— N'ayez pas peur, ils ne vous mordront pas.

Une femme avec une élégante coupe au carré d'un gris argenté s'avança alors vers elle. Elle arborait un sourire chaleureux.

— Je suis Pauline, la mère de Callum, ajouta-t-elle.

Le reste du groupe se décomposait comme suit : Robin, le père, Jack et Fraser, les deux frères, Lindsey, la petite amie de Jack, et la gouvernante.

Après les présentations et la prise en charge des bagages, Pauline montra sa chambre à Miranda, une pièce fort agréable dans les tons de bleu pâle et de lilas, dotée d'une vue sur les enclos et le parc, au-delà.

— Il y a des serviettes et des articles de toilette dans votre salle de bains privée, l'informa Pauline. Si vous avez besoin de quoi que ce soit, n'hésitez pas à demander. A part Hunter, qui arrivera plus tard, toute la famille est déjà là. Je suis si heureuse que Callum soit venu avec vous. Hunter va lui aussi nous présenter la jeune fille qu'il a rencontrée dernièrement.

Pauline ignorait, bien sûr, que d'autres invités étaient conviés pour le samedi puisque c'était une surprise pour son anniversaire.

Miranda fut en revanche déconfite de découvrir que Pauline pensait réellement qu'elle était la petite amie de Callum.

— Il n'y a que Fraser qui soit venu seul, reprit son hôtesse. Je n'ai pas l'impression qu'il ait quelqu'un de particulier, en ce moment, dans sa vie. Ou du moins aucune femme qu'il ait envie de présenter à sa mère.

Pauline sourit avant d'ajouter :

— Nos fils sont des hommes secrets. Il y a peu, nous pensions encore que Callum…

Elle s'interrompit brusquement.

— Mais qu'est-ce que je suis en train de raconter ? Ah, je parle trop, comme toujours !

Les parents de Callum étaient donc au courant au sujet de Petra. Ils savaient que leur fils avait eu l'intention de la demander en mariage.

Avant qu'elle n'ait le temps de répliquer, Pauline reprenait :

— J'espère que vous ne m'en voudrez pas de vous avoir donné une chambre à part. Je suis un peu vieux jeu, vous savez, et tant qu'un couple n'est pas officiellement fiancé, je préfère qu'il ne dorme pas dans la même chambre sous mon toit.

Elle se sentit affreusement rougir.

Que penserait cette adorable femme si elle avait la moindre idée de la nuit de passion qu'elle avait connue dans les bras de son plus jeune fils ? Avec aucune intention d'engagement à la clé, juste du pur plaisir, un abandon à l'impulsion du moment…

Et ce, alors même qu'elle ne supportait pas son fils.

Non, Pauline n'aurait pas approuvé, c'était certain.

A ce moment précis, elle se rendit compte qu'elle ne pouvait plus affirmer qu'elle détestait Callum…

— Callum et moi nous sommes rencontrés depuis peu, dit-elle avant que Pauline n'imagine trop de choses. Nous avons fait connaissance dans un cadre professionnel.

— Callum m'a dit que vous étiez chef cuisinier.

Elle hocha la tête.

— Demain, j'aiderai en cuisine.

Les frères de Callum, sans rien lui révéler sur la fête, avaient dit à leur mère que Miranda tenait à préparer le déjeuner de Noël, ce qui expliquait ses nombreux coups de téléphone à Millie, la gouvernante, et tous les ustensiles qu'elle avait apportés.

— Merci. Je suis très heureuse que vous soyez parmi nous pour Noël, Miranda.

Elle lui répondit d'un sourire gêné, trop consciente d'être venue à Fairwinds pour de mauvaises raisons.

Sous prétexte de jouer au Monopoly, Miranda passa les deux heures suivantes enfermées dans la bibliothèque avec Callum, Fraser, Jack et Lindsey, où ils firent les dernières mises au point concernant la fête d'anniversaire.

Robin avait pour mission de tenir Pauline occupée, mais cette dernière passait de temps à autre la tête par l'entrebâillement de la porte pour vérifier que ses enfants n'avaient besoin de rien. Chaque fois, Miranda recouvrait rapidement ses notes, tandis que les autres comptaient leurs billets avec frénésie et ajoutaient des maisons sur le plateau déplié sur la table.

Hunter arriva en compagnie d'une jeune femme rousse à la silhouette de rêve qu'il présenta sous le nom d'Anna. Miranda le vit parfaitement tendre en douce une large enveloppe blanche à Callum.

— Voici les documents que tu m'as demandés, dit-il.

Les deux frères échangèrent un regard entendu, et elle se raidit. Que se tramait-il ? Elle frissonna.

La réunion prit fin lorsque Pauline vint leur annoncer que le repas était prêt. Ils devaient manger de bonne heure pour assister aux chants de Noël, sur la place du village. Tout le monde se précipita dans sa chambre pour se préparer. Mais Callum la retint par le bras.

— J'ai quelque chose pour toi, annonça-t-il.

Et il lui tendit le document que Hunter lui avait remis.

— J'ai appelé Hunter de l'auberge pour lui demander de m'apporter cette enveloppe.

A ses mâchoires serrées, elle comprit que le contenu n'allait pas lui plaire.

— Ouvre-la.

Pendant quelques secondes, elle envisagea de refuser et de la lui rendre intacte. Mais la curiosité fut la plus forte.

Elle décacheta l'enveloppe et en retira une liasse de feuilles agrafées.

— Qu'est-ce que c'est ?

— Une photocopie des aveux de ton père, l'original étant dans les archives de la police. Je préfère que tout malentendu soit levé entre nous.

Il n'y avait aucune trace de triomphe sur son visage. Au contraire. Des sillons inquiets creusaient son front.

Elle se laissa tomber sur une des chaises de la bibliothèque. Et dire que quelques minutes auparavant, cette pièce avait retenti des éclats de leur chaleureuse camaraderie ! A présent, elle baignait dans un lourd silence…

Elle n'avait aucune envie de lire le document.

Mais avait-elle le choix ?

Non. Pas après les accusations lancées à la tête de Callum, trois ans plus tôt. Pas après l'hostilité et les ressentiments des semaines précédentes. Le cœur lourd, elle entreprit la lecture…

— Un million de livres ! s'écria-t-elle, choquée. Mais comment ?

— Par la revendication d'une fausse assurance-vie.

Le souffle court, elle poursuivit la lecture de la confession. Elle crut s'évanouir quand elle reconnut la signature si familière de son père, à la fin du document.

Avait-il écrit les lettres à sa famille, dans lesquelles il jurait de son innocence, après le sombre aveu de sa culpabilité ?

Elle ne le saurait jamais.

— Si tu penses que ce document est un faux, tu

peux te rendre au commissariat : la police détient l'original, ainsi qu'un certificat d'authenticité.

Cette fois, elle était confrontée à l'atroce, à l'impossible vérité…

Les charges portées contre son père n'étaient ni injustes ni fausses. Et Callum n'était en rien responsable de sa mort.

— Où avez-vous retrouvé l'argent ?

— Sur des comptes ouverts au nom de ton père.

Il se tenait à côté d'elle, bras croisés, sans chercher à la soutenir. Elle comprenait son attitude. Il venait de creuser un gouffre entre eux avec cette révélation.

Elle se tut. Il n'y avait rien à dire.

— Avant que tu n'objectes que les aveux auraient été extorqués, sache que le gérant de la banque a identifié ton père comme la personne ayant ouvert un compte au nom d'un prétendu défunt. Quand l'argent est arrivé sur le compte, il a trouvé le montant suspect. Et quand il a découvert que les coordonnées de ton père ne correspondaient pas au détenteur du compte, il a tout de suite averti le service des fraudes de la banque. Ces déclarations ont été corroborées par les vidéos de surveillance montrant Thomas entrer dans la banque le jour de l'ouverture du compte fictif.

Il relatait les faits d'un ton distant qui n'était pas destiné à la réconforter.

Son père était coupable.

Pendant des années, Callum lui avait servi de bouc émissaire : tout était de sa faute, la perte insensée de son père, la débâcle de leur famille qui s'était ensuivie, ainsi que les questions qui n'avaient cessé de la hanter… « Pourquoi, papa ? Pourquoi t'être donné la mort ? Pourquoi n'avoir pas attendu que ton nom soit lavé ? »

Maintenant, elle savait. Son père n'aurait jamais pu laver son honneur. Il n'avait pas été capable de faire face aux conséquences de ses actes, ni d'envisager la prison.

Elle remit la liasse dans l'enveloppe, avec la terrible impression d'avoir ouvert une boîte de Pandore. Jamais plus sa vie ne serait la même.

— Il avait une famille, une maison, un bon travail. Pourquoi a-t-il fait cela ? demanda-t-elle, les yeux dans le vide.

— Thomas avait un certain standing et souhaitait le maintenir. Une fois, il m'avait confié que sa femme était une vraie lady et lui son humble serviteur, qu'il lui donnerait toujours ce qu'elle voulait.

— Moi aussi, je me souviens l'avoir entendu prononcer ces mêmes paroles.

A l'époque, elle trouvait cela extrêmement romantique.

Elle continua :

— Mais jamais je n'aurais voulu qu'il commette quoi que ce soit d'illégal pour que notre famille conserve son train de vie. On aurait pu vendre le domaine, trouver un cottage plus modeste. J'aurais pu louer Troubadour à une école équestre locale. Nous aurions pu réduire les dépenses inutiles…

Si seulement leur père s'était confié à eux !

Il était vrai que Flo avait toujours tenu à son niveau de vie élevé. Une fois son mari parti, elle n'y avait pas renoncé pour autant et avait profité des largesses de Callum.

— A propos… Tu n'as pas fait fermer les comptes de maman ?

Il secoua la tête en signe de négation.

— Elle s'en est encore servi pour les cadeaux de Noël, continua Miranda en soupirant. Il faut que nous te rendions tout cet argent.

Elle pourrait peut-être devenir son hôtesse attitrée à vie, sans demander la moindre rémunération, pensa-t-elle, l'humeur bien sombre…

En son for intérieur, elle se promit que dès son retour à Londres, elle reprendrait sa mère en main !

— Tu n'es pas responsable de ce que Flo me doit.

— Si ! C'est ma mère !

Il sourcilla.

— C'est une adulte.

— Je me demande si on l'a jamais traitée comme telle une fois dans sa vie.

A cet instant, la gouvernante passa la tête par l'entrebâillement de la porte.

— Désolée de vous déranger, mais le dîner est servi.

— Donnez-nous cinq minutes pour nous rafraîchir et nous arrivons, répondit Callum.

Une fois la gouvernante repartie, il s'avança vers Miranda. Nerveuse, cette dernière agita l'enveloppe devant elle.

— Miranda…

Une expression curieuse, hésitante, traversa son visage.

— J'espère que nous allons pouvoir prendre un nouveau départ, et oublier le passé.

Le voile qui recouvrait une vérité sordide à laquelle elle avait cru pendant des années s'était déchiré, et elle en était bouleversée jusqu'au plus profond de son âme.

— Je l'espère aussi, dit-elle. Mais j'ai besoin de temps pour accuser le choc de tout cela. Je ne suis pas sûre de pouvoir redevenir un jour celle que j'étais encore ce matin. Toute ma vie vient de basculer…

L'air de la nuit hivernale était vif et glacé.

Miranda referma la porte de la Daimler derrière elle, et balaya du regard le paysage qui l'entourait, tout en resserrant son écharpe rouge autour de son cou. Après le choc qu'elle venait de subir, elle s'attendait à ce que le monde soit différent.

Mais il n'en était rien. C'était toujours l'hiver. Le cours des saisons demeurait le même. Rien n'avait changé.

Enveloppée dans son manteau bien chaud, elle marchait dans la neige à côté de Callum, passant devant des maisons éclairées et décorées, en direction de la petite place près de l'église du village.

Elle s'empara d'une feuille de chants qu'on lui tendait et s'efforça de rattraper Callum. Dans la lumière des sapins scintillants, ils retrouvèrent les autres, près de la fanfare. Quelques minutes plus tard, les cloches sonnèrent, annonçant le début des chants.

Les gens se rassemblèrent plus étroitement, et la fanfare se mit à jouer. Un homme de haute taille bouchait la vue à Miranda. Plaçant une main sur ses reins, Callum l'entraîna quelques pas plus loin.

— C'est mieux, ici ?

— Bien mieux.

Elle lui lança un bref sourire par-dessus l'épaule.

— Merci.

A la lumière des réverbères, l'expression de Callum paraissait plus douce. Elle détestait cette distance entre eux. Les notes du premier chant s'élevèrent et, quand elle se retourna, elle fut surprise par le nombre de personnes venues célébrer Noël. Elle avait conscience de la présence de Callum, juste derrière elle.

Au fur et à mesure que la foule grossissait, il se rapprochait d'elle. La chaleur de son corps se communiquait à elle, et un étonnant sentiment de satisfaction l'envahissait malgré elle.

Il lui dit quelque chose qu'elle n'entendit pas.

— Comment ?

Elle inclina la tête en arrière ; son front effleura le menton de Callum.

— Tes cheveux sentent la vanille et la cannelle, lui souffla-t-il à l'oreille. C'est une odeur grisante.

Ces paroles lui causèrent un long frisson de plaisir. Elle était incapable de contrôler les sensations qu'il éveillait en elle, ni de maintenir bien longtemps une distance entre eux. Cette constatation la bouleversa.

— C'est juste mon shampoing. Un shampoing ordinaire.

— Rien n'est ordinaire chez toi, lui dit-il.

Elle sentit sa respiration s'accélérer.

Non.

Elle devait se maîtriser.

Même si elle savait désormais qu'il n'était pas responsable de la mort de son père, un trop lourd passif les séparait. Une liaison avec lui serait uniquement porteuse de souffrances, surtout quand il découvrirait que s'il avait toujours été honnête avec elle, quitte à être brutal, elle l'avait été beaucoup moins…

Elle frissonna et se sentit plus seule que jamais.

Soudain, elle sentit qu'il l'enlaçait par-derrière et plaquait son long corps contre le sien.

— Tu as froid, je vais te tenir chaud.

Elle s'abandonna au refuge de ses bras. Curieusement, c'était comme revenir à la maison…

Une sensation bien dangereuse.

La fanfare jouait à présent *Douce Nuit* ; autour d'eux, il y avait des couples, jeunes et moins jeunes, des familles réunies dans la joie de Noël ambiante… Elle voulait elle aussi partager cette joie. Cette fraternité. Dans un moment de lucidité, elle se dit qu'elle avait été bien insensée de repousser la demande en mariage de Callum.

Si elle avait accepté de l'épouser, elle aurait mené une vie sans souci matériel auprès d'un amant exceptionnel.

— Demain, nous irons faire une promenade dans la neige, lui souffla-t-il à l'oreille. Nous n'aurons pas le temps de chevaucher, mais tu pourras voir les chevaux.

Comment avait-elle pu être aussi aveugle ?

Alors qu'elle souhaitait le détester, le combattre, elle était tombée amoureux de lui… Et tout à coup, une atroce réalité la frappa de plein fouet. Callum ne serait jamais amoureux d'elle. Oh ! Il était indéniable qu'il la désirait avec une passion farouche, mais ce n'était pas de l'amour. Ne lui avait-il pas avoué en la regardant droit dans les yeux qu'il ne voulait pas de « complications émotionnelles » dans sa vie ?

Son souhait de Noël ne se réaliserait jamais.

Il était tôt, et toute la maisonnée dormait encore quand Callum ouvrit la porte d'entrée et s'effaça pour la laisser passer.

Elle poussa une exclamation émerveillée quand elle découvrit la beauté radieuse du matin : un manteau immaculé de neige tombée dans la nuit brillait sous les rayons du soleil matinal.

— C'est le cadeau que tu voulais, n'est-ce pas ? murmura-t-il dans son dos.

— C'est si beau, si paisible, dit-elle d'une voix rauque et rêveuse. Quelle merveilleuse façon de commencer la journée de Noël !

Il comprenait ce qu'elle ressentait.

Elle fit un pas en avant, et le soleil s'accrocha dans ses cheveux pour les transformer en une masse d'or. Callum lui emboîta le pas. Ce matin, elle sentait la vanille et le miel.

— Notre vieux Jim a sorti les chevaux dans l'enclos, dit-il.

Il la guida dans le jardin silencieux et blanc, leurs Wellington crissant sous la neige qui recouvrait les allées pavées.

Mojo et Moxie les suivaient, comme s'ils attendaient quelque chose. Callum regarda dans leur direction.

— Vous pouvez venir, mais il faudra bien vous tenir. Pas vous enfuir, compris ?

Ouvrant la porte en arc de cercle qui menait au jardin, il s'arrêta un instant pour que Miranda puisse admirer la vue.

— Wahou ! s'exclama-t-elle impressionnée.

— Viens ! dit-il en prenant sa main gantée dans la sienne. Laisse-moi te montrer.

Ils empruntèrent une allée bordée de clôtures et d'arbres sans feuilles, leurs branchages formant des ombres fantomatiques qui découpaient le paysage.

J'ai l'impression que nous sommes seuls au monde, dit-elle.

— C'est peut-être le cas, répondit-il en baissant le regard vers elle.

— Toi et moi ? Ce pourrait être intéressant, rétorqua-t-elle.

Il fut content de lui voir retrouver un peu de son aplomb perdu depuis qu'elle avait lu les confessions de son père.

— Très, fit-il d'un ton pince-sans-rire.

Et il vit ses joues se colorer de rose.

Elle essaya de dégager ses mains des siennes, mais il ne la laissa pas lui échapper.

— Voilà les chevaux ! déclara-t-il pour faire diversion.

Suivis des deux labradors, ils se dirigeaient vers une barrière à cinq barreaux. Un grand alezan vint à leur rencontre, puis un cheval bai tout aussi impressionnant.

Le premier fourra délicatement son museau dans la main gantée de Miranda qui se mit à rire.

— Il est superbe. Comment s'appellent-ils ?

Elle ne semblait plus aussi mélancolique que la veille. Sa peau était claire et lisse, et ses joues légèrement rosées. Dieu, qu'elle était belle !

— Lui, c'est Rouge et l'autre Cavalier, dit-il. La jument, au fond, c'est Lady Anne. Elle est timide. Elle ne va pas venir tout de suite.

— Oh, je n'ai pas pensé à leur apporter de la nourriture ! fit-elle en se mordant la lèvre.

Il extirpa aussitôt un sac plastique de la poche de son manteau.

— Par chance, j'ai été prévoyant !

Et il lui tendit une carotte.

Elle retira son gant qu'elle coinça sous son bras. Puis elle plaça la carotte dans sa paume et la tendit à Rouge. Il s'en empara sans délai. Cavalier avança le museau vers Callum qui le nourrit à son tour.

— Tiens, voici Lady Anne, annonça-t-il.

Miranda lui tendit la main et la jument prit ce qu'elle lui offrait. A cet instant, oreilles en arrière, Rouge s'approcha et subtilisa sa carotte.

— Ce n'est pas bien, Rouge ! le réprimanda-t-elle.

Ils eurent vite fait d'épuiser leurs provisions.

— Ce que j'aime les chevaux, cet environnement, reprit-elle alors.

Ses yeux brillaient et Callum sentit sa gorge se nouer.

— Tu reviendras à un moment plus tranquille, et nous pourrons faire du cheval.

Il avait prononcé ces paroles sans même réfléchir. Elle parut aussi surprise que lui de sa proposition spontanée.

— Ce serait génial. Merci.

Heureux qu'elle n'ait pas refusé, il lui adressa un large sourire. Cela lui donnerait l'occasion de la revoir sans passer par Adrian, comme prétexte. Avant qu'elle ne renfile son gant, il lui saisit la main. Une onde électrique le vrilla.

— Tes doigts sont tout froids.

— Glacés, oui ! renchérit-elle d'un ton enjoué.

— Je vais les réchauffer.

Il frictionna sa main, admirant ses beaux doigts fins entre les siens. Ses ongles, courts et carrés, étaient recouverts d'un vernis clair. Se penchant en avant, il lui vola un baiser sur la bouche.

Tous deux se figèrent avant de s'écarter l'un de l'autre.

Elle rejeta ses cheveux en arrière sous son regard. Que se passait-il ? Quel curieux pouvoir détenait-elle sur lui ? Il n'avait jamais éprouvé une telle sensation et ne l'avait même pas anticipée.

- 10 -

Le jour de Noël se déroula dans la joie et les éclats de rire. Miranda ne se retrouva quasiment jamais seule avec Callum.

Après le petit déjeuner, la famille se rassembla dans le salon pour ouvrir ses présents, près de l'arbre de Noël. Elle fut étonnée de constater qu'on l'avait comptée comme un membre de la famille.

Chacun avait apporté des petits présents pour les autres. Des CD, des livres, des lotions aux huiles essentielles. Chaque présent avait été choisi avec soin. Callum lui remit un tablier en dentelle qui la fit rougir, et tout le monde se mit à rire. Par chance, personne ne connaissait la signification du tablier. A son tour, elle lui offrit le CD qu'elle lui destinait, soulagée d'avoir finalement pris la bonne décision après avoir longuement hésité si elle devait oui ou non lui faire un cadeau.

Pour les autres membres de la famille, Miranda avait prévu des sélections d'herbes aromatiques présentées dans des petits pots, ainsi qu'une immense boîte remplie de sablés aux formes diverses et amusantes qui firent pousser des petits cris de joie aux destinataires.

Après l'échange des cadeaux, Miranda appela Flo et Adrian pour leur souhaiter un bon Noël, sur un ton qu'elle voulait le plus joyeux possible. Elle en profita pour s'éclipser vers la cuisine où elle confectionna un déjeuner léger, composé d'une soupe au potiron grillé, servie avec du pain frais et de la crème battue. Le consommé lui valut les compliments de la tablée.

Elle rougit de plaisir lorsque Robin Ironstone déclara :

— Tu as choisi une championne, Callum !

Elle croisa brièvement le regard de ce dernier avant de détourner les yeux, troublée par la chaleur et l'intensité qu'elle venait d'y lire.

Allons ! Elle devait se rappeler qu'elle était ici uniquement pour jouer un rôle — celui de la prétendue petite amie de Callum —, ce qui permettrait à la famille de ne pas s'appesantir sur la présence de Petra, le lendemain.

L'après-midi, elle se concentra sur le dîner de Noël et la dinde, avant de préparer tout ce qui pouvait l'être à l'avance, pour l'anniversaire de Pauline, le lendemain. Toutefois, comme Pauline, Lindsey et Anna ne ménageaient pas leur peine pour l'aider, elle avait la sensation d'être une usurpatrice et de ne pas travailler assez. Même Callum et ses frères passèrent au cours de l'après-midi pour proposer leurs services, de sorte que la cuisine fut constamment bondée et vibrante de rires. Cela n'avait rien d'un travail, mais tout d'un divertissement.

Le plus difficile fut de garder un air sérieux lorsque Pauline, après avoir regardé, étonnée, la quantité de nourriture préparée, demanda :

— Mais qui va manger tout cela ? Nous en avons fait bien trop.

— Sois sans crainte, maman, répondit Fraser. Nous sommes des hommes en pleine croissance, nous n'en laisserons pas une miette.

Elle vit Callum réprimer un sourire, et Hunter se précipita vers sa mère pour lui demander conseil sur la meilleure façon de faire sécher ses mocassins italiens qu'il avait mouillés la veille, dans la neige.

— Quelle idée d'avoir mis tes mocassins pour assister aux chants de Noël ! lui reprocha sa mère.

Et elle lui emboîta le pas pour évaluer l'ampleur des dégâts. La tactique avait réussi !

— Comme tu as de la chance d'avoir une famille si chaleureuse, murmura Miranda à Callum.

— Je sais.

Miranda n'était pas simplement sous le charme de Callum. Elle n'était pas loin de tomber aussi sous celui de sa famille.

Ce qu'elle ne pouvait se permettre !

La surprise de Pauline, le lendemain, lorsque les premiers invités arrivèrent, valait bien la peine qu'il s'était donné concernant le rôle fictif de Miranda à ses côtés, pensa Callum en échangeant un regard de satisfaction avec ses frères.

— Comment est-ce que j'ai pu ne rien soupçonner

du tout ? demanda leur mère tandis que les voitures arrivaient l'une après l'autre devant le perron.

— C'était censé être un secret, observa Callum.

— Même si papa a failli vendre la mèche cinq minutes après notre arrivé, jeudi soir, renchérit Fraser en lançant un regard moqueur à son père.

— Votre père n'a jamais su garder un secret, déclara Pauline en adressant un tendre sourire à son mari.

— Je suis arrivé à tenir ma langue, hier, tout de même ! se défendit Robin.

Et tout le monde se mit à rire.

A l'arrivée de Petra avec son père, une certaine tension fut perceptible dans l'air lorsque Callum se rapprocha de Miranda. Petra échangea un bref regard avec cette dernière mais, en dépit de la lueur un peu triste qui brillait dans ses yeux, elle ne manifesta aucune réaction particulière.

Lui remarqua en revanche que Miranda s'éloignait de lui, désireuse de prendre de la distance. Elle appréciait de moins en moins le rôle qu'il lui avait demandé de jouer, pensa-t-il.

Un sentiment qui le tracassa encore plus quand il découvrit que Gordon et Petra avaient été invités pour tout le week-end et ne repartiraient pas à la fin de la journée, comme les autres convives.

— Quelque chose ne va pas ? demanda Fraser en lançant un regard significatif en direction de Petra.

Il résista à l'envie de gifler son frère.

— Rien que je ne puisse contrôler.

— Parfait. Parce que si Petra a eu le bon sens de te laisser tomber, n'oublie pas que Gordon reste un atout majeur pour notre société.

— C'est toi qui les as invités à passer tout le week-end avec nous ? demanda-t-il à son frère, incrédule.

— Oui, répondit Fraser d'un air détaché.

Puis il plissa les yeux et ajouta :

— Est-ce que cela te pose un problème ?

Il espérait sincèrement qu'il n'y en aurait pas, même s'il avait déjà remarqué la froideur de Gordon envers Miranda.

Quand les derniers invités furent arrivés, tout le monde se rassembla dans la grande salle à manger autour du buffet. Il resta cloué sur place en découvrant Miranda : elle avait troqué ses vêtements contre une robe rouge qui épousait son corps comme une deuxième peau. Cette robe était une véritable invitation à la toucher. Il déglutit avec difficulté… Comment était-il censé résister à la tentation ? En désespoir de cause, il s'efforça de se concentrer sur le festin qu'elle avait préparé.

Elle s'était vraiment surpassée. Une sculpture de glace dominait le centre de la table, et elle avait suspendu des imitations de flocons de neige au plafond — des petites boules de fourrure blanche qui caressaient les invités au passage — et allumé un peu partout des bougies blanches.

Après le déjeuner, Pauline ouvrit ses cadeaux, les yeux brouillés de larmes tandis qu'elle lisait les cartes qu'on lui avait écrites.

— Bon anniversaire, Pauline, lui dit à son tour Miranda en lui remettant un présent enveloppé dans du papier de soie.

Lorsque la mère de Callum retira le papier, elle eut la joie de découvrir une dizaine de tartelettes à la crème Grand Marnier. Il fut touché que Miranda ait pris la peine de confectionner ce dessert que sa mère adorait. Et, pendant quelques secondes, il éprouva de la culpabilité de l'avoir entraînée à Fairwinds, au lieu la laisser passer Noël à Londres, parmi les siens.

Au cours de l'après-midi, elle se montra sensible au moindre geste qu'il fit envers elle. Elle manifestait de plus en plus de gêne à mesure que ses doigts effleuraient les siens, ou que sa main se posait sur ses hanches, sa robe en jersey fin ne garantissant aucune barrière contre la chaleur de ses paumes. Elle avait beau savoir que ces démonstrations étaient une façon de tuer, chez Gordon, tout espoir d'une réconciliation avec sa fille, elle ne pouvait s'empêcher d'être troublée. Par ailleurs, la tristesse et la douleur qu'elle lisait dans les yeux de Petra lui déplaisaient. Qui plus est, elle était elle-même gênée de flouer Callum, dans la mesure où il n'avait pas encore la moindre idée des dommages qu'Adrian avait causé à une voiture de sa société, et qu'elle ne s'en était pas ouverte à lui…

Oh, et puis, à bien y réfléchir, c'était le problème de son frère !

Comment parviendrait-il à assumer un jour ses responsabilités si elle résolvait tous les problèmes pour lui ? Il n'y avait qu'à prendre l'exemple de sa mère : Flo s'était mise dans une situation épouvantable tout simplement parce qu'elle comptait toujours sur les autres pour la sortir des mauvais pas dans lesquels elle se jetait de plein gré. Le fait que son père l'ait toujours traitée comme une princesse n'avait pas arrangé les choses.

De toute façon, Noël était passé, maintenant, et Adrian n'avait pas passé les fêtes en prison comme il l'avait craint à un moment. Chaque fois qu'elle croisait le regard de Callum, elle regrettait d'avoir promis à son frère de se taire jusqu'à son retour à Londres. Elle avait envie qu'il sache la vérité afin d'être elle-même fixée sur leur relation : seraient-ils toujours amis, quand il découvrirait qu'elle n'avait pas été honnête avec lui ?

Le thé venait d'être servi dans un service en porcelaine fine.

Elle en profita pour faire une pause et se retirer dans la bibliothèque pour appeler Adrian. Peut-être accepterait-il qu'elle avoue tout à Callum, si elle en avait l'opportunité.

Adrian répondit sur son portable à la première sonnerie.

— Qu'est-ce qu'il y a, sœurette ?

Elle lui fit part de la nature de son appel. Toute

note d'insouciance avait disparu de sa voix quand son jeune frère répondit :

— Non ! Je t'ai dit que c'est moi qui lui parlerai quand je serai prêt.

— Tu as promis de tout lui raconter à mon retour, lundi, lui rappela-t-elle.

— On verra.

Adrian essayait de se défiler. Il devait vraiment redouter les conséquences qui l'attendaient.

— Ecoute, le prévint-elle, si tu attends trop longtemps, je prendrai les choses en main.

— Ça, je sais, fit son frère d'un ton si blasé qu'elle eut soudain l'impression d'être une véritable inquisitrice.

Il ajouta alors :

— J'ai reçu plusieurs messages de menace depuis ton départ. J'ai réussi à calmer le jeu en disant que tu n'étais pas à Londres pour l'instant.

— Je ne vois pas le rapport ! rétorqua-t-elle. Je t'ai déjà prévenu que je ne leur donnerai rien. Pas le moindre centime.

Elle s'interrompit pour reprendre sa respiration.

— Ecoute, je suis certaine que Callum ne sera pas sévère avec toi, continua-t-elle.

Le délit d'Adrian n'avait aucune commune mesure avec celui de son père. Ils ne devaient pas préjuger de la réaction de Callum à l'aune de son comportement envers Thomas.

— Je suis certaine qu'il comprendra, insista-t-elle en croisant les doigts pour ne pas se tromper.

Adrian marmonna alors quelque chose qu'elle fut heureuse de ne pas comprendre et raccrocha. Tout cela était loin d'être rassurant pour elle.

— Tu as l'air contrariée !

Elle sursauta au son de la voix de Callum. Il se tenait juste devant elle. Avait-il entendu sa conversation ? Elle espérait que non.

Elle s'efforça de sourire.

— Ce n'est rien.

— Tu étais au téléphone. C'est encore ta mère qui te pose des problèmes ?

Elle fut soulagée de ne pas l'entendre évoquer Adrian.

— Un peu, éluda-t-elle.

— Elle profite de toi, déclara Callum en la regardant droit dans les yeux.

— Et de toi.

— C'est vrai, concéda-t-il. Pourtant nous ne servons pas ses intérêts en résolvant toujours ses problèmes à sa place. Nous ne faisons que la conforter dans sa position d'irresponsabilité.

C'était la conclusion à laquelle Miranda était elle-même arrivée ; pourtant, elle avait du mal à l'entendre dans la bouche de Callum, et dut se faire violence pour ne pas voler à la défense de Flo.

— Je suis désolé si j'ai été trop abrupt à propos de ta mère, ajouta-t-il devant le silence de Miranda.

— Non, tu as raison… Il faut que je lui résiste et qu'elle comprenne. Mais j'ai tellement peur de la blesser, expliqua-t-elle.

— Il est parfois nécessaire d'être cruel pour rendre service à autrui, décréta Callum.

Et elle le suspecta de penser alors fortement à Petra.

Une fois tous les invités partis, Callum et ses frères se rassemblèrent dans le salon, en famille, laissant Gordon monter dans sa chambre.

Sa mère avait été enchantée de la fête inattendue et paraissait comblée.

— Il faudrait que je vérifie…

— Tout est en ordre dans la cuisine ! la coupa son mari. Il y a quatre femmes, là-bas, dont une est un chef cuisinier.

— Dans ces conditions, je pense que je peux monter me coucher.

Il déposa un baiser sur la joue de sa mère et ne fut pas étonné de voir son père lui emboîter le pas dans l'escalier. Il avait l'impression que celui-ci s'apprêtait à récolter les bénéfices de la fête.

La grande demeure se retrouva soudain plongée dans le calme. Anna, Petra et Lindsey aidaient Miranda en cuisine, et ses frères étaient sortis pour s'occuper des chevaux en l'absence de Jim, leur vieux domestique, qui passait la journée auprès de sa très vieille mère.

Il décida de se rendre en cuisine. Tout à l'heure, il avait lu de l'inquiétude dans les yeux de Miranda et il voulait vérifier si elle allait mieux. Tout comme il souhaitait s'assurer que la compagnie de Petra ne la mettait pas trop mal à l'aise.

A son entrée dans la cuisine, il constata qu'elle avait enfilé une veste de chef cuisinier sur sa robe rouge. Encore heureux qu'elle ne portait pas le tablier sexy qu'il lui avait offert…

Elle était en train de nettoyer le comptoir et cela lui rappela la soirée, chez lui. Il sentit tout son corps se durcir… Même avec cette veste, elle était la femme la plus sexy qu'il n'avait jamais vue.

Il fourra les mains dans ses poches et regarda alentour. Aucun signe de Petra. Ni des petites amies de ses frères. Il saisit l'occasion au vol.

— Hé, Cendrillon, on dirait que les elfes sont occupés.

— Tu mélanges Noël avec les contes de fées.

— Et alors, quel est le problème ?

Elle fit une moue dubitative.

— Aucun, tu as raison.

— Où sont Petra, Lindsey et Anna ? s'enquit-il.

— Sûrement dans leur bain, comme toutes les princesses dignes de ce nom.

Elle lui sourit et tout son corps réagit passion-nément.

— Elles sont épuisées d'être restées debout toute la journée, elles n'ont pas l'habitude.

— Mais toi, si, c'est ça ? Allez, viens t'asseoir près de moi, je vais masser tes pieds, tu dois être aussi fatiguée que les autres.

Elle lui jeta un regard en biais, provocateur, et

avec satisfaction, il la vit rougir. Sortant ses mains de ses poches, il l'entraîna dans le salon où elle le suivit docilement. Les flammes crépitaient dans l'âtre et les décorations du sapin de Noël projetaient une douce lumière dans toute la pièce.

Il remplit deux verres de porto pendant que Miranda s'installait sur le canapé. Elle drapa les plis de sa robe autour de ses jambes et s'assit sur ses pieds.

Sa présence s'imposait comme une évidence à Fairwinds. Toute sa famille l'appréciait, il le sentait. A la façon dont Fraser la taquinait, dont sa mère avait essuyé une larme devant les tartelettes…

Oui, elle cadrait parfaitement dans le décor.

Il en oubliait presque qu'elle « jouait » le rôle de sa petite amie, tant la situation lui semblait réelle.

Quelques semaines plus tôt, quand il lui avait proposé de lui donner un coup de pouce professionnel, il l'avait fait pour apaiser le remords qui le rongeait. Il ne s'était pas attendu au feu qu'elle allait allumer en lui… Il avait été loin d'anticiper qu'elle lui plairait autant, tout comme il ne pensait pas que sa famille serait elle aussi sous le charme.

A quel moment l'émotion était-elle venue se mêler à tout cela, entre eux ?

— Qu'est-ce qu'il y a ? demanda-t-elle.

Elle avala une gorgée de porto et lui rendit son regard. Il se tenait devant elle, jambes écartées, de plus en plus perplexe.

Secouant la tête, il se mit à rire.

— Je crois que je vais devenir fou.

— Toi ? Fou ?

Elle releva un sourcil.

— Non, c'est impossible.

Mais il demeura sérieux et plongea son regard dans le sien.

— Comment se fait-il que j'oublie tout quand tu es près de moi ? demanda-t-il soudain.

— Ah bon ? C'est ma faute, maintenant, si tu deviens fou ?

De nouveau, elle essaya de rire, mais constata que sa gorge était toute sèche. Son aveu l'avait fait frissonner de la tête aux pieds...

Au lieu de lui répondre, il se dirigea vers un placard, d'où elle le vit extraire une boîte.

— Une fois, tu m'as dit que ta seule faiblesse c'était le chocolat noir, reprit-il.

Elle laissa son regard glisser sur les larges épaules de Callum, puis sur ses jambes musclées et moulées dans son pantalon noir...

Le chocolat n'était plus sa seule faiblesse, pensa-t-elle.

— Pour ce soir, je ne peux plus rien avaler, protesta-t-elle quand il lui tendit la boîte de chocolats.

— Allez, fais-moi plaisir, dit-il. Le chocolat et le porto se marient parfaitement.

Sans mot dire, elle secoua la tête.

— Alors tu ne connais pas les plaisirs terrestres, ajouta-t-il.

Sa voix était rauque, profonde, faisant battre son pouls à vive allure.

— Ouvre la bouche, ordonna-t-il.

Elle n'envisagea même pas de lui désobéir.

Elle entrouvrit les lèvres et il plaça un morceau sur sa langue. Le chocolat fondit immédiatement. Il avait un goût sublime.

— Maintenant, le porto.

Il s'empara du verre et le porta aux lèvres de Miranda. Yeux dans les yeux, ils se prêtèrent à une délicieuse parade érotique. Il inclina légèrement le verre, mêlant dans sa bouche l'arôme du porto à la riche saveur du chocolat.

Il reposa le verre. Quand il se mit à caresser la masse de sa chevelure, elle sentit son cœur fléchir.

— Cela fait une éternité que je ne t'ai pas embrassée, Miranda.

Il se décidait enfin à reprendre son rôle de séducteur. Le baiser qu'il avait déposé sur ses lèvres, la veille, au cours de leur promenade, l'avait laissée sur sa faim. Depuis, elle attendait qu'il se manifeste, avec une tension grandissante.

— Tu ne vas pas te dérober, cette fois ? s'enquit-il d'une voix rocailleuse.

De la tête, elle lui fit signe que non.

Il l'attira contre son corps puissant, dans ses bras vigoureux. Que ses lèvres sur les siennes étaient fermes et enivrantes !

Elle lui offrit sa bouche et il la dévora avec passion.

— C'est de cette façon qu'il faut manger le chocolat noir, dit-il en caressant sa bouche avec la sienne. Mais si nous continuons, quelqu'un risque d'entrer et de nous surprendre.

Il eut un rire essoufflé et continua :

— Mes frères sont simplement allés nourrir les chevaux. Ils peuvent revenir d'un instant à l'autre.

Elle fit glisser ses doigts sur ses mâchoires carrées, retraça le contour de ses lèvres. Ses prunelles bleues brûlaient de passion. Il aspira son doigt dans sa bouche, enroulant sa langue autour.

Elle sentit son pouls s'accélérer.

Repoussant sa main, il captura de nouveau sa bouche, et l'embrassa à en perdre haleine.

Il avait le goût du porto, du chocolat et de l'excitation masculine et, quand il détacha ses lèvres des siennes pour redresser la tête, il se heurta à son regard lourd de désir.

— Je ne peux plus attendre. Viens dans ma chambre, ordonna-t-il.

Incapable de prononcer un mot, elle le suivit.

Callum referma la porte avec son pied, le regard toujours rivé à Miranda.

Ses pupilles s'étaient assombries, absorbant l'or caramel de ses iris et avivant le feu qui les dévorait.

Il retira sa cravate qu'il jeta sur le bois de lit. Puis il déboutonna sa chemise. Quand ses pans s'ouvrirent, il l'attira à lui puis, caressant gentiment sa nuque, il enfouit ses doigts dans la masse soyeuse de sa chevelure et lui inclina la tête en arrière. Il ne lut aucun signe de résistance sur son visage quasi extatique.

Elle était à lui. Enfin !

Dans un soupir d'aise, il défit la double rangée des boutons de ses manches, puis fit glisser la veste des épaules de Miranda. Le reste de leurs vêtements vint bientôt rejoindre le premier tas, sur le sol, puis il bascula sur le lit, l'entraînant dans sa chute. Il sentit alors toute la douceur de ses courbes contre sa nudité et émit un grognement de satisfaction.

— Embrasse-moi, Miranda.

Elle s'exécuta.

Ses cheveux l'effleuraient, des mèches imprégnées de l'odeur de vanille qui nourrissait ses rêves. Il fit jouer ses doigts sur ses épaules, puis le long de son dos, et trouva enfin l'agrafe de son soutien-gorge. Il la défit…

Ses seins étaient au niveau de sa bouche, offerts, tentants. Il en caressa d'abord gentiment les pointes, et l'entendit pousser un léger gémissement. Alors, désireux de les tester enfin, il referma la bouche sur l'un de ses tétons… qui durcit en un rien de temps. Il devina qu'elle le désirait tout autant que lui.

Continuant à titiller ses seins, il fit glisser une main sur la courbe de son ventre pour atteindre son intimité. Elle était humide, prête à l'accueillir…

Avant qu'il n'ait le temps de passer à l'étape suivante, elle enroula ses jambes autour de ses hanches et se frotta contre son membre tendu… Il eut le plus grand mal à se maîtriser. Seul un petit bout de satin les séparait encore. Impatient, il lui retira son string et, la délicate barrière disparue, Miranda se glissa et se referma sur lui…

Un moment de pure extase…

Miranda se mit à bouger au-dessus de lui et un feu se répandit dans tout son être. L'agrippant par les hanches, il luttait pour imposer sa cadence. Mais quand elle se pencha sur lui pour retracer le contour de sa bouche avec sa langue, et que ses longs cheveux caressèrent son torse, ses joues, son odeur l'enveloppant tout entier, il perdit tout contrôle… Alors la force de la volupté les emporta sur une vague paradisiaque…

- 11 -

Lorsque Callum se réveilla, il éprouva une immense satisfaction.

Miranda était recroquevillée près de lui sous la couette, une main posée sur son torse nu, lui communiquant sa chaleur. Tout était si parfait… La place de sa main était bien ici, sur sa peau à lui. Sur son cœur… Il voulait se réveiller chaque matin avec la douceur de son corps contre le sien, voir chaque jour ses cheveux dorés en désordre.

Elle était à lui.

A cette idée, la puissance de l'émotion qu'il ressentit le frappa. Il repoussa la boucle soyeuse qui barrait sa joue et elle ouvrit les yeux.

Dans la pâle lumière du matin qui entrait par la fenêtre, il entrevit de la chaleur et tout un tas de choses merveilleuses dans les profondeurs brun doré de ses prunelles. Mais tout à coup, une lueur d'alarme chassa cette félicité et ses yeux se remplirent d'ombres.

Il la sentit sur le point de s'éloigner. Et cela, il ne le voulait pas ! Pas après ce qu'ils avaient vécu, la nuit dernière.

— Ne bouge pas ! lui ordonna-t-il.

Elle cligna des yeux.

— Pourquoi ?

— Parce que je veux te regarder.

Elle se mit à rire, un rire voilé, puis elle roula de l'autre côté du lit, laissant un espace froid entre eux.

— Cela me gêne, lança-t-elle.

— Ce n'est pas le but recherché.

Il tendit la main pour lui soulever le menton, et la forcer à soutenir son regard.

— Il va falloir t'y habituer. Je ne me lasserai jamais de te regarder.

— Oh, si ! Tu finiras par te lasser…

Il secoua la tête avec vigueur.

— Non, je t'assure que non.

Jamais il ne s'en lasserait, il en était convaincu au plus profond de son âme. Mais il n'était pas encore prêt à passer aux aveux. Pas maintenant.

A la place, il fit glisser ses doigts sur la joue de Miranda.

— Je veux davantage que ce que nous avons connu la nuit dernière.

Il n'arrivait pas encore à trouver des mots pour exprimer les émotions et les désirs nouveaux qui brûlaient en lui. Tout ce qu'il savait, c'était qu'il voulait savourer cette force qui les liait l'un à l'autre. Sur une impulsion, il se pencha en avant et pressa ses lèvres contre les siennes de façon impérieuse, déterminé à lui prouver la vigueur de son besoin.

La chaleur sauvage de la nuit refit immédiatement

surface. S'enroulant autour de lui, accélérant la course de son sang dans ses veines, rallumant la folle passion qu'ils avaient connue… Elle entrouvrit les lèvres et il explora de nouveau les profondeurs de sa bouche.

A ce moment, ils n'avaient plus besoin de paroles pour se comprendre.

Ce furent les aboiements des chiens à l'extérieur, un cri de Hunter et l'éclat d'un rire féminin qui ramenèrent brutalement Callum à la raison. Il regarda la femme qui lui avait fait tout oublier. Sa famille. Son travail. Et même le temps, ajouta-t-il en jetant un regard à son réveil, sur la table de nuit.

Il émit un rire rauque.

— J'étais prêt à te refaire l'amour.

Elle semblait respirer avec difficulté, et ses yeux étaient noirs de désir. La couette avait glissé, révélant son épaule pâle et crémeuse, et l'un de ses seins. Il dut se faire violence pour maîtriser son désir.

— Il faut que nous nous levions ! ajouta-t-il.

A regret, il s'assit sur le rebord du lit.

— Le petit déjeuner sera bientôt prêt et je ne veux pas que l'on vienne nous chercher.

Il souhaitait garder secret le bonheur intime qu'il avait trouvé auprès de Miranda.

— Moi non plus, fit-elle.

Elle se leva et, cette fois, il ne la retint pas.

Elle avait les joues toutes roses à cause des baisers qu'ils venaient d'échanger et elle s'efforçait de s'enrouler dans les draps pour dissimuler sa nudité.

— Ta mère m'a dit qu'elle était vieux jeu, et que c'est pour cette raison qu'elle nous avait attribué des chambres séparées. J'ai l'impression d'avoir abusé de sa confiance.

Une expression singulière brillait dans ses yeux.

Encore une fois, Callum résista à la tentation de la faire basculer sur le lit et de la posséder de nouveau et répondit :

— Ne t'inquiète pas pour ça. Ma mère sera heureuse de savoir que j'ai trouvé quelqu'un.

Elle eut une moue dubitative.

— Je ne veux pas continuer à mystifier ta mère, ni ta famille. Je ne rejouerai plus le rôle de ta petite amie.

— Je n'exigerai rien de tel de toi.

Elle le regarda avec méfiance.

— Dans ces conditions, pourquoi as-tu dit cela ?

Il hésita. Pourquoi ? Pendant quelques secondes, il eut peur de lui ouvrir son cœur. Mais il se reprit rapidement. Ce n'était pas le moment de se montrer timoré.

— Je veux que cette prétendue relation en devienne vraiment une, déclara-t-il.

A ces mots, il crut percevoir un éclat de joie dans ses beaux yeux dorés. Une joie qui s'évapora bien trop vite à son goût. Il crut qu'elle allait protester, mais un sourire éclaira bientôt ses traits.

— Je crois que ça me plairait, à moi aussi.

Un immense sentiment de soulagement le submergea. Il s'était tellement attendu à ce qu'elle refuse. Mais non ! Elle venait de dire oui…

Désormais, il ne lui permettrait pas de reprendre sa parole.

Après un bref passage dans sa chambre pour enfiler une tenue plus adaptée que la robe rouge de la veille, Miranda descendit l'escalier, un sourire de bonheur aux lèvres. Elle se sentait toute légère avec Callum à son côté, avec ses doigts qui se mêlaient gentiment aux siens, sans les serrer, comme une caresse.

Nul doute qu'elle courait à sa perte. Car il fallait être bien folle pour être tombée amoureuse de Callum. Complètement insensée, oui ! Mais c'était plus fort qu'elle.

Quant aux regrets, elle ne s'autoriserait pas à en avoir.

Elle profiterait de son bonheur le temps qu'il durerait, étant donné qu'il était acquis que Callum Ironstone ne tomberait jamais amoureux d'une femme comme elle. Il avait besoin d'une épouse distinguée, dotée du réseau social dont il avait besoin. Pas la fille d'un escroc.

Quand ils pénétrèrent dans la salle à manger, elle repéra tout de suite Petra. C'était une femme comme elle que Callum finirait par épouser.

La belle blonde leva la tête vers eux.

Son regard de biche blessée n'échappa pas à

Miranda, à la vue de leurs doigts enlacés. Petra avait réellement aimé Callum, pensa-t-elle alors. Contrairement à lui, elle n'avait pas envisagé leur relation comme une simple affaire d'intérêts.

Elle posa alors les yeux sur l'homme qui se trouvait à côté d'elle. Gordon, son père... Elle lui trouva les traits tirés. Pour lui, le mariage avait bel et bien été synonyme d'affaires et il n'était pas certain qu'il y avait renoncé.

Hunter les salua en premier.

— Nous avons commencé sans vous. Maman a pensé que vous étiez allés faire une promenade et que vous aviez perdu la notion du temps.

Miranda se sentit rougir. Par chance, Pauline ne se trouvait plus dans la pièce, et elle n'eut pas à répondre aux éventuelles questions polies de cette dernière sur les bienfaits de la promenade matinale. Elle n'osa pas croiser le regard de Callum quand il fit glisser une chaise pour lui permettre de s'asseoir, avant de prendre place à côté d'elle.

— J'ai promis à Lindsey que nous irions au marché d'artisanat du village, déclara Jack.

Et sur ces mots, il se leva.

— On peut y aller aussi ? demanda Anna en se tournant vers Hunter. S'il te plaît !

Hunter leva les yeux au ciel.

— Où veux-tu encore m'entraîner ? soupira-t-il à l'adresse de son frère.

En quelques minutes, la salle à manger s'était

vidée. Outre Callum et Miranda, il ne restait plus que les Harris et Fraser.

— Gordon voulait établir un planning avec toi, ce matin, déclara Fraser à l'attention de Callum avant de se lever à son tour.

— Nous pourrons en discuter après le petit déjeuner, répondit Callum en s'emparant du pot à café.

Il en proposa à Petra qui refusa, puis se tourna vers Miranda :

— Du café ? A moins que tu ne préfères du thé ?

« Ou moi », ajouta-t-il intérieurement, et Miranda ne manqua pas de lire sa malicieuse invitation dans son sourire équivoque.

— Du café, merci, répondit-elle d'une voix rauque, consciente du pouvoir que cet homme avait sur elle.

Ce fut alors que Gordon prit la parole.

— Très bien, nous discuterons après le petit déjeuner. J'ai cru que tu serais trop occupé pour m'accorder un peu de temps.

Sur ces mots, il lança un regard significatif vers Miranda.

Callum reposa le pot à café sans répondre tout de suite.

Petra mit alors la main sur le bras de son père.

— Papa…

— Non, Petra ! trancha ce dernier.

Se dégageant de l'étreinte de sa fille, il se tourna vers Callum.

— J'avais espéré que la relation qui unissait nos familles dépasserait le cadre des affaires, commença-t-il, j'avais cru que…

— Papa, je t'en prie !

Petra avait l'air mortifié.

Miranda ressentit alors un élan d'empathie pour elle. N'avait-elle pas été assez blessée ? Son père avait-il besoin lui aussi de l'humilier ?

Elle jeta un regard implorant à Callum. Ne pouvait-il rien faire pour arrêter cette scène insupportable ? Mais ce dernier passa le bras derrière la chaise qu'elle occupait et posa une main possessive sur son épaule.

— Gordon, je pense que…

— Petra aurait fait une épouse tout à fait convenable. Bien plus que celle-là.

La colère qui brillait alors dans le regard de Gordon la tétanisa.

— Je n'arrive pas à croire que tu aies rompu avec Petra pour elle, poursuivit-il. N'oublie pas qui était son père ! Les chiens ne font pas des chats, Callum. Est-ce que tu seras un jour en mesure de lui faire confiance ?

— Papa !

Callum se raidit, et Miranda se sentit soudain au bord de la nausée.

— Oui, je peux lui faire confiance, articula ce dernier.

A ces mots, elle se figea. Comment pouvait-il lui

faire confiance, alors qu'elle lui avait caché l'histoire d'Adrian ?

Sans prévenir, Callum donna un coup de poing sur la table, qui fit sursauter à la fois Petra et Miranda. Puis il adressa à Gordon un regard dur.

— Pour tout avouer, je n'ai pas l'intention de passer la matinée enfermé dans un bureau. J'ai envie de passer la journée avec Miranda, qui est l'une des femmes les plus merveilleuses que j'ai eu la chance de rencontrer. Et puisque vous savez tout, vous serez le premier à nous féliciter, Gordon !

— Vous féliciter ?

Elle-même dut avoir la même expression choquée que Gordon Harris tant l'information était stupéfiante. Callum resserra son étreinte sur son épaule.

— Miranda et moi allons nous marier.

— Vous marier ? fit une voix manifestement émue.

C'était Pauline qui venait d'entrer dans la pièce. Miranda ferma les yeux, catastrophée.

— J'ai entendu un coup et j'ai cru que quelque chose s'était cassé, poursuivit-elle. Mais c'est merveilleux. Je vais annoncer la nouvelle à ton père.

Pitié ! Qu'est-ce que Callum venait de faire ?

Quelque dix minutes plus tard, lorsque Callum referma la porte de la bibliothèque derrière eux, Miranda dégagea vivement sa main de la sienne.

— Qu'est-ce qui t'a pris d'annoncer une telle

stupidité en présence de Gordon ? Je me suis vraiment sentie idiote !

— Je ne vois pas ce que j'ai fait de mal. Je…

— Je t'ai dit que je ne voulais plus continuer à mentir à ta famille.

Elle enfouit son visage dans ses mains, et ses boucles s'agitèrent comme une mer d'or déchaînée tout autour de son visage.

— Maintenant, tes parents pensent que nous allons nous marier. Heureusement que tes frères n'étaient pas là ! Tu vas aller leur dire qu'il s'agit d'un stupide malentendu.

— Pourquoi ? demanda Callum d'un ton détaché.

Elle laissa retomber ses bras le long de son corps et se mit à le fixer d'un air obstiné.

— Tes parents m'apprécient. Quand ils sauront que tu as évoqué le mariage pour me protéger de la méchanceté de Gordon, ils comprendront !

Soudain, elle se mordit la lèvre. Elle venait de se rendre compte qu'elle lui demandait l'impossible.

— Evidemment, tu ne peux pas faire ça… Gordon est un actionnaire important et si tu m'as invitée ce week-end, c'était justement pour éviter la scène qui vient de se produire !

Il traversa la pièce pour la rejoindre.

Il l'agrippa par les épaules et planta son regard dans le sien.

— Ecoute-moi bien, Miranda ! Je ne laisserai personne parler de toi de cette façon irrespectueuse, et je me fiche pas mal qu'il soit actionnaire ou pas.

Elle redressa la tête.

— C'est très noble de ta part, mais…

— Ce n'est pas noble. Je…

Il s'interrompit tout net. Il avait manqué lui dire qu'il voulait réellement l'épouser.

Il se figea. Il ne pouvait tout de même pas lui proposer de l'épouser juste pour qu'elle ne se sente pas humiliée par l'attaque de Gordon ! Il aurait mieux fait de donner un coup de poing à l'effronté au lieu de s'en prendre à la table, tout à l'heure.

Pourtant, quelques semaines auparavant, il n'avait pas hésité à lui demander sa main sous prétexte qu'il souhaitait une hôtesse à domicile. Certes, aussi parce qu'elle éveillait en lui un désir peu commun… Allons, on n'épousait pas une femme pour de telles raisons, il le voyait bien, à présent.

Mais au fait, avait-il besoin d'une raison ?

En réalité, il voulait l'épouser pour lui-même. Point !

Soudain, il voyait les choses clairement.

Il voulait l'épouser pour la simple et bonne raison qu'elle était spéciale. Parce qu'elle ne ressemblait à aucune autre femme qu'il avait rencontrée.

Confus, il secoua la tête pour se remettre les idées en place.

— J'étais furieux… Il t'a insultée.

— C'est la première fois qu'on prend ma défense avec tant d'ardeur, fit-elle observer.

Il n'en doutait pas. C'était toujours elle qui avait protégé sa famille. Personne ne l'avait jamais prise sous son aile. Il sentit son cœur se serrer d'émotion.

— Eh bien, désormais, ça va changer, affirma-t-il.

Elle se mit à rire, un rire doux-amer qui rajouta à son trouble.

— Callum, tu sais comme moi que Gordon disait la vérité. Petra aurait fait une épouse merveilleuse. Et, étant donné que mon père t'a escroqué avant de se suicider, cela fait de moi une petite amie scandaleuse.

— Cela n'a aucune importance.

— C'est faux !

Ses yeux étaient devenus sombres.

— Comment pourrais-tu me faire confiance ?

— Miranda…

A cet instant, on frappa à la porte.

Il alla ouvrir.

— Qu'est-ce que tu veux ? lança-t-il à Fraser.

— Est-ce que tu as vu Petra ?

— Non, répondit-il d'un ton sec.

Il s'apprêtait à lui claquer la porte au nez, mais son frère avait placé son pied dans l'entrebâillement.

— Tu m'as laissé croire que c'était elle qui avait rompu.

— Ecoute, je ne veux pas parler de ça maintenant, d'accord ? Fiche-moi la paix.

Fraser retira son pied, et cette fois Callum referma la porte avec détermination.

Miranda s'était réfugiée près de la fenêtre. Elle regardait la vue qui s'ouvrait sur le lac Windermere, au bout de la propriété. Ses épaules s'étaient affaissées et elle semblait fortement perturbée.

Il ressentit un étrange élan de tendresse.

— Arrête de te tourmenter ! lui dit-il.

Elle lui lança un regard par-dessus son épaule.

— Je ne me tracasse pas. Je constate simplement que tout ce qu'a dit Gordon était vrai.

Il voulut protester, mais elle ne lui en laissa pas le temps.

— J'aime beaucoup tes parents, tu sais. Et j'étais impatiente de revenir ici avec toi, d'aller chevaucher…

A ces mots, il se raidit. Etait-ce vraiment cela qu'il voulait ? Une femme qui aimait les chevaux, sa maison, sa famille, mais pas lui ?

De là où il se tenait, il pouvait apercevoir Rouge qui avançait dans l'enclos enneigé…

Assez tergiversé ! Le mariage rendrait à Miranda tout ce qu'elle avait perdu et lui permettrait à lui de surmonter une fois pour toutes sa culpabilité. De plus, il aurait la femme qu'il désirait le plus au monde ! Et tant pis si elle ne l'aimait pas.

Il prit une profonde inspiration. Puis il traversa la pièce et referma ses bras sur elle par-derrière, l'attirant contre son torse.

Elle portait un cardigan très doux, et il sentait ses mouvements respiratoires se répercuter dans sa propre cage thoracique. Il glissa ses mains dessous : sa robe portefeuille s'était légèrement écartée de sorte qu'il toucha sa peau. Mon Dieu ! Il suffisait qu'il la sente respirer pour la désirer. Il résista à l'envie violente de presser son membre tendu contre ses reins. Ce n'était vraiment pas le moment !

La pensée qui lui avait traversé l'esprit, ce matin, quand il s'était éveillé à son côté revint le hanter.

Cette femme était à lui.

Si elle l'épousait, elle serait chaque soir dans son lit et il n'aurait pas besoin de chercher constamment un prétexte, d'organiser une nouvelle réception pour l'y attirer. Tout le monde serait gagnant.

Aussi, pourquoi ne lui demandait-il pas pour de bon de l'épouser ? Parce que ce qu'il souhaitait, avant tout, c'était que Miranda l'aime.

Et cela, cela n'arriverait sans doute jamais…

Dans un bond, le rouge-gorge qu'il regardait disparut, ce qui le ramena à la réalité. Il se détacha d'elle et la nostalgie de sa peau si douce l'envahit aussitôt.

Il l'aimait.

C'était une évidence difficile à nier ! Et lui qui avait toujours voulu fuir les complications émotionnelles…

Heureusement que Miranda n'en savait rien.

Il devait reformuler sa demande. Lui donner la possibilité d'accepter ce qu'il pouvait lui offrir. Parce qu'alors il aurait ce qu'il désirait le plus au monde : celle qu'il aimait.

Il expira lentement.

— Miranda, tu pourrais réellement m'épouser et la mystification cesserait…

Il adressait sa demande à des boucles dorées qui tombaient en cascade sur ses épaules. C'était préférable… De cette façon, elle ne voyait pas le désespoir que reflétaient ses yeux. Il priait tant pour qu'elle lui dise oui !

Miranda pivota sur ses talons.

Callum la demandait en mariage ? Quand elle se heurta à son expression sincère, elle sentit son cœur se serrer.

Elle tendit la main vers lui pour vérifier qu'il était réel, qu'elle ne rêvait pas…

L'intensité de l'instant fut rompue par la sonnerie de son portable, dans son cardigan. L'air de *Vive le vent*. Non, ce n'était pas un rêve. La réalité venait de refaire surface.

Elle hésita. Et si c'était Adrian ? Ce n'était vraiment pas le bon moment ! Alors que Callum la demandait en mariage, qu'elle savait que Gordon avait raison et qu'elle n'était pas digne de confiance…

Elle sentit son estomac se contracter.

— Réponds, dit-il.

Avec réticence, elle sortit son portable de sa poche, mais il cessa de sonner. Elle regarda l'écran, et son cœur se serra.

— C'était Adrian.

— Tu veux le rappeler ?

— Non, on s'est déjà parlé hier.

Inutile de préciser à Callum que son frère lui avait raccroché au nez parce qu'elle lui avait encore une fois demandé la permission de tout lui avouer au sujet de la voiture empruntée.

Alors qu'elle s'apprêtait à ranger son portable, il sonna de nouveau de façon insistante. Cette fois, elle n'eut pas d'autre choix que de répondre.

Impatient que Miranda termine sa conversation, Callum mit les mains dans ses poches et regarda par la fenêtre, s'efforçant de ne pas écouter ce qu'elle disait à son frère. Il chercha des yeux le rouge-gorge aperçu plus tôt, mais l'oiseau s'était définitivement envolé.

Il ne doutait pas qu'elle allait accepter sa proposition de mariage. Il l'avait lu dans ses yeux.

Il sourit pour lui-même en imaginant la tête que ferait Fraser. Il serait le premier des Ironstone à se marier ! Pour une fois, il aurait battu ses frères sur un point déterminant. Il avait bien conscience que c'était de la fierté masculine mal placée, mais il s'en réjouissait malgré tout.

Derrière lui, Miranda baissa soudain la voix, attirant son attention.

— Je ne peux pas parler de ça, Adrian. Pas maintenant.

Que se passait-il ? Qu'avait-elle à dire à son frère qu'il ne pouvait pas entendre ?

Sourcillant légèrement, il pivota sur ses talons

pour lui faire face. Elle lui lança un furtif regard en biais avant de détourner les yeux.

— Merci, vraiment, je te suis très reconnaissante, disait-elle.

Un silence s'ensuivit, puis elle reprit :

— Oui, je sais que c'est difficile pour toi, mais il faut le faire. Et maintenant, je dois te quitter, je te rappellerai plus tard.

Adrian avait-il des ennuis ? se demanda Callum. Allons, il n'avait aucune raison de le penser. Et pourtant… il percevait parfaitement le malaise qui flottait dans l'air, c'était évident.

Quand elle referma le volet de son téléphone, mû par une intuition, il s'enquit :

— Qu'est-ce qui se passe ?

Elle cligna des yeux, prit une large aspiration et, levant la tête vers lui, déclara d'une traite :

— Adrian est victime d'un maître chanteur.

- 12 -

— Pardon ? s'exclama Callum en fronçant les sourcils, l'air furieux. Qu'est-ce que ça veut dire ?

Elle s'efforça de soutenir son regard, mais intérieurement elle tremblait. « Je peux lui faire confiance. » Les paroles qu'il venait de lui dire résonnaient encore à ses oreilles. Quand il saurait la vérité, il ne voudrait plus rien avoir à faire avec elle ! Et elle ne pourrait pas le blâmer de renoncer à sa proposition.

— Le jour où tu m'as appelée pour me voir, j'ai découvert, après notre rencontre, qu'Adrian avait eu un accident… Un accident de voiture.

— Ah bon ?

— Je n'ai pas voulu te le dire parce que tu disais que tu étais satisfait de son travail.

Elle écarta les bras dans un geste d'impuissance.

— Je redoutais que cela ne compromette ses chances d'obtenir une lettre de recommandation de ta part, après son job d'été.

— Pardonne-moi, Miranda, mais tout cela est très confus. Je ne vois pas le rapport avec son travail.

Ni avec le maître chanteur. Quelqu'un a-t-il été tué dans l'accident ? Adrian ne s'est pas dénoncé ?

— Non, personne n'est mort, Dieu merci ! Seulement… Adrian a emprunté la voiture sans permission.

Elle se mordit la lèvre et ajouta :

— Une voiture de ta société.

Callum plissa les yeux.

— Pourquoi est-ce qu'il ne m'a rien dit ?

— Il avait peur que tu ne le renvoies. Que tu ne le fasses arrêter pour vol.

Callum demeura de marbre et continua à la fixer.

A cran, elle poursuivit :

— Il est allé chez un carrossier qui a rapidement réparé la voiture et il l'a remise dans le parc avant que quelqu'un ne s'en aperçoive.

Callum se taisait toujours.

Elle avait du mal à contenir ses tremblements.

— Et maintenant, le carrossier le fait chanter : il le menace d'aller tout répéter à son employeur s'il ne lui donne pas une certaine somme d'argent. Une somme importante.

— Et tu étais au courant de toute l'affaire depuis le début ?

Il avait parlé d'une voix sourde qui lui porta le coup de grâce. Elle hocha la tête, incapable de prononcer un mot.

Ses yeux d'un bleu si intense la transpercèrent.

— Tu croyais que je l'aurais fait arrêter ?

La question l'avait obsédée, elle ne pouvait le nier. Pensait-elle vraiment qu'il aurait fait arrêter Adrian ? Elle-même ne savait que répondre.

— Tu l'as déjà fait, par le passé, souligna-t-elle pour se défendre.

Evidemment, le délit de son père était bien plus grave, elle se rendait compte à présent que les deux situations étaient très différentes.

— N'oublie pas qu'il y a peu encore, je pensais que tu avais agi de façon arbitraire. Or, cette fois, je savais qu'Adrian avait vraiment pris la voiture. Au début, je me suis dit que tu n'aurais aucune compassion pour lui.

Il détourna son regard.

— Merci pour la confiance, marmonna-t-il.

Etait-ce de la douleur qu'elle avait vue dans ses yeux ?

Non. Ce n'était pas possible. Qui était-elle pour avoir le pouvoir de le blesser ? Il la considérait comme une femme qui pourrait lui faciliter sa vie mondaine et qu'il désirait. Un point c'est tout.

Elle cligna des yeux pour empêcher ses larmes de couler. Cela ne marcherait jamais entre eux. Il était préférable d'en rester là.

— Ta réaction me prouve que tu ne vas pas m'épouser, n'est-ce pas ? demanda-t-il, lèvres serrées.

— Je ne pense pas que cela pourra fonctionner entre nous, répondit-elle.

A ces mots, elle sentit une terrible tristesse s'abattre sur elle.

Le retour à Londres lui parut durer une éternité.

Elle avait conscience des mains de Callum crispées sur le volant. Ils s'arrêtèrent deux fois, mais ne s'attardèrent pas. Tous deux avaient hâte de regagner Londres.

Elle ressentait une douleur sourde dans la région du cœur. Noël était terminé. Tout comme le petit pacte entre elle et Callum. Comme elle avait aimé jouer le rôle de sa petite amie ! Et elle avait été si près de voir le rêve se transformer en réalité…

Finalement, ils arrivèrent dans la rue étroite où elle habitait. Dès qu'il gara la voiture, elle bondit à l'extérieur.

— Merci…

Mais il avait déjà ouvert le coffre pour sortir son sac de voyage et ses paniers, remplis à présent de boîtes vides.

— Laisse-moi porter ton sac, dit-il.

En haut des marches, il se retourna ;

— Miranda…

A cet instant, la porte s'ouvrit à la volée et Flo fit son apparition, hagarde.

— Oh, ma chérie ! Je suis si contente que tu sois de retour. Adrian a vraiment des ennuis. Il est parti vendre ma voiture car il a besoin d'argent.

La Daimler roulait lentement dans l'un des quartiers les plus glauques de Londres. Callum se réjouissait d'avoir enfin l'occasion de dire deux mots à Adrian et de tenter de lui mettre un peu de plomb dans la tête. A condition qu'il le retrouve… Miranda et lui avaient sillonné Londres en long et en large sans retrouver la moindre trace de la voiture de Flo.

— Et si le carrossier est armé ? Cet homme est un criminel, il peut tout à fait tuer Adrian ! Tout comme moi-même je sens que je pourrai le mettre en pièces, déclara Miranda d'un ton lugubre.

— Nous allons bien finir par le retrouver, lui assura-t-il. Il y a peu d'endroits ouverts aujourd'hui où il peut vendre la voiture.

Elle avait l'air si attristée, recroquevillée dans le siège passager.

— Quand je pense qu'il s'entêtait à ne rien te dire, soupira Miranda. Il te place sur un piédestal, tu sais. J'aurais dû prendre la situation en main et te le dire plus tôt ! Mais je ne voulais pas qu'il finisse comme maman, je voulais qu'il prenne ses responsabilités et non pas que quelqu'un fasse le sale boulot à sa place. J'ai déjà dû trouver l'argent pour payer les réparations, alors je lui ai dit que je ne lui en donnerai pas davantage, pensant qu'il serait obligé de te dire la vérité. Mais il repoussait toujours l'échéance, en me suppliant de me taire. Je n'aurais jamais cru qu'il irait jusqu'à vendre la voiture de maman !

Une fois qu'il aurait dit sa façon de penser à ce

jeune écervelé, Callum doutait qu'il continuerait à le mettre sur un piédestal. Adrian ne voyait-il pas le mal qu'il faisait à sa sœur ?

Il comprenait pourquoi elle n'avait pas dénoncé Adrian : elle avait un sens sacré de la famille, mais elle avait aussi eu raison d'estimer que son frère devait se prendre en charge. Comme toute cette histoire avait dû peser lourdement sur ses épaules !

— Nous allons le trouver, lui réaffirma-t-il.

Cela faisait deux heures qu'ils recherchaient Adrian et c'était la troisième foire aux voitures d'occasion qu'ils visitaient. Les pancartes leur étaient maintenant familières, ainsi que les mines des étudiants et des personnes peu fortunées en quête d'une bonne affaire.

Sauf que cette fois, ils repérèrent la Kia de Flo au deuxième rang, parmi les voitures présentées.

Adrian n'était pas loin. Lorsqu'il les vit approcher, il baissa les épaules.

— J'imagine que j'ai grillé toutes mes chances de décrocher une bourse d'études ? lança-t-il tout de go.

— Tu aurais dû venir me voir et tout m'expliquer, lui reprocha Callum du tac au tac. Les jeunes gens font parfois des choses stupides.

Adrian rougit sous le regard inquisiteur de celui qu'il admirait tant.

— Est-ce que tu te rends compte des ennuis que tu as causés à ta sœur ? rugit Callum, les mains sur les hanches. Elle a déjà assez de responsabilités à assumer sans avoir à se soucier toujours de toi.

Adrian prit un air penaud.

— Je n'ai pas réfléchi.

— Ce n'est pas moi qui te contredirai ! Tout comme tu n'as pas réfléchi quand tu t'es enfui avec la voiture de ta mère. Tu vas bientôt partir étudier à l'université, ou travailler, et tu laisserais ta mère et ta sœur sans voiture ?

Adrian baissa les yeux et les tint obstinément fixés sur le sol.

Au bout de quelques secondes, il releva la tête et regarda sa sœur.

— Je suis désolé, Miranda. Je n'aurais jamais dû faire ça.

Se tournant vers Callum, il ajouta :

— Qu'est-ce que vous allez faire…

Adrian déglutit avec difficulté, et jeta un regard circulaire.

Callum le jaugea une ultime fois, puis déclara :

— Je suis en train de mettre sur pied un projet social et j'aimerais que tu y participes.

Adrian lui lança un regard étonné.

— Moi ?

— Oui.

Callum lui sourit.

— Tu vas avoir une année très chargée. Je sais que le comité d'attribution des bourses souhaite te rencontrer. Il va falloir bûcher dur, pour les impressionner. Mes seules recommandations ne suffiront pas.

Sous le coup du soulagement, Adrian manqua s'évanouir.

— Oh, oui, je comprends ! Je ferai de mon mieux.

— Parfait.

Miranda fut émue des espoirs que Callum fondait sur son frère. Elle pouvait se réjouir qu'il soit entre de si bonnes mains ! Les meilleures qui soient.

Flo manqua éclater en sanglots en voyant la petite troupe revenir avec sa Kia. Mais Callum ne lui laissa pas l'occasion de s'émouvoir : puisqu'il était lancé, il tenait à lui faire part des projets qu'il avait pour elle aussi.

— Miranda va avoir beaucoup de travail, avec sa nouvelle société. Et elle aura besoin d'aide, lui dit-il une fois qu'ils furent tous installés autour d'une tasse de thé.

— Je pourrai l'aider, intervint Flo.

Miranda voulut protester. En quoi sa mère pourrait lui être utile, à part à dépenser son argent ? Mais Callum lui saisit la main et la serra pour la dissuader de dire tout haut ce qu'elle avait sur le cœur.

— Je pourrai confectionner des gâteaux, comme le week-end dernier, poursuivit Flo.

Il était vrai que sa mère lui avait été d'un grand secours pour la préparation de l'anniversaire de Pauline.

— Vous pourrez aussi prendre en charge la location

du matériel dont votre fille aura besoin : la vaisselle, les couverts, les verres, renchérit Callum.

— Oui, oui ! répondit Flo, tout excitée. Je connais des endroits où l'on me fera de bons prix.

Décidément, Callum savait s'y prendre pour stimuler ses troupes, en brillant meneur d'hommes qu'il était.

Miranda voyait clair dans son jeu : redonner un sens à la vie de sa mère, et en même temps celui des responsabilités. Si cela marchait, ce serait formidable.

Callum insista pour emmener Miranda dîner à l'extérieur. Elle avait besoin de se détendre, après les émotions qu'elle venait de subir. Il l'invita ensuite à prendre un café chez lui.

Les lumières du sapin de Noël scintillaient dans le salon, prêtant une atmosphère chaleureuse à sa maison, en contraste avec la dure journée qu'ils venaient de vivre, sous la bruine et dans le froid.

Alors qu'ils étaient assis dans de confortables fauteuils en cuir devant leurs cafés et autour du feu, elle s'excusa pour la centième fois de la journée.

— Je suis tellement navrée de tous les soucis que ma famille t'a causés.

Il leva la main en signe d'apaisement.

— C'est bon, tout est réglé à présent.

Elle lui adressa un sourire hésitant.

— Non, il reste encore un petit point à régler.

— Qu'est-ce qui m'aurait échappé ?

— Je n'ai pas répondu à ta question.

— Laquelle ?

Il savait pertinemment de quoi elle parlait mais n'avait pas le cœur à être rejeté une seconde fois. Toutefois, elle lui paraissait soudain si tendue qu'il se hâta d'ajouter :

— Tu veux dire ma question concernant le mariage ? Tu y réfléchis toujours ?

Alors elle releva le menton.

— Ça marchera, décréta-t-elle. Nous ferons en sorte que ça marche. Je veux me marier avec toi.

— Tu veux m'épouser ? Vraiment ? Et pourquoi ?

— A ton avis ?

Il sentait une joie indicible monter en lui.

— Parce que ma famille te plaît ?

— Non.

— Parce que j'ai une maison de campagne avec des chevaux, et que cela te plaît ?

A ces yeux couleur caramel qu'il aimait tant, il devina qu'elle avait compris qu'il la taquinait.

— Non. Mais je veux absolument y retourner.

— Alors, c'est parce que je te désire ?

La gorge de Miranda se noua.

— Eh bien… Cela en fait sans doute partie.

— Ou parce que je t'aime ?

— Comment ? fit-elle en ouvrant de grands yeux.

— Parce que je t'aime, répéta-t-il. Je t'aime, Miranda. Je t'aime !

Il se mit à rire.

— Est-ce que tu ne le sais pas encore ?

— Je l'espérais, mais... Je n'en étais pas certaine.

— Bien sûr que je t'aime ! dit-il encore, comme si le simple fait de prononcer cette seule phrase lui procurait un plaisir infini. Et je pense que tout le monde le sait.

— Depuis combien de temps ?

— Euh... Cela ne remonte pas à notre première rencontre, c'est sûr ! J'ai toujours voulu décharger ma conscience du poids de la jeune fille qui m'avait traité d'assassin. Mais je n'avais pas prévu que la femme que tu étais devenue aurait un tel effet sur ma libido.

Sur ces mots, il bondit sur ses pieds et, lui prenant la main, l'invita à se lever elle aussi.

— Mais tu as failli en épouser une autre, fit-elle observer.

— « Failli », mais je ne l'ai pas fait. C'est d'ailleurs le moment, je crois, où je suis tombé amoureux de toi, bien qu'alors, je ne m'en sois pas rendu compte. J'ai juste compris que je ne pouvais pas épouser Petra, ni aucune autre femme, alors que je pensais à toi du matin au soir. C'est plus tard que j'ai compris que ce que je ressentais n'était autre chose que de l'amour.

Soudain, elle pointa le doigt.

— Regarde... Est-ce que c'est bien ce que je pense ?

Callum suivit la direction de son doigt.

— C'est du gui.

— C'est bien ce que je pensais, dit-elle l'air satisfait.

Il l'enlaça et murmura :

— Tu n'as pas besoin d'une excuse pour m'embrasser. Embrasse-moi quand tu en as envie, avec ou sans gui.

Elle noua ses bras autour de son cou et attira sa tête.

— J'en ai bien l'intention. Parce que je t'aime, moi aussi, chuchota-t-elle contre sa bouche.

Elle était si reconnaissante que tous ses vœux de Noël se soient réalisés… Elle n'aurait jamais pensé que les événements prendraient un tour si favorable et qu'elle rencontrerait l'amour dans de telles circonstances. Surtout en la personne de Callum, qui serait désormais et pour toujours son plus beau cadeau de Noël…

NATALIE ANDERSON

Aussi brûlant qu'un souvenir…

*éditions*Harlequin

Titre original : TO LOVE, HONOUR AND DISOBEY

Traduction française de YVES CRAPEZ

- 1 -

Ana fit défiler sur l'écran de contrôle de son appareil numérique les centaines de photos de paysages africains plus merveilleux les uns que les autres.

Depuis un mois déjà qu'elle avait quitté Londres et sa grisaille pour entreprendre ce safari, elle se sentait renaître et éprouvait un sentiment de liberté qui, espérait-elle, durerait encore longtemps après son retour en Angleterre.

Le vieux camion à l'arrière duquel elle était assise avec les autres voyageurs freina brusquement à la sortie de ville d'Arusha et se rangea en cahotant sur le bas-côté.

Instantanément, elle attrapa son appareil photo. Peut-être y avait-il quelque chose d'insolite à photographier ?

Lorsqu'elle se pencha pour regarder au-dehors, elle vit Bundy, leur chauffeur, converser avec un homme qui se tenait de dos.

Ce dernier avait une stature imposante et athlétique, et elle ne se priva pas de le déshabiller des yeux. Depuis bientôt un an, c'était la première fois que la vue d'un homme la troublait autant. Ce constat l'étonna et, gênée soudain, elle essaya de se reprendre.

Mais elle était littéralement fascinée, incapable de détourner le regard. A sa grande honte, elle sentit une douce chaleur l'envahir et se répandre dans tout son corps.

Décidément, cet homme avait le don de la faire frémir…

Prise d'une subite impulsion, elle cadra le corps superbe de l'inconnu, ses épaules musclées, ses fesses, ses cuisses puissantes, et appuya deux fois sur le déclencheur.

Tandis que l'inconnu poursuivait, poings sur les hanches, sa conversation avec Bundy, elle admira ses épaules carrées et son dos largement incurvé qui tendaient sa chemise.

Quel effet cela pourrait-il faire de se sentir emportée dans l'étreinte de ses bras forts et musclés ? De passer la main dans cette chevelure brune ? Quelque chose chez cet homme l'impressionnait et l'attirait imperceptiblement. Peut-être était-ce à cause de sa taille ?

Grande, elle l'était aussi, et la plupart des hommes à qui elle s'était intéressée lui avaient préféré des femmes petites et graciles. Oui, c'était sans doute pour cela que cet homme l'attirait.

Après la terrible année qu'elle venait de vivre et en attendant d'officialiser son divorce, jamais elle ne se serait crue capable d'un tel désir pour un homme qu'elle ne connaissait pas. Les lèvres sèches, elle pressa une fois de plus sur son déclencheur en priant pour que son bel inconnu lui fasse la surprise de se retourner au bon moment.

Mais l'homme resta de dos et elle ne put donc pas voir à quoi ressemblait son visage.

Avec un soupir, elle se remémora ses déboires passés qui l'avaient conduite à quitter le domicile conjugal en claquant la porte, puis à demander le divorce.

Comment avait-elle pu être aussi naïve et stupide ?

Elle espérait que son mari aurait trouvé le temps durant son absence de contresigner le protocole de divorce et qu'elle le trouverait parmi son courrier, à son retour.

Quand elle serait enfin libre, alors l'avenir lui appartiendrait !

Bundy et l'inconnu s'écartèrent de son champ de vision et elle en profita pour revoir sur l'écran de son appareil numérique les photos de cet homme incroyablement sexy.

Alors qu'elle détaillait encore une fois le corps parfait de l'inconnu, elle entendit s'ouvrir puis se fermer le hayon arrière du camion.

Le camion redémarra.

Elle leva les yeux et ne fut étrangement pas surprise de voir l'inconnu progresser d'un pas tranquille entre les deux rangées de bancs. Mais quand il arriva à sa hauteur, elle crut que son cœur allait cesser de battre. Le visage de cet homme lui était familier.

— Seb ?

C'était impossible, ou du moins, elle refusait de le croire. Cet homme ne pouvait être Sebastien Rentoul. Sebastien, le séducteur sans scrupule qu'elle avait épousé il y avait près d'un an.

Que faisait-il ici, au beau milieu de l'Afrique ?

Bouleversée, une foule de souvenirs lui revinrent à la mémoire : le bébé, la fausse couche, les larmes…

Seb !

Elle l'avait rencontré dans un bar à la mode ultra-chic de Londres. Avec ses manières de séducteur et son sourire étincelant, il n'avait pas eu de peine à la séduire. Elle s'entendait encore rire avec lui les yeux brillants de plaisir, puis se laisser aller contre son torse viril quand il l'avait enlacée.

Quelle idiote elle avait été de croire en ses belles paroles sans se douter qu'il se moquait d'elle et n'aurait rien de plus pressé que de la trahir !

Elle s'était retrouvée seule pour affronter sa grossesse. En perdant son bébé, son chagrin s'était doublé du regret de ne rien savoir de son mari, à qui elle s'était donnée corps et âme parce qu'elle voulait croire en l'amour !

Maintenant qu'elle commençait enfin à remonter la pente, il était hors de question qu'elle montre à Seb combien elle avait souffert par sa faute.

En le voyant s'approcher, elle se souvint qu'elle portait encore son alliance, et elle eut juste le temps d'ôter cet anneau de platine qu'elle portait depuis son mariage, et de la cacher dans l'étui de son appareil.

Bronzé, souriant et décontracté, Seb s'arrêta à sa hauteur.

— Comme on se retrouve, dit-il avec un petit sourire.

— Sebastien… Quelle coïncidence ! répondit-elle sans parvenir à maîtriser le tremblement de sa voix.

Pendant cette folle semaine de farniente, à Gibraltar, elle avait été surprise de voir avec quelle vitesse Seb était capable de brunir quand il s'exposait au soleil.

Elle avait aussi pu se rendre compte qu'il possédait bien d'autres qualités, surtout au lit !

— Puis-je m'asseoir ? demanda Seb avec un geste du menton en direction du banc.

— Bien sûr, répondit-elle en se poussant nerveusement pour lui faire de la place.

Comment croire que la présence de Seb dans le même camion qu'elle était une simple coïncidence ?

— C'est étrange de te revoir ici, en Afrique, dit-elle d'une voix rauque. Si je m'étais doutée…

— Le hasard fait bien les choses, répondit-il en prenant place auprès d'elle et en lui décochant un regard où brillait une petite flamme diabolique.

— Au fait, qui t'a dit que je participais à ce safari ? demanda-t-elle d'un ton dubitatif.

— Oh, mais personne ! répondit-il d'un ton

innocent sans cesser de la détailler du regard. Et le plus drôle, poursuivit-il, est que j'ai pensé à apporter avec moi les papiers de notre divorce.

— Signés ? demanda-t-elle avec un sourire forcé.

— Non, pas encore. J'avais envie de te revoir une dernière fois avant de tourner définitivement la page.

— Ah… répondit-elle, sourcils froncés.

Elle sentit soudain une immense colère l'envahir. Contre Seb qui se permettait de venir la narguer jusqu'ici, et sans même avoir signé les papiers du divorce. Contre elle-même, qui, en dépit de tout cela, ne pouvait s'empêcher de trouver cet homme incroyablement séduisant. Cet homme que justement elle aurait dû détester.

Sebastien Rentoul gardait d'Ana l'image d'une femme pâlotte et effacée, or, après bientôt un an de séparation, c'était une ravissante fille aux longs cheveux soyeux, en top et minishort, qu'il venait de retrouver. Et si, au début, elle n'avait pas semblé ravie de le revoir, il constatait à son grand plaisir qu'elle paraissait se détendre et qu'elle commençait même à lui sourire un peu.

— Tu sais, je me suis dit qu'il serait bon qu'on se parle un peu…, commença-t-il d'un ton hésitant.

— Parler, mais de quoi ? s'étonna Ana.

— Eh bien, je voulais m'assurer que tout allait bien pour toi !

Quelques semaines auparavant, il avait éprouvé un choc en trouvant dans son courrier ce protocole de divorce qu'Ana lui avait fait transmettre par son avocat.

Il n'avait jamais pu oublier cette semaine passée à Gibraltar avec elle, ni leur mariage hâtif devant le consul britannique.

Qu'il le veuille ou non, celle qui était encore sa femme comptait bien plus pour lui qu'il l'aurait cru.

— Comme tu le vois, je suis en pleine forme, rétorqua Ana en le regardant droit dans les yeux.

Piqué au vif, il tenta de masquer son trouble.

— Oui, tu rayonnes de joie de vivre, admit-il en détaillant du coin de l'œil l'arrondi de ses hanches et le galbe de ses longues jambes sexy.

Ces derniers mois, il avait tout fait pour oublier Ana mais, en dépit de ses efforts, il n'avait pu s'empêcher d'évoquer leurs étreintes passées, l'odeur suave de sa peau si douce, son rire et son regard brillant…

Il sentit son sexe durcir tandis que le souvenir de leurs étreintes passées lui revenait à la mémoire.

De nouveau il s'interrogea sur la passion brûlante et ravageuse qui l'avait lié à Ana et qui s'était achevée en fiasco. Et surtout, sur cette étrange impulsion qui l'avait poussé à prendre le premier avion pour l'Afrique, lorsqu'il avait appris qu'elle y passait quelque temps. Pourquoi avait-il éprouvé le brusque besoin de la rejoindre ?

Lui en voulait-il d'être partie aussi brusquement ?

Bien sûr que non, puisqu'il n'était pas le genre d'homme à s'engager sentimentalement avec quiconque, fût-ce sa propre épouse !

La pensée qu'Ana et lui allaient devoir voyager côte à côte pendant une semaine le mit soudain étrangement mal à l'aise. Certes, il aurait pu obtenir que Bundy le dépose quelque part en chemin, mais ils se trouvaient déjà loin de la ville, et la prochaine destination du safari était un parc national niché au fin fond de la savane.

Mais après tout, il était un grand garçon, il saurait maîtriser ses pulsions. Et à la fin du voyage, il en aurait enfin terminé avec Ana et cet étrange pouvoir qu'elle avait sur lui.

Tout en regardant défiler le paysage, Ana ne put s'empêcher de repenser à Seb et à leur première rencontre à Londres.

Avec son regard bleu acier, son sourire craquant et sa haute taille, il était la séduction incarnée et elle, complexée et mal dans sa peau à cause de sa grande taille, avait eu du mal à croire qu'un homme puisse s'intéresser à elle et la trouver désirable.

Seb n'avait pas eu à insister beaucoup pour qu'elle accepte de boire un verre en sa compagnie, et il l'avait profondément touchée en lui susurrant qu'elle lui plaisait beaucoup.

Aussi, il n'y avait rien d'étonnant à ce qu'elle ait craqué pour cet homme dont la beauté mais aussi l'autorité tranquille l'impressionnaient.

Depuis lors, beaucoup de choses s'étaient passées et elle était bien déterminée, à ne plus le laisser prendre le contrôle de leur destinée, comme ç'avait été le cas durant leur lune de miel passée à Gibraltar, quand elle était si influençable.

Elle reconnaissait tout de même que si elle avait aujourd'hui repris confiance en elle, c'était en partie parce que, durant leur brève liaison ponctuée par un mariage éclair, Seb n'avait cessé de la désirer et de lui dire qu'elle était belle et sensuelle…

N'était-il pas flatteur pour une femme d'avoir été l'objet de tant de convoitise de la part d'un homme ?

A Gibraltar, elle lui avait permis de disposer d'elle à sa guise pendant une semaine, se prêtant à tous ses caprices avec une ferveur qui la faisait rétrospectivement trembler. Pour la première fois de sa vie, elle s'était sentie femme, et prendre la décision de le quitter lui avait beaucoup coûté…

Elle s'obligea à faire le vide dans son esprit puis elle se tourna vers Seb.

— Alors comme ça, tu as décidé de te joindre à nous ?

— Comme tu vois.

— Nous arriverons à Dar es-Salaam dans une semaine, ce qui fait que nous serons bientôt séparés, dit-elle non sans une certaine perfidie.

Seb la regarda avec une expression amusée.

— C'est dommage ! Pour ma part, je compte

prolonger mon séjour en Afrique après la fin du safari.

— Quelle bonne idée ! renchérit-elle avec une petite grimace.

Pour sa part, elle s'envolerait vers Londres !

Si elle se réjouissait à l'idée d'être bientôt divorcée et de pouvoir envisager l'avenir d'un œil neuf, cohabiter avec Seb pendant une semaine dans ce camion étouffant n'allait pas être une partie de plaisir !

Elle se reprocha de ne pas avoir sympathisé plus tôt avec les autres passagers, car ainsi elle aurait pu prendre prétexte d'amitiés de voyage pour ne pas rester à côté de Seb, alors que, maintenant, toute tentative pour changer ouvertement de place ne pourrait qu'envenimer les choses entre eux.

Alors qu'elle admirait le paysage sublime en offrant sa peau nue à la caresse du vent et en laissant vagabonder ses pensées, une soudaine explosion la tira de sa rêverie.

Le camion fit une embardée et elle fut précipitée en avant.

— Ouch ! cria-t-elle en se cognant le front contre le banc opposé au sien.

De sa grosse voix, Bundy couvrit les injures proférées par les passagers et expliqua qu'un pneu venait d'éclater.

— Tout va bien ? interrogea Seb en pressant l'épaule d'Ana.

Elle ne trouva pas la force de répondre car elle se sentait un peu commotionnée.

— Voyons, as-tu mal quelque part ? insista-t-il en lui massant l'épaule puis le bras.

Elle frissonna au contact de ses doigts et tourna la tête vers Seb qui était penché sur elle.

Vu de près, son visage était plus mince, plus tendu et plus sérieux que dans son souvenir !

Tous deux se dévisagèrent intensément et elle en oublia la présence des autres passagers dont les conversations ne furent plus pour elle que de lointains murmures.

Tandis que le sang bourdonnait à ses tempes, elle ne put s'empêcher d'évoquer une fois de plus ses étreintes avec Seb, quand il la faisait vibrer de plaisir dans leur chambre d'hôtel de Gibraltar.

Que ça lui plaise ou non, ce qu'elle ressentait pour cet homme était toujours aussi vivace après bientôt un an de séparation.

Son corps frémissant se mit au diapason de son désir et une vague de chaleur envahit son ventre, balayant ses dernières réticences et lui donnant l'envie lancinante de se donner corps et âme à Seb avec la même ferveur qu'autrefois.

Elle voulut parler, mais aucun son ne s'échappa de sa gorge nouée tant elle était subjuguée par le regard bleu acier que Seb vrillait en elle.

A l'évidence, lui aussi brûlait d'envie de la serrer entre ses bras et de l'embrasser, comme autrefois.

Devait-elle céder à la tentation ?

Honteuse de sa complaisance alors que Seb l'avait tant

déçue, elle se reprit et attribua cet instant de faiblesse au choc de sa tête contre ce maudit banc.

Seb retira sa main de son épaule.

— Pour nous deux, je suis vraiment désolé, tu sais ! dit-il d'une voix douce. Crois bien que je m'en veux de t'avoir fait souffrir.

Elle sentit sa gorge se serrer.

Ces mots, elle aurait voulu que Seb les prononce après leur retour de Gibraltar, quand elle voulait encore croire en son amour.

Comment osait-il lui infliger cela ? Près d'un an plus tard, il se permettait de faire irruption dans sa vie quand elle ne l'attendait plus, la troublant plus que de raison et la plaçant bien malgré elle dans une situation délicate.

— Il est trop tard, décréta-t-elle froidement.

Seb se leva en soupirant.

— Je vais aider Bundy à changer sa roue ! fit-il en se dirigeant vers l'arrière du camion.

Une fois seule, elle trouva la force de sourire.

Elle ne pouvait nier que Seb éveillait encore en elle un désir puissant, mais elle se sentait la force d'y résister maintenant. Elle ne commettrait pas de nouveau la même erreur.

- 2 -

Au début, son histoire avec Sebastien avait été un véritable conte de fées. Une heure à peine après leur rencontre, il lui avait proposé de s'envoler pour Gibraltar, et elle l'avait suivi, déjà éperdument amoureuse de lui.

Elle qui s'était toujours trouvée comme le vilain petit canard, la fille toujours trop grande et toujours trop gauche, elle s'était enfin trouvée séduisante.

Quand Seb lui avait fait l'amour pour la première fois, elle était devenue une autre femme. Une femme belle et désirable, une femme sûre d'elle.

Enthousiasmée à la perspective de passer sa vie avec un homme tel que lui, elle avait accepté avec joie de devenir sa femme et ils s'étaient mariés devant le consul britannique, à Gibraltar.

Ce n'est qu'une fois de retour à Londres que le rêve avait commencé à se fissurer. Seb avait repris ses activités d'avocat, lui annonçant avec fierté qu'il venait enfin d'être nommé au rang d'associé dans le prestigieux cabinet qui l'employait.

— Il fallait d'abord que je me marie ! lui avait-il déclaré, la mine réjouie.

— Comment ça ? avait-elle demandé, incrédule.

Sans se démonter, Seb lui avait expliqué que ses futurs associés exigeaient de lui qu'il s'achète d'abord une conduite, autrement dit qu'il se marie, avant de songer à devenir l'un des leurs.

Elle avait alors compris toute l'horreur de la situation. Traînant derrière lui une encombrante réputation de play-boy habitué des bars à la mode et des blondes et sulfureuses créatures, Seb s'était décidé à rompre avec sa vie de célibataire et son choix s'était porté sur elle.

— Tu sais, j'ai vraiment passé une semaine formidable avec toi, quand nous étions à Gibraltar, avait-il conclu avec un grand sourire.

Abasourdie d'apprendre que Seb l'avait épousée par intérêt et non par amour, elle s'était mise à pleurer et leur discussion avait tourné à la dispute.

Désespérée, elle s'était enfuie en claquant la porte derrière elle.

Voyant Seb remonter à bord du camion en essuyant ses mains tachées de cambouis, elle s'empressa de chasser ces souvenirs douloureux et se promit une fois encore de ne plus céder à un homme qui lui avait fait tant de mal.

— Au fait ? Et ta carrière d'avocat associé ? l'apostropha-t-elle quand il se fut rassis à côté d'elle.

— Depuis que j'ai été promu, j'ai plus de dossiers qu'il ne m'en faut et je fais des heures supplémentaires, répondit-il avec un large sourire.

Elle savait qu'il n'était pas le genre d'homme à défendre la veuve et l'orphelin et qu'il recrutait sa clientèle parmi les gens aisés. Grâce à son talent d'avocat, les maris candidats au divorce conservaient la jouissance de leurs biens, et les pensions qu'ils versaient à leurs ex-épouses étaient calculées au plus juste.

Dire qu'elle avait été assez idiote pour ne pas comprendre plus tôt que l'ambition était le seul, l'unique moteur, de cet homme qui lui avait promis l'amour éternel durant leur lune de miel !

Elle entrelaça discrètement ses doigts pour soulager sa tension nerveuse. Quelle folie de croire un seul instant qu'un homme aussi beau que Seb ait pu l'aimer !

— Finalement, tu as obtenu ce que tu voulais ! dit-elle non sans amertume.

— Grâce à mon mariage avec toi ! dit-il en prenant soin de lui faire voir qu'il portait encore son alliance au doigt.

— Quelle plaisanterie ! rétorqua sèchement Ana.

— Au cas où tu l'aurais oublié, nous sommes toujours mari et femme, lui rappela Seb avec un large sourire.

Comment aurait-elle pu l'oublier, elle qui, depuis près d'un an, s'efforçait d'obtenir le divorce ! Mais ce constat ne l'empêcha pas de ressentir un trouble croissant et troublant pour Seb.

Elle retint un soupir.

— Ce mariage ne compte pas. Pour moi, il s'agit d'un simple bout de papier sans valeur.

Il la regarda, une lueur ironique au fond des yeux.

— Pour moi, ce mariage existe bel et bien puisqu'il a été consommé maintes et maintes fois à Gibraltar. Et sur le balcon de notre hôtel, je n'ai pas oublié la façon dont tu…

— Admettons ! fit-elle en levant précipitamment la main. Si je suis ta femme, comment expliques-tu que nous ne vivions pas ensemble ?

La tête penchée légèrement sur le côté, il l'observa attentivement comme s'il cherchait à déchiffrer ses intentions cachées.

— Question de tempérament, peut-être ? En tout cas, depuis mon retour à Londres, chaque fois que je suis invité à une réception, je décline l'offre en prétextant que toi, ma petite femme chérie, tu m'attends sagement à la maison.

Elle haussa les épaules.

— Si tu étais honnête, tu dirais à ceux qui t'invitent que ta « petite femme chérie » est partie il y a près d'un an du domicile conjugal et en claquant la porte !

— Grâce à toi, répondit Seb sans se troubler, j'ai un alibi moral tout trouvé pour refuser non seulement ce genre d'invitations, mais aussi les avances de mes clientes les plus entreprenantes. Elles n'en reviennent pas que nous formions un couple aussi soudé, toi et moi !

— Tu veux dire qu'elles croient vraiment à cette fable de la bonne épouse attendant à la maison le retour du gentil mari ? lâcha-t-elle.

— Et pourquoi pas puisque, officiellement du moins, nous sommes bel et bien mariés. Si durant ces derniers mois, je n'ai pas eu la moindre idée de l'endroit où tu pouvais bien te trouver, ta photo n'en était pas moins en bonne place sur mon bureau.

— Ne me dis pas que tes clientes prennent ce que tu leur racontes pour argent comptant…

— Il faut croire que je sais être convaincant quand je le veux, dit Seb d'un ton péremptoire.

Quand Ana et lui étaient rentrés à Londres, après leur mariage express à Gibraltar, Seb avait proposé à la jeune femme de venir habiter dans son luxueux duplex, et elle avait accepté.

Peu après, Ana et lui avaient eu cette dispute et elle était partie en claquant la porte, le laissant seul et bien embarrassé.

Il s'était montré suffisamment maussade pour décourager les questions indiscrètes de son entourage et pour éviter les invitations à dîner et les sorties qui l'auraient contraint d'expliquer qu'Ana l'avait quitté.

Pendant des nuits, il n'avait cessé de songer à elle, à son long corps délié, à la façon dont ils avaient fait l'amour, et il en était presque venu à maudire cette place d'associé, qu'il avait pourtant tant désirée.

En clair, il aurait préféré devoir sa promotion à

ses propres mérites plutôt qu'au fait d'épouser une quasi-inconnue qui attisait ses sens !

Si seulement il n'avait pas commis la sottise de pousser Ana au mariage, elle et lui auraient pu devenir les meilleurs amants du monde !

Désemparé de ne plus avoir de ses nouvelles, il s'était souvent demandé si elle allait bien et si elle ne manquait de rien. N'y tenant plus, il avait pris contact avec Phil, le meilleur ami d'Ana, qu'il avait rencontré après leur retour de Gibraltar.

Après bien des tergiversations, Phil avait consenti à lui donner le numéro de téléphone de la jeune femme, et Seb s'était empressé de l'appeler.

Chacune de ses tentatives pour joindre Ana s'était soldée par un échec, la jeune femme ne répondant jamais aux messages qu'il lui laissait sur son répondeur.

Un jour, pourtant, il avait trouvé un message d'Ana qui se voulait rassurant. Elle lui donnait son adresse dans la banlieue de Londres ! Ravi, il s'était rendu à l'adresse indiquée, mais aucune Ana ne vivait là.

Pourquoi lui aurait-elle posé un lapin, sinon pour le décourager de vouloir la poursuivre de ses assiduités ?

Quand il avait de nouveau interrogé Phil au sujet d'Ana, ce dernier était resté prudent, évasif.

Seb n'avait pas honte d'avouer qu'il avait vécu une sorte de passage à vide. Ana lui manquait. Il se faisait beaucoup de souci pour elle et en arrivait à imaginer le pire, sans compter le remords qui le tenaillait chaque fois qu'il repensait à leur dispute.

Pourquoi avait-il fallu qu'elle lui demande les raisons qui l'avaient poussé à l'épouser !

Etait-ce de sa faute s'il lui fallait se marier pour obtenir la promotion dont il rêvait ?

Il coula un regard discret sur la jeune femme séduisante et hâlée assise à son côté, sur le banc du camion. Dire qu'il s'était fait un sang d'encre pour elle alors qu'elle rayonnait la joie de vivre et la santé !

Quelle bêtise de sa part de lui avoir effleuré l'épaule tout à l'heure, comme s'il voulait ranimer les braises encore vivaces de son désir pour elle !

N'était-il pas ici pour conclure leur divorce ?

Ana lui donna soudain un coup de coude dans les côtes.

— Je repense à ta promotion.

— Oui, et alors ?

— Tes fameuses clientes, celles qui te faisaient du charme quand tu étais célibataire, ont quand même dû se poser des questions…

— Lesquelles ?

— Te voilà marié, toi le célibataire endurci, et personne ne sait rien de ton épouse ! Pas de réception, pas d'invitations, aucune sortie…

Il haussa les épaules.

— Elles ont peut-être cru que tu étais malade, ou peu sociable. En tout cas, je peux t'assurer qu'elles se sont tenues à distance et qu'elles n'ont jamais eu d'attitude équivoque.

— Au lieu de te proposer une partie de jambes en l'air comme autrefois ? ironisa Ana.

Il esquissa un sourire. Pouvait-il en vouloir à Ana de le titiller alors qu'il ne lui avait jamais caché ses frasques passées ?

— Aucune n'aurait osé me proposer un rendez-vous galant en me sachant marié.

Gênée, elle détourna la tête pour ne pas regarder Seb dans les yeux.

— Et quand nous serons divorcés pour de bon, comment t'y prendras-tu pour justifier notre divorce auprès de tes chères clientes ? demanda-t-elle.

Il eut un sourire ironique.

— Que je sache, nous ne sommes pas encore divorcés et rien ne m'empêche d'espérer que tu renonceras à vouloir me quitter.

Quelque chose en lui le poussait à la torturer un peu.

— Que veux-tu dire ? Je t'affirme que ce divorce aura lieu ! déclara-t-elle avec force.

— Tu es donc si pressée de te débarrasser de moi ?

Quand Phil lui avait appris où se trouvait Ana, Seb avait été rongé par le doute et le remords, par la jalousie aussi. Ana avait-elle refait sa vie ? Rencontré un homme ? Plusieurs ? Près d'un an s'était écoulé avant qu'il ne trouve, dans son courrier, la lourde enveloppe contenant le protocole rempli et signé de la main d'Ana.

— J'ai hâte de tourner la page ! répliqua Ana en réponse à sa question.

— Pourquoi ne pas m'avoir fait parvenir plus tôt ta demande de divorce ? demanda-t-il.

Après un instant de réflexion, Ana le fixa d'un air farouche.

— Ne me dis pas que tu veux rester marié avec moi *uniquement* pour garder ton précieux petit boulot !

— Ecoute…, commença-t-il.

Elle ne le laissa pas poursuivre.

— Ne te fais aucune illusion ! J'irai jusqu'au bout de la procédure de divorce, et tu ferais mieux de signer les papiers que je t'ai envoyés avant que je te réclame une prestation compensatoire exorbitante.

— Aucun juge ne te suivra sur ce terrain, mon chou, dit-il avec un grand éclat de rire. C'est toi qui es partie après trois jours de mariage, et j'aurai toutes les chances d'obtenir réparation pour le préjudice subi.

Ana pâlit et perdit de sa superbe.

Bien sûr, il n'avait nullement l'intention de lui demander quoi que ce fût, mais l'occasion était si belle de lui rabattre son caquet !

— Pourquoi avoir attendu si longtemps pour m'envoyer les papiers du divorce ? insista-t-il. Si tu as rencontré quelqu'un, mieux vaudrait me le dire tout de suite.

— Ma vie privée ne te regarde pas ! s'exclama Ana en reprenant des couleurs.

Même si c'était vrai, il ne put s'empêcher de se torturer l'esprit en contemplant cette femme magnifique qui était encore officiellement sa femme et qu'il désirait encore au point qu'il ne l'avait pas remplacée depuis leur dispute.

Pendant que Seb regardait le paysage sans desserrer les mâchoires, Ana, elle, jetait de fréquents coups d'œil à sa montre.

Plus le temps passait, et plus elle était impatiente d'arriver à l'étape et de pouvoir enfin se reposer !

Si elle n'avait pas envoyé plus tôt à Seb les papiers du divorce, c'était à cause de ses ennuis de santé mais ça, il n'avait pas besoin de le savoir.

Une fois rétablie, elle avait suivi des cours de comptabilité et de gestion, car elle voulait créer sa propre société et se lancer dans le commerce.

Quand elle s'était sentie assez forte, elle avait demandé à son avocat de préparer un protocole de divorce qu'elle avait rempli et signé, et qui avait été ensuite transmis par les soins de l'homme de loi à Seb.

Elle était alors loin de se douter que le destin la remettrait un jour en présence de son mari, et en Afrique qui plus était !

Quand le camion atteignit enfin l'étape du jour, Ana poussa un soupir de soulagement.

Le campement était situé non loin d'un vivarium

qui, d'après Bundy, abritait des tas de serpents veni-
meux dont le terrible mamba noir, l'occasion rêvée
pour se débarrasser de Seb ! songea-t-elle.

Elle s'en voulut aussitôt de plaisanter sur un tel
sujet.

Qu'il puisse arriver malheur à Seb la boulever-
sait au point qu'elle se demanda si elle était prête à
tourner définitivement la page avec lui.

Ankylosée d'être restée assise si longtemps, elle
s'étira puis descendit du camion. Dire qu'elle allait
devoir, une fois de plus, monter sa tente et passer une
nuit inconfortable sur un mince tapis de sol comme
elle le faisait déjà depuis déjà trois semaines !

Alors qu'elle cheminait lentement derrière Seb,
Bundy s'approcha en souriant.

— Je suis juste en tentes, alors j'ai pensé que
comme vous sembliez proches vous pourriez en
partager une, déclara le chauffeur.

Avant qu'elle ait pu exprimer son indignation,
Seb la prit de court.

— Bien sûr, Bundy ! Pas de problème !

— Dans ce cas, le mieux serait que vous vous
installiez là-bas, derrière cet arbre, pour avoir un peu
d'intimité, conclut le grand Africain en adressant
un clin d'œil à Seb.

Elle rougit comme une pivoine tant elle bouillon-
nait de colère rentrée, et ce fut en maugréant qu'elle
suivit Seb jusqu'à l'emplacement que Bundy leur
avait attribué.

— Pourquoi veut-il à tout prix nous faire partager

la même tente ? demanda-t-elle en s'efforçant de garder son sang-froid.

— Parce que je lui ai dit que nous étions mariés, répondit Seb avec placidité.

— Quoi ?

— N'est-ce pas la stricte vérité ? C'est aussi pourquoi Bundy m'a autorisé à me joindre tardivement au safari.

Elle comprenait mieux, à présent, le sens des regards égrillards qu'avaient échangés les deux hommes !

— Je croyais que tu te trouvais par hasard sur le bord de cette route ?

— J'ai menti, rétorqua Seb avec un grand sourire.

Elle accusa le coup.

La seule personne sachant qu'elle participait à ce safari était Phil, son ami décorateur, et elle lui dirait bientôt sa façon de penser.

Au comble de l'irritation, elle regarda Seb déballer et monter la tente avec son efficacité coutumière. Quelle idée de fabriquer d'aussi minuscules maisons de toile ! Dormir à deux dans un espace aussi exigu les obligerait à se serrer l'un contre l'autre, et comme elle ne pouvait s'empêcher d'éprouver encore du désir pour celui qui était encore son mari…

Elle tenta de se rebeller.

— Pas question de dormir avec toi sous la même tente !

— Bundy m'a dit qu'il n'y avait que cette tente-ci pour nous deux.

— Dans ce cas, je te prêterai ma moustiquaire et tu dormiras à la belle étoile. Ou sur la plate-forme du camion. Ou parmi les serpents, si le cœur t'en dit.

Seb se mit à sourire.

— O.K. J'ai toujours rêvé d'une nuit à la belle étoile.

A peine eut-il terminé sa phrase qu'elle revit en mémoire un autre ciel étoilé, quand ils passaient leur lune de miel à Gibraltar et qu'ils s'enlaçaient nus sur le balcon de leur hôtel.

Une onde de chaleur la parcourut et elle décida de monter sa tente elle-même.

— Je peux le faire, lui dit Seb quand elle voulut prendre sa place. Va plutôt te chercher à boire, tu parais toute déshydratée et à bout de forces.

Elle rechigna à le laisser prendre l'initiative mais après tout, s'il voulait jouer les gentlemen, ce n'était pas elle qui l'en empêcherait !

— Amuse-toi bien avec ces satanés piquets ! dit-elle en empoignant son sarong et en se dirigeant vers les douches qui étaient installées en plein air, derrière une rangée de roseaux sauvages.

Pendant quelques délicieuses minutes, elle lava son corps ruisselant de transpiration sous le jet rafraîchissant et, tout en savonnant son ventre, elle ne put s'empêcher de penser à Seb et à ses mains caressantes…

Une fois douchée, elle alla jeter un coup d'œil sur

le bassin aux crocodiles. Parfaitement immobile, un grand saurien prenait le soleil.

— On se demande s'il est vivant ! déclara une voix familière à son oreille.

Elle se retourna et fit face à Seb.

— Ne te laisse pas abuser par son manque de réactions. Ce crocodile est aux aguets, et j'ai déjà vu ses semblables happer leur proie en une fraction de seconde.

Seb l'accompagna dans le vivarium et ils passèrent rapidement devant les cages où des serpents leur lancèrent des regards torves.

Elle préféra les caméléons aux couleurs vives qui dardaient leurs langues rouges et fourchues.

— Cette bestiole ne semble pas très décidée à choisir une couleur de camouflage ! fit remarquer Seb en désignant un des caméléons, d'un vert soutenu.

Elle eut une pensée pour ces curieux animaux qui changent de couleur selon le paysage afin d'échapper à l'appétit de leurs prédateurs. Elle aussi aurait voulu être dotée du pouvoir de devenir invisible afin de ne pas laisser entrevoir ses faiblesses à celui qui était encore son mari.

Elle se tourna vers Seb.

— Comment se fait-il que tu voyages seul ? Tu n'as donc trouvé personne pour te tenir compagnie sous ton duvet ?

— Je t'ai trouvée, toi ! dit-il avec humour.

— Sois sérieux !

— Mais je le suis, Ana.

Décidément, Seb pouvait se montrer aussi dangereux que le crocodile endormi de tout à l'heure !

— Tu ne vas pas me faire croire qu'aucune fille
n'a cédé à ton charme ravageur depuis que tu as
quitté l'Angleterre !

Il la regarda dans les yeux.

— Au risque de t'étonner, je n'ai pas eu de relation
avec une femme depuis près d'un an, quand tu es
partie en claquant la prote.

— Mais, pourquoi ?

— Ce que j'ai vécu avec toi dépassait tout ce que
j'avais pu connaître avant. Te remplacer s'est avéré
impossible.

Seb était-il sincère ? Lui mentait-il encore ? Elle
décelait dans sa voix des accents de vérité. Mais
jamais elle ne referait l'erreur de croire qu'il pouvait
changer.

Une soudaine fébrilité l'envahit.

— Ce que j'ai vécu avec toi a aussi beaucoup
compté pour moi, dit-elle comme à regret.

Seb s'approcha d'elle et lui caressa l'épaule.

— Merci ! As-tu rencontré quelqu'un ?

Elle baissa les yeux.

— Les hommes n'apprécient pas toujours les
femmes grandes…

— Je suis plus grand que toi, objecta Seb.

— Tu es une exception.

Il la caressa langoureusement du regard.

— Je peux t'assurer que la plupart des hommes

raffolent des femmes aux longues jambes, dit-il en souriant.

Elle haussa les épaules, bien décidée à ne pas prendre ses flatteries pour argent comptant.

— Il n'y aurait eu personne d'autre dans ta vie depuis que nous nous sommes quittés ? demanda-t-il.

Elle baissa les yeux et s'éclaircit la gorge avant de répondre.

— Eh bien, je suis restée seule. Mais pourquoi tiens-tu tant que ça à le savoir ?

— Oh, simple curiosité, répondit Seb en reportant son attention sur le caméléon.

Ana soupira. Sa guérison était encore récente, incertaine, et quoi qu'il lui puisse lui en coûter, elle ne retomberait pas dans les filets de Seb. Elle ne se laisserait ni influencer par un passé encore vivace, ni subjuguer par le désir que lui inspirait cet homme, elle s'en fit le serment.

— Je meurs de faim, déclara-t-elle d'une voix rauque.

Sans un regard pour Seb, elle s'esquiva et marcha d'un pas allègre vers la tente réfectoire.

Tout en décortiquant son fruit, Ana s'intéressa aux conversations de sa tablée, et plus particulièrement à ce que Seb racontait de la chasse aux éléphants.

Décidément, cet homme avait le don de captiver son auditoire ! Elle lui sut gré de ne pas mentionner les liens qui l'unissaient à elle et, de leur côté, les autres convives eurent le tact de ne pas poser de questions indiscrètes.

Que Seb brille en société et s'attire la sympathie de parfaits inconnus n'avait rien d'étonnant. N'était-elle pas bien placée pour savoir combien il était facile de tomber sous son charme ?

Ce fameux soir, dans ce bar à la mode où elle s'était aventurée avec Phil, son ami décorateur, Seb avait su trouver les mots qui l'avaient émue et touchée.

Elle ne regrettait pas de l'avoir suivi jusqu'à Gibraltar, pas plus que de s'être si rapidement donnée tant il avait su la révéler à elle-même dans leur chambre à coucher.

La seule évocation de leurs étreintes passées lui mit le feu aux joues et elle préféra aller faire la vaisselle, même si aujourd'hui n'était pas son jour de corvée.

Quand elle eut essuyé le dernier verre, elle sortit dans la nuit déjà noire et admira la multitude d'étoiles qui brillait dans le ciel, puis elle marcha jusqu'à sa tente en s'efforçant de ne pas culpabiliser à l'idée qu'elle condamnait Seb à dormir au milieu des serpents, scorpions et autres bestioles venimeuses.

Dans la tente, elle se déshabilla, enfila un T-shirt en guise de chemise de nuit, puis se faufila dans son duvet.

En dépit de sa fatigue, elle ne parvint pas à trouver le sommeil.

Quelques heures plus tard, le ploc ploc caractéristique des gouttes de pluie criblant la tente lui fit dresser l'oreille. Le crépitement s'intensifia et, s'il n'avait pas plu souvent depuis le début du safari, elle savait par expérience que dans cette région chaque orage était d'une violence inouïe.

« Pas question de laisser Seb dehors ! » s'admonesta-t-elle en allumant sa lampe électrique et en tirant la fermeture à glissière de la porte d'entrée de la tente.

— Seb, par ici ! cria-t-elle pour couvrir le bruit de la pluie.

Elle l'entendit grommeler à quelques mètres d'elle, et d'entendre sa voix lui serra le cœur.

— Allons, dépêche-toi ! insista-t-elle.

Seb s'engouffra tout ruisselant dans la tente minuscule et déploya son sac de couchage trempé sur le tapis de sol.

— Quelle saucée ! dit-il en tirant son T-shirt par-dessus tête.

— Mais, que fais-tu ? demanda-t-elle, incrédule.

— Tu le vois bien ! rétorqua Seb en jetant son T-shirt mouillé dans un coin de la tente.

Incapable d'articuler la moindre parole, elle braqua le faisceau de sa lampe électrique vers Seb et admira ce torse musclé à la peau cuivrée.

La première fois qu'elle avait vu Seb nu, à Gibraltar, elle avait été étonnée de constater combien il était athlétique et musclé, ce qu'on ne devinait pas tout de suite quand il portait — comme lors de leur première rencontre — un classique costume trois pièces.

Après ces dix mois d'absence, elle le trouva encore plus athlétique, encore plus beau.

L'envie de caresser ce corps sublime, de faire glisser ses mains sur ces bras musclés et ces pectoraux impressionnants, la torturait.

Seb dégrafa son short.

— Tu ne voudrais quand même pas que je garde mes vêtements mouillés ? demanda-t-il avec innocence.

Comme hypnotisée, elle le regarda faire, admirant ces mains hâlées qui tiraient le short sur ces cuisses puissantes.

Dire qu'il l'avait déshabillée avec ces mêmes mains, puis qu'il avait caressé son corps nu, ses seins, son ventre et jusqu'à son sexe…

Conquise et subjuguée, elle avait décidé de lui appartenir corps et âme dans cette chaude nuit d'été, au son de l'orchestre typique qui jouait sous leur balcon.

Après être allé remplir leurs coupes de champagne, Seb s'était approché d'elle pour l'embrasser dans le cou et près des seins. Alors, incapable de se contrôler, Ana avait murmuré tout bas : « Je suis à toi, tout à toi ! »

Pendant qu'il lui faisait l'amour, elle se souvenait avoir respiré le parfum des lauriers roses auquel se mêlait la saveur salée de l'air marin.

Le crépitement de la pluie sur la toile de tente lui fit reprendre ses esprits.

— Cette savane fourmille de scorpions et, même sous la tente, je trouve plus prudent d'être habillé, déclara-t-elle sèchement.

Seb n'en retira pas moins son short, et il se retrouva bientôt en caleçon devant elle.

— Il fut un temps où j'avais à craindre d'autres morsures que celles des scorpions, dit-il d'un air égrillard.

Sans se donner la peine de relever l'allusion, elle éteignit sa lampe électrique qu'elle posa dans un coin de la tente.

— Il faut bien que j'y voie pour entrer dans mon sac de couchage ! s'indigna Seb en tendant le bras pour rallumer la lampe. Tu ne voudrais quand même pas, ajouta-t-il avec une pointe d'ironie, que je m'égare dans le tien ?

Troublée de savoir Seb si proche d'elle, elle attendit que Seb soit dans son sac de couchage avant d'éteindre.

Une fois allongée sur le dos, elle s'obligea à regarder le toit en toile et, au moindre bruit, elle ne put s'empêcher de sursauter tant elle était nerveuse.

Elle s'obligea à fermer les yeux mais ne parvint pas à dormir. Partagée entre la lassitude et l'énervement, elle finit par laisser échapper un petit rire.

Seb, qui ne dormait pas non plus, se mit à rire à son tour et elle se détendit.

— Etait-ce indispensable que tu viennes me retrouver ici, en Afrique ? demanda t elle enfin.

— Indispensable, non, mais agréable, sûrement ! répondit Seb d'un ton moqueur.

- 3 -

Quand Ana se réveilla, elle constata que Seb s'était étalé en dormant et qu'il occupait presque toute la tente. Elle se retrouvait coincée contre la paroi en toile !

Résignée, elle écouta sa respiration régulière et en profita pour scruter son visage de près, ce qu'elle n'aurait jamais osé faire s'il avait été éveillé.

Un lendemain de nuit d'amour, dans leur chambre d'hôtel de Gibraltar, alors que l'aube pointait derrière les rideaux, elle s'était attachée pareillement à admirer ses traits détendus par le sommeil.

Seb !

Comment avait-elle pu vivre si longtemps sans le revoir ?

Plus elle respirait cette senteur si typiquement masculine qui émanait de lui, et plus les souvenirs troublants de leur lune de miel lui revenaient à la mémoire.

Une barbe naissante piquait ses joues et son menton, et elle éprouva un fourmillement d'impatience au bout des doigts.

Elle aurait voulu caresser ce visage viril, s'offrir nue aux baisers de Seb, se laisser embrasser entre les cuisses pour sentir ses lèvres effleurer sa chair tendre…

Tout en admirant son torse musclé et ses épaules puissantes qui émergeaient du sac de couchage, elle admit que Seb était l'homme le plus séduisant qu'elle ait jamais connu.

— Ana ? dit-il d'une voix ensommeillée en remuant dans son duvet et en ouvrant lentement les yeux.

Elle eut le sentiment qu'il n'avait pas été dupe de son petit manège et qu'il était éveillé depuis déjà quelques minutes.

Consciente d'avoir joué avec le feu en le regardant d'un peu trop près, elle se détourna de lui, enfila vite un short et se dirigea vers la sortie de la tente non sans emporter son Bikini.

— Je suis de corvée de petit déjeuner et j'irai prendre ma douche ensuite, dit-elle en sortant de la tente.

— Ana !

Elle fit la sourde oreille et, quand Seb l'appela de nouveau par son prénom, elle accéléra le pas vers le réfectoire.

Elle qui s'imaginait avoir renoncé à sa féminité, elle devait bien reconnaître que Seb la mettait dans tous ses états et qu'elle le désirait tout comme autrefois. Si ce n'était plus…

Et, après tout, était-ce donc un crime de se sentir émue comme elle l'était chaque fois qu'il lui adressait la parole ?

Elle brûlait de lui murmurer des paroles tendres

au creux de l'oreille, de le caresser, de se mélanger à lui, et tant pis si Seb, par le passé, avait fait bien peu cas d'elle.

Quand elle arriva dans le campement, Bundy était déjà en train de s'activer et une grande marmite d'eau chauffait sur un feu de bois.

Après avoir salué le chauffeur, elle se prépara une tasse de thé noir très chaud qu'elle but en tentant d'oublier l'emprise émotionnelle et sensuelle que Seb avait sur elle.

Alors qu'elle avalait la dernière bouchée de son petit déjeuner, Seb s'avança vers elle en transportant leur tente rangée dans sa housse et leurs deux sacs.

— Bonjour Ana, bien dormi ?

— Oui, marmonna-t-elle.

Et comme il restait debout devant elle, elle se décida à lui sourire.

— Merci d'avoir rangé nos affaires…

— De rien, répondit Seb en se versant une tasse de café et en venant s'asseoir à côté d'elle.

Après le petit déjeuner, les membres du safari se répartirent à bord de plusieurs 4x4 qui devaient les emmener visiter le cratère éteint du volcan Ngorohgoro qui abritait une faune et une flore préservées.

Ana croisa les doigts pour que Seb ait la bonne idée de ne pas voyager dans le même véhicule qu'elle, mais il s'empressa au contraire de la rejoindre et de prendre place sur sa banquette.

La piste était si défoncée qu'elle n'eut pas le

courage de protester quand Seb l'enlaça par les épaules pour l'empêcher de se cogner contre la tôle du véhicule.

Quelle épreuve pour elle de sentir ce corps viril tout contre le sien…

L'après-midi était déjà bien avancé quand leur 4x4 se hissa à grand-peine jusqu'au campement établi sur le bord du cratère. Furieuse de se sentir si dépendante de Seb, elle songea que si, durant la visite de demain au fond du cratère, ils rencontraient par hasard un couple de lions, elle n'aurait aucun scrupule à leur abandonner son mari en pâture !

Soulagé de ne plus être recroquevillé dans ce 4x4 exigu et bringuebalant, Seb s'étira tout en surveillant Ana du coin de l'œil.

Alors qu'elle s'éloignait vers les douches du campement, il décida de la suivre discrètement et il la vit ôter son T-shirt et son short sous lesquels elle ne portait qu'un minuscule Bikini ultra-sexy.

Non seulement elle était ravissante mais, contrairement à ce qu'elle prétendait, il trouva que ses jambes avaient une longueur idéale.

— Ana, je viens moi aussi prendre une douche ! lui dit-il en marchant dans sa direction.

Un éclat argenté sur le ventre d'Ana attira son attention alors qu'il n'était plus qu'à deux pas d'elle.

— Qu'est-ce que c'est ? demanda-t-il d'une voix

rauque en pointant un doigt sur le nombril de la jeune femme.

— Un piercing, répondit-elle en rougissant.

Elle se troubla encore plus quand il effleura son ventre d'une caresse.

— De quand date cette lubie ?

— Oh, je me suis fait poser cet anneau il y a quelques mois déjà ! expliqua Ana en baissant les yeux.

— Pourquoi donc ?

Elle laissa échapper une mimique d'agacement.

— J'avais lu un livre conseillant aux femmes déprimées de sortir des sentiers battus en se faisant tatouer ou en portant un piercing. J'ai opté pour la seconde solution.

— Tu t'es fait percer le nombril à cause d'un livre ? s'étonna-t-il en détaillant avec avidité ce ventre nu au galbe parfait. Mais où donc as-tu déniché ce genre d'ouvrage ?

— Dans une librairie de Londres spécialisée en ésotérisme.

— Ah ! Et, tu te sens mieux ?

— Je reprends peu à peu confiance en moi et, après ce qu'un certain Sebastien Rentoul m'a fait subir il y a bientôt un an de ça, j'en avais bien besoin.

Après avoir laissé échapper un petit rire sceptique, il avança la main vers le ventre d'Ana, effleurant cette peau satinée et titillant entre le pouce et l'index l'anneau d'argent qui transperçait son nombril en amande.

— As-tu eu mal quand on t'a posé ce piercing ? demanda-t-il en la regardant dans les yeux.

— J'ai connu pire douleur, répondit Ana en le défiant du regard.

Sans relever l'insinuation, il plongea dans les yeux d'Ana, d'un bleu insondable. Des yeux au fond desquels il serait facile de se noyer si on n'y prenait garde ! Des yeux qui lui donnaient envie de serrer leur propriétaire contre lui puis d'écraser sa bouche sous ses lèvres impatientes.

Et s'il osait ?

Bien sûr, à ce petit jeu, il risquait de déclencher la colère d'Ana et de récolter une bonne gifle, surtout si, comme elle le prétendait, elle avait pris de l'assurance !

Pouvait-il lui reprocher d'avoir pris leur mariage au sérieux alors que, pour lui, il s'agissait avant tout de passer du bon temps en attendant de décrocher sa promotion ?

S'il devait avoir un regret, un seul, c'était de ne pas avoir été plus clair avec Ana dès le début.

Comme la conversation languissait et qu'il ne voulait pas rompre le charme de ce tête-à-tête, il dit la première chose qui lui vint à l'esprit.

— Je suis sûr que ta mère a été surprise quand tu lui as montré ton piercing !

— Ma mère est morte avec mon père dans un accident de la route quand j'avais six ans, répondit-elle.

— C'est terrible ! répondit Seb, la gorge sèche,

en enlevant son short et son T-shirt, et en passant sous la douche voisine de celle d'Ana.

Il ignorait tout de la vie de sa femme et il s'en voulut de ne pas avoir fait preuve de curiosité plus tôt.

Avec un petit sourire triste, Ana ouvrit le robinet de la douche.

— Tu ne pouvais pas savoir, dit-elle sèchement.

Une fois qu'ils se furent lavés et séchés, Seb refusa de laisser Ana. Ne rien connaître de son passé, de ses émotions, des événements petits et grands qui avaient peuplés sa vie, mettait en relief le peu de cas qu'il avait fait d'elle alors même qu'elle était sa femme.

— Qu'es-tu devenue après la mort de tes parents ? demanda-t-il en s'offrant de porter son sac de toilette.

— Eh bien, le frère de ma mère et sa femme m'ont recueillie, répondit-elle se dirigeant lentement vers le campement.

— Comment les choses se sont-elles passées ? demanda-t-il en calquant sa foulée sur celle de la jeune femme.

Elle s'immobilisa et le regarda droit dans les yeux.

— Tu veux vraiment le savoir ?

— Mais oui !

Ana lui lança un regard incisif.

— Comme c'est curieux… Quand nous nous sommes rencontrés, tu n'avais pas éprouvé le besoin de me demander d'où je venais ou qui j'étais.

— Je te le demande aujourd'hui.

— Eh bien, si tu veux le savoir, j'ai été malheureuse comme une pierre. Mon oncle et ma tante avaient déjà deux filles blondes et charmantes alors que j'avais tout d'une grande bringue maladroite. Je détonnais dans cette famille modèle.

Elle poussa un long soupir.

— J'admets que mon attitude n'a pas facilité les choses. J'étais plutôt renfermée sur moi-même, et s'occuper d'une fillette timide ne devait pas être une partie de plaisir pour mon oncle et ma tante, dit-elle avec un petit sourire ironique qui n'abusa pas Seb.

— Tu manquais de repères pour te reconstruire et ton oncle et ta tante n'ont pas su t'apporter toute l'aide dont tu avais besoin, renchérit-il.

Lui-même n'avait-il pas été confronté à des beaux-pères, à des belles-mères successifs qui ne lui avaient pas apporté cette tendresse qui lui avait toujours fait défaut ?

— Les choses se sont-elles arrangées avec le temps ? As-tu appris à t'entendre avec tes cousines ? insista-t-il.

— Non. Dès que je l'ai pu, je suis partie, répondit Ana. Et maintenant, à ton tour de m'en dire un peu plus sur ta vie.

Il avait très mal vécu les remariages successifs

de ses parents, et l'idée d'exhumer de si mauvais souvenirs ne l'enchantait pas.

— Oh, tu sais, il s'agit de l'histoire classique. Mes parents ont divorcé quand j'étais encore jeune et je me suis retrouvé ballotté de l'un à l'autre.

— Ils se sont remariés ? demanda Ana avec curiosité.

— Oui, hélas. Et pas qu'une seule fois…

Elle le regarda d'un air attendri.

— Quand je pense que nous nous sommes mariés en ignorant à peu près tout l'un de l'autre ! Je crois qu'à l'époque, nous n'avions pas envie de nous connaître car nous étions bien trop occupés à nous donner du plaisir, nuit après nuit !

Il tressaillit et s'obligea à contenir son émotion.

— Nous avons vécu quelques folles nuits, notamment à Gibraltar. Au fait, j'aimerais bien savoir ce qui t'a décidée à partir si brusquement pour l'Afrique ? Est-ce de m'avoir envoyé ta demande de divorce ?

Ana eut du mal à dissimuler sa gêne car elle avait joint aux papiers du divorce une courte lettre lui demandant de renvoyer les documents signés à son nouvel avocat, sans plus.

— Disons que j'avais envie de changer d'air.

— Alors, si je ne t'avais pas retrouvée ici, en Afrique, nous ne nous serions peut-être jamais revus ?

— Je le crois, rétorqua-t-elle.

— En partant sur un coup de tête puis en me

fuyant pendant des mois, tu as manqué de courage, dit-il.

D'un air farouche, elle releva le menton et fixa Seb droit dans les yeux.

— Que ce soit clair ! Si j'ai pu manquer de courage par le passé, je suis déterminée aujourd'hui à rompre définitivement avec toi.

Ana passa l'après-midi à lire à l'ombre d'un baobab, tandis que Seb, torse nu et en short, disputait une partie de foot avec d'autres touristes.

Elle s'efforça de ne pas relever trop souvent le nez de sa page, mais c'était comme si une force irrépressible l'attirait vers Seb.

Pour se donner du courage, elle se répéta que le corps de Seb n'avait aucun secret pour elle, et qu'elle n'avait donc aucune raison de se sentir troublée quand il était torse et jambes nus.

Elle ne put pourtant s'empêcher d'évoquer les caresses et les baisers que Seb lui avait si généreusement prodigués pendant leur lune de miel.

A force de vagabondages érotiques, elle finit par perdre le fil de sa lecture et, furieuse, elle reposa son livre et alla se promener.

Au dîner, Seb prit soin de s'asseoir à côté d'elle. Il lui demanda de lui raconter les moments forts de son voyage en Afrique, et elle se prêta au jeu des questions et des réponses en estimant que c'était là un sujet sans danger.

Comme elle se trompait !

Leur conversation fut agréable et animée et elle se surprit à sourire, et même à rire, tant elle s'amusait en sa compagnie.

Sous le charme, elle aurait voulu que le temps s'arrête et qu'ils oublient leurs griefs respectifs pour tomber dans les bras l'un de l'autre.

Quand la nuit tomba, Seb et elle bavardaient toujours à bâtons rompus et, quand il posa sa main sur la sienne, elle ne se déroba pas.

— Je me sens si bien, ce soir ! lui dit-il.

— Moi aussi, admit-elle d'une voix un peu trop rauque à son goût.

Encore plus troublée qu'elle ne l'aurait cru, elle prit congé des autres touristes et alla se coucher sous sa tente.

Elle entendit peu après Seb se faufiler sous sa moustiquaire dressée à quelques pas de la tente, et elle eut du mal à s'endormir.

Elle était troublée par la proximité de cet homme, et la conversation enjouée qu'ils avaient eue ce soir lui mettait du vague à l'âme.

Le voir s'animer, briller, faire étalage de repartie, lui prouvait une fois de plus à quel point il était attachant et séduisant, de quoi attiser ses regrets de l'avoir quitté si brusquement, il y aurait bientôt un an de ça.

Le soleil était déjà chaud quand Ana se réveilla après une nuit agitée.

L'esprit toujours enfiévré par Seb, elle exhuma de

son sac à dos les escarpins aux talons ridiculement hauts qu'elle avait à tout prix voulu emporter avec elle dans ce safari.

Après avoir enfilé un short et un T-shirt, elle se chaussa de ses fameux escarpins, et ce fut juchée sur ses talons démesurés qu'elle se dirigea d'un pas incertain vers la tente du petit déjeuner.

Seb, qui était déjà attablé sous la tente, leva des yeux surpris en la voyant.

— Ana !

— Tu ne me trouves pas trop grande ? minauda-t-elle en s'approchant de lui.

— Je suis sûr que je te dépasse encore de quelques centimètres, répondit-il en la dévisageant avec arrogance.

Elle plissa les yeux.

— Un jour, je porterai des talons si hauts que même toi, tu seras plus petit que moi !

Il lui sourit.

— Ta taille n'est pas un handicap. J'aime les femmes grandes.

— Vraiment ?

— Oui, et il y a encore bien d'autres choses que j'aime en toi, ajouta-t-il d'une voix chaude et sensuelle.

Elle ne put s'empêcher de rougir. Si la conversation tournait au flirt, elle ne devrait s'en prendre qu'à elle-même !

D'une démarche provocante, elle s'approcha de Seb et le frôla en lui lançant une œillade. A son grand plaisir, elle constata qu'il était un peu désarçonné par son audace.

— Ces escarpins ont encore bien d'autres avantages, dit-elle d'une voix veloutée.

— Ah oui ?

— Avec ces pointes, rien de plus facile que d'écraser les orteils des vilains messieurs qui importunent les dames, dit-elle en vrillant son regard dans celui de Seb, puis en s'éloignant en ondulant des hanches, un sourire de triomphe aux lèvres.

En convoi sur la piste défoncée, les 4x4 transportèrent les touristes jusqu'au fond du cratère, et Ana ressentit un pincement au cœur en découvrant la flore et la faune de ce sanctuaire naturel qui s'étendait à perte de vue.

Afin de ne rien perdre de la beauté sauvage des lions, gazelles et éléphants qui s'ébattaient en toute liberté, elle se mit debout à l'arrière du 4x4 et s'agrippa à la barre de protection du véhicule.

Les yeux écarquillés, elle en oublia sa fatigue due à une nuit sans sommeil, et elle se tourna vers Seb.

— Quel est ton animal favori ?

— L'éléphant, répondit-il en coulant un regard ironique dans sa direction.

— Tiens, pourquoi donc ?

— Parce qu'il a bonne mémoire, tout comme moi. Tu sais, je n'ai rien oublié de nos nuits d'amour, à Gibraltar. Quand je pense à toutes ces caresses que tu me réclamais…

— Seb ! dit-elle en rougissant.

— Et alors ? rétorqua-t-il. Est-ce un crime si je me souviens si bien de tes préférences les plus érotiques ? Crois-moi, tout est gravé là ! conclut-il en se tapotant le front.

Elle sentit un flot de désir envahir son ventre. Mais après tout, c'était de bonne guerre. Avec sa petite plaisanterie, Seb se vengeait de la comédie qu'elle lui avait jouée ce matin, en s'exhibant sur ses escarpins aux talons démesurés.

Seb se rapprocha et la serra de près sans qu'elle puisse l'éviter, coincée qu'elle était sur son bout de banquette et dans ce 4x4 tressautant.

— Sais-tu à quel animal tu me fais penser ? lui demanda-t-il en arrangeant une mèche rebelle derrière l'oreille de la jeune femme.

— Sûrement à une girafe, répondit-elle froidement.

— Eh bien, non ! Tu me fais penser à une jolie gazelle, fit-il en la déshabillant du regard.

Elle se troubla.

— Quand j'étais en pension, les autres filles n'avaient rien trouvé de mieux que de m'appeler « la grande girafe ».

— Ces filles étaient bêtes et méchantes, et je maintiens que tu as la grâce farouche et nerveuse d'une gazelle, martela Seb en se pressant contre elle.

— Moi, farouche ?

— A la moindre alerte, tu prends la fuite !

— C'est faux, dit-elle en respirant plus fort et plus vite, les fesses bloquées contre la carrosserie.

— C'est vrai, mais je sais être patient, comme le chasseur guettant sa proie.

Elle, une proie ?

Elle plissa les yeux et regarda Seb avec amusement.

— Je te rappelle que les éléphants sont végétariens.

— Il y a aussi du lion en moi !

— Au cas où tu l'ignorerais, ce sont les lionnes qui chassent, pas les lions ! objecta-t-elle.

— Lion ou lionne, j'ai tellement envie de toi que je risque de sortir mes griffes !

Et, avant qu'elle ait eu le temps de protester, il la prit dans ses bras.

— Arrête, voyons !

Devant son air effarouché, Seb ne put s'empêcher de sourire.

— Tu vois, j'avais raison de dire que, tout comme les gazelles, tu t'effarouches pour un rien.

Elle parvint à le repousser et, tout en admirant le paysage, elle se dit qu'il serait plus prudent, à l'avenir, de mettre une vraie distance entre Seb et elle.

Elle s'éloigna donc pour aller admirer une dizaine de flamands roses qui s'ébattaient sur le grand lac miroitant au soleil, puis elle s'intéressa aux hippopotames qui se roulaient dans la boue de la berge tandis qu'une meute d'hyènes affamées piétinait à quelque distance de là.

Sans plus tenter de l'aguicher, Seb lui suggéra quelques photos à faire et il la convainquit même de se laisser prendre en photo.

Un lionceau s'approcha de leur véhicule et la mère lionne accourut à la rescousse sous le crépitement des appareils photo des touristes. Pendant une fraction de seconde, elle put voir briller les crocs de l'animal au pelage soyeux et elle sentit son cœur battre plus vite.

— Ces félins sont d'une beauté sensuelle ! dit-elle en se tournant vers Seb.

A la façon dont il la dévisageait, elle eut l'impression d'être sa proie du jour et elle rougit tant que Seb étendit le bras pour lui toucher les joues et le front.

— Ne me dis pas que tu couves la malaria ? demanda-t-il avec un sourire ironique.

— Je vais très bien ! C'est plutôt toi qui sembles avoir pris un coup de chaud ! rétorqua-t-elle sèchement.

— Qu'y puis-je, répondit-il en écartant les bras en signe d'impuissance, si tu as le don de faire grimper ma température ?

Par manque de places dans les autres 4x4, Seb et Ana furent condamnés à voyager dans le même véhicule pendant le trajet de retour.

Seb comprenait très bien qu'Ana puisse être gênée de le sentir aussi près d'elle, et il se fit le plus discret possible.

Au gré des cahots de la piste, il ne cessa de penser à Ana. Il ne s'était jamais vraiment interrogé à son sujet avant, mais maintenant il ne pouvait que constater une chose : elle était l'une des filles les plus formidables qu'il eut jamais rencontrées.

Il adorait le parfum subtil de sa peau et de sa chevelure, sans compter qu'elle portait ce jour-là un Bikini extensible qui soulignait comme à plaisir le contour de ses seins.

Le désirait-elle autant qu'il avait envie d'elle ?

Il l'aurait juré.

Depuis cette nuit récente passée sous la même tente, tous les deux se livraient à une danse de la séduction par mots et regards interposés sans que jamais l'un ou l'autre n'ose vraiment passer à l'action.

Sa propre attitude l'étonnait. Etait-ce uniquement le désir qui l'avait poussé à rejoindre Ana en Afrique ? Ne lui avait-elle manqué uniquement que parce qu'elle avait été une de ses plus merveilleuses amantes ? Il avait beau essayer de se raisonner, il ne pouvait pas non plus nier que les sentiments qu'il éprouvait pour Ana étaient d'une nature bien plus particulière que le seul désir.

Mais irait-il jusqu'à dire qu'il l'aimait ?

Quand le 4x4 arriva enfin au camp, Seb s'empressa d'aller se désaltérer à la gourde d'eau fraîche suspendue devant la tente réfectoire.

Ana !

Tout à coup, son idée d'aller la rejoindre en Afrique

pour une dernière mise au point ne lui semblait pas si brillante !

Pour tromper sa frustration, il organisa un match de foot entre les chauffeurs, les guides et les touristes, mais il eut beau taper plus souvent qu'à son tour dans le ballon, il ne put détacher ses pensées d'Ana.

Une fois débarrassée de l'encombrante présence de Seb, Ana poussa un soupir de soulagement.

Quel personnage !

Passer toute une journée au coude à coude avec lui, respirer son odeur virile et se laisser bercer par des pensées très érotiques l'avaient épuisée bien plus que les cahots de la piste.

Elle monta sa tente en un temps record et, après s'être glissée à l'intérieur, elle s'allongea avec délice sur le matelas de mousse et se remémora ce que Seb et elle s'étaient dit récemment.

Depuis qu'il était réapparu dans sa vie, elle ne savait tout simplement plus où elle en était, et la simple proximité de cet homme suffisait à lui donner la fièvre.

Tandis qu'elle évoquait son sourire et la façon si pénétrante qu'il avait de la regarder, elle se sentit envahir par une douce moiteur, qui ne devait rien à la température extérieure.

Elle eut envie d'une douche, et de toute urgence, mais, à peine eut-elle imaginé le jet rafraîchissant fouettant sa peau nue qu'elle se revit sous la douche de leur chambre à Gibraltar, caressée et embrassée par un Seb plus viril que jamais.

Son trouble était à son comble, mais elle n'eut pas le courage de se lever et de prendre le risque de croiser Seb.

Elle décida de se débarrasser de son haut de maillot de bain afin de se sentir plus à l'aise.

Mais alors qu'elle essayait de se rafraîchir avec une lingette, un chuintement de glissière la prévint que quelqu'un venait d'entrer sous la tente.

— Seb ! s'exclama-t-elle en le découvrant à quatre pattes devant elle.

Quand elle voulu couvrir ses seins nus avec le haut de son Bikini, il lui attrapa le poignet.

— Je te croyais occupé à jouer au football ! protesta-t-elle d'une voix rauque tandis qu'il la dévorait du regard.

— Eh bien…

Elle sentit l'extrémité de ses seins nus se durcir et, même s'il lui en coûtait de l'admettre, elle aurait tout donné pour que Seb la caresse sans plus attendre.

Tout plutôt que cette insupportable frustration qu'elle ressentait depuis qu'ils s'étaient revus !

Après un dernier regard fiévreux vers elle, il finit par se glisser hors de la tente.

Encore sous le choc, elle enfila un T-shirt propre et sortit à son tour de la tente.

A l'écart des autres joueurs, Seb, le torse luisant de transpiration, tirait rageusement des buts contre un arbre.

— Seb, je dois te parler, dit-elle en avançant vers lui.

— Ne t'approche pas de moi ! l'avertit-il.

— Mais pourquoi ?

— Parce que !

Avec un bruit sourd, le ballon rebondit contre l'arbre et elle tenta, très troublée, de maîtriser les battements précipités de son cœur.

— Enfin, Seb, tu me dois une explication ! insista-t-elle.

— J'ai envie de te faire l'amour comme tu ne peux pas imaginer ! Est-ce que c'est cela que tu veux entendre ?, dit-il en la dévorant des yeux.

Elle haleta comme si elle venait de courir un mille mètres sous le brûlant soleil d'Afrique, et Seb la toisa de toute sa hauteur avec un air farouche sur le visage.

— Je n'ai jamais pu t'oublier, dit-il en donnant un magistral coup de pied dans le ballon, et comme je ne veux plus que tu aies à souffrir par ma faute, je préfère que tu ne t'approches plus de moi jusqu'à la fin de ce safari.

- 4 -

Ignorer Sebastien durant le reste du séjour fut une tâche on ne peut plus difficile pour Ana.

Tandis que le camion les transportait vers Dar es-Salaam, leur destination finale, elle repensa à ses relations avec Seb, à tout ce qu'il représentait pour elle.

Une force impérieuse les poussait l'un vers l'autre. Seb l'attirait sexuellement, et elle savait très bien ce qu'il attendait d'elle.

Elle ne put s'empêcher de couler des regards discrets dans sa direction et, à son étonnement, elle vit qu'il avait aussi les yeux tournés vers elle.

Elle détourna le regard précipitamment et alla s'installer à l'arrière du camion. Mais elle dut regagner sa place bien vite, car les secousses étaient insupportables.

Seb lui caressa l'épaule et la fixa droit dans les yeux.

— Et si nous cessions ce petit jeu ?

— Comment ? Mais c'est toi-même qui m'as demandé de garder mes distances ! déclara-t-elle, indignée.

— Eh bien, j'avais tort. Parle-moi de ton travail.

Nous avons vécu si peu de temps ensemble que je n'ai jamais su au juste ce que tu faisais pour vivre.

La suggestion lui alla droit au cœur. Au moins, il ne serait plus question de cette attirance néfaste qu'elle ressentait pour lui, et lui pour elle.

— Quand je t'ai rencontré, il y avait déjà plus d'un an que je rêvais d'ouvrir une boutique de mode féminine pour y proposer les plus grandes marques de vêtements, les chaussures les plus luxueuses.

Elle se mit à rire.

— Tu ne peux pas imaginer le nombre incroyable d'articles que j'ai entreposé dans ma caverne d'Ali Baba, depuis les sacs griffés jusqu'aux talons aiguilles dignes des plus sévères dominatrices. Chaque fois que je faisais l'inventaire de mon stock, je ne pouvais pas résister à l'envie de passer telle robe ou tels escarpins qui me rehaussaient de vingt centimètres, juste pour le plaisir de changer de peau !

Seb lui sourit.

— Je te vois comme si j'y étais !

— Moi qui étais du genre à raser les murs, reprit-elle, je voulais secrètement ressembler à une femme fatale, et vendre ce genre d'articles me donnait des frissons. Pour pouvoir acheter en quantité suffisante vêtements, chaussures et accessoires divers, j'ai cassé ma tirelire et souscrit un crédit ruineux.

Pendant des mois, elle avait dû travailler comme secrétaire intérimaire pour clarifier sa situation financière, et elle était bien décidée à ne plus jamais s'endetter !

— Mon stock est longtemps resté sous cellophane, avoua-t-elle, car je n'arrivais pas à joindre les deux bouts. Aujourd'hui, j'ai enfin remboursé mes dettes mais ma banque me refuse le moindre découvert.

— Et ton stock ? s'enquit Seb.

— Mon stock a pris la poussière pendant trop longtemps, dit-elle sobrement. Après notre dispute, j'ai connu un passage à vide et, une fois que je me suis sentie mieux, j'ai décidé non plus de vendre mes merveilles, mais de les louer sur mon site internet.

— Ton idée est excellente.

— Il y a encore quelques semaines, je n'y connaissais strictement rien en informatique mais j'ai vite rattrapé mon retard. Cette idée est la mienne et je veux la défendre coûte que coûte.

Elle était bien placée pour savoir qu'un grand nombre de femmes souhaitaient porter des vêtements dernier cri sans avoir les moyens de les acheter. La sagesse commandait de louer ce qui était destiné à être porté une fois ou deux tout au plus, plutôt que de payer le prix fort pour une lubie passagère.

— Crois-tu que mon idée est bonne et que j'aurai peut-être une chance de m'en sortir ? demanda-t-elle anxieusement à Seb.

— J'en suis sûr ! Dis-moi, ces escarpins de l'autre jour…

— Oui, ils font partie de mon stock, avoua-t-elle en se demandant comment elle avait osé se pavaner sur de telles échasses en plein cœur de l'Afrique uniquement pour éblouir Seb.

— En tout cas, ces escarpins te font des jambes merveilleusement longues et tu devrais les porter plus souvent.

Elle sourit.

— Eh bien, figure-toi que j'en possède d'autres, à Londres, dont les talons sont encore plus impressionnants.

— Tu exagères !

— Pas du tout.

Elle lui parla avec entrain de ses acquisitions les plus extravagantes et adora la façon dont il l'écoutait avec une mimique gourmande. Elle fut même flattée et rassurée quand il lui affirma une fois de plus que son idée connaîtrait un succès mérité.

Leur conversation se prolongea tard dans la nuit avec, en fond sonore, le grondement du moteur du camion.

Pendant que Bundy les conduisait à bon port et que les autres touristes dormaient, elle posa sa tête sur l'épaule de Seb.

— Nous nous connaissons si peu, murmura-t-elle à son oreille.

— Je ne demande pas mieux que d'y remédier, répondit-il en lui caressant la joue.

Elle éprouva l'envie lancinante de se blottir tout contre Seb et de l'embrasser à en perdre haleine, au cœur de cette nuit parfumée.

Effrayée par la force de son désir, elle se leva pour

aller s'allonger sur les sacs et les tentes entassés dans un coin du camion.

Tandis qu'elle admirait la multitude d'étoiles qui scintillaient dans le ciel, elle sentit le regard de Seb posé sur elle et elle devina sans peine ce qu'il lui trottait dans la tête en ce moment précis.

Incapable de s'endormir, Seb regarda Ana s'étirer sur son lit improvisé et il sentit se ranimer son désir pour elle.

Depuis ses retrouvailles avec la jeune femme, il avait envisagé plusieurs fois de partir sans demander son reste, mais l'attraction qu'elle exerçait sur lui avait été la plus forte.

Il en venait même à se dire que, si au lieu d'être un couple marié en instance de divorce, Ana et lui s'étaient rencontrés durant ce safari, alors tout aurait été possible entre elle et lui.

Pour commencer, il aurait eu le plaisir de lui faire la cour. Elle lui aurait sûrement résisté par principe, mais il ne doutait pas qu'il aurait emporté la partie.

Mais à quoi bon rêver puisque, dans quelques jours à peine, il remettrait à Ana le protocole du divorce signé de sa main avant de reprendre l'avion pour Londres.

Il avait perdu Ana, songea-t-il avec regret. Pourquoi avait-il mis tant de temps à se rendre compte à quel point elle était unique et attachante ?

Tandis que le soleil se levait à l'horizon, les premières toitures de Dar es-Salaam émergèrent de la brume de chaleur.

Las de ce voyage inconfortable, il n'aspirait plus qu'à quitter définitivement ce maudit camion pour embarquer enfin à destination de l'île de Zanzibar !

Après une traversée sans histoire, Ana fut ravie de poser le pied sur l'île de Zanzibar même si elle se sentait éreintée par le manque de sommeil.

Sans compter que la présence de Sebastien la troublait toujours autant. Pourtant, si elle n'avait plus aucun doute sur le fait que Sebastien la désirait toujours autant, elle savait aussi que rien n'avait vraiment changé entre eux. Si elle succombait de nouveau, bien vite, il se lasserait d'elle et lui briserait le cœur.

Mais elle n'était plus une jeune fille naïve, elle ne risquait plus rien maintenant. C'était du moins ce qu'elle espérait tandis qu'elle prenait place près de Seb dans le 4x4 qui devait les conduire de l'autre côté de l'île.

Leur nouveau campement était niché en pleine nature et se composait de huit huttes traditionnelles en forme de A majuscule, avec des toits en palmes. Un peu à l'écart se dressaient un grand bar-restaurant et des sanitaires à ciel ouvert. Sans être d'un grand standing, l'ensemble des installations était correct.

La gorge sèche, elle poussa la porte de la hutte

que Seb et elle étaient censés occuper. Celle-ci se composait d'une chambre unique au sol en terre battue et meublée de quatre lits de camp.

Un peu gênée de constater qu'ils ne disposeraient d'aucun lieu privé pour s'isoler l'un de l'autre, elle se tourna vers Seb qui se tenait dans l'encadrement de la porte.

— Qu'en dis-tu ?

Il lui adressa une petite grimace.

— Je ne crois pas que nous devrions partager cette hutte, répondit-il en croisant les bras sur sa poitrine. Je vais demander au responsable du safari de me dénicher une place ailleurs…

— Tu peux rester. Après tout, ne sommes-nous pas encore mari et femme ? s'empressa-t-elle de dire en détournant la tête.

Elle n'avait aucune raison de craindre un débordement de sa part à lui ou de la sienne, sans compter que les lits étaient bien trop étroits pour deux.

Excepté, lui souffla une petite voix, si ces deux personnes étaient étroitement enlacées et faisaient l'amour…

Durant le restant de l'après-midi, Ana vaqua à ses occupations en évitant de rencontrer Seb.

Le soir venu, elle ne put éviter de le retrouver au bar-restaurant, mais elle choisit de se jucher sur un tabouret très éloigné du sien, et elle bavarda avec son voisin sans jamais jeter le moindre coup d'œil à celui qui demeurait — pour encore quelque temps — son mari.

Elle remarqua néanmoins que, tout comme elle, Seb s'abstenait de boire de l'alcool. Voulait-il lui aussi mettre toutes les chances de son côté et garder la tête froide en prévision de cette nuit qu'ils allaient passer sous le même toit ?

Seb quitta le bar assez tard et elle décida d'attendre un peu avant de l'imiter à son tour. Jugeant inutile de souffler sur les braises de leur désir latent, elle voulait en effet lui laisser tout le temps nécessaire pour regagner la hutte et se mettre au lit avant son retour.

Une fois qu'elle fut arrivée devant la porte de la hutte, elle éprouva un frisson d'anxiété et décida d'accorder à Seb encore quelques minutes supplémentaires pour lui laisser le temps de s'endormir.

Quand elle s'autorisa enfin à entrer à l'intérieur, la lampe à pile brillait au chevet du lit de Seb et son cœur se serra.

Sans lui jeter le moindre regard, elle se dirigea vers son lit, se déshabilla rapidement et se glissa aussi vite qu'elle le put dans son duvet.

— Bonne nuit, Ana, dit Seb en éteignant la lampe.

— Bonne nuit, répondit-elle en s'efforçant de garder un ton neutre.

Le lit de camp grinça sous son poids et elle se tortilla longuement pour trouver une position confortable. Elle finit par caler sous sa nuque ses vêtements chiffonnés pendant qu'elle entendait Sebastien pester contre ce lit bien trop court pour sa taille.

L'esprit en ébullition, elle essaya de faire le vide en elle pour trouver le sommeil.

Savoir que Seb ne dormait pas, l'entendre se retourner dans son lit et pousser des soupirs à fendre l'âme, lui mettait les nerfs à vif.

Elle s'obligea à relâcher ses muscles comme un chapitre de son livre de développement personnel le lui avait appris, mais sans résultat.

— Seb ? murmura-t-elle dans la pénombre.

— Hum ?

Avec une petite grimace amusée, elle se tourna dans sa direction.

— Tes parents sont-ils au courant de notre mariage ? demanda-t-elle.

— Non.

— Et pourquoi donc ?

— Ton départ précipité après notre lune de miel ne m'en a pas laissé le temps, et puis mes parents passent leur temps à se remarier pour mieux divorcer quelques mois après. Je n'avais pas le cœur d'ajouter mon infortune à la leur.

— Quel âge avais-tu quand tes parents ont divorcé ?

— Ils se sont séparés quand j'avais douze ans. Ma mère n'a pas tardé à se remarier et mon père l'a fait l'année d'après. Après ça, je dois t'avouer que j'ai un peu perdu de vue le compte de leurs unions successives.

— Avec lequel de tes parents as-tu vécu ?

— Je me suis partagé tant bien que mal entre mon père et ma mère, et crois-moi, ça n'était pas toujours facile d'avoir deux domiciles !

Elle tressaillit. Si elle n'avait pas reçu autant d'amour qu'elle l'aurait souhaité de la part de son oncle et de sa tante, au moins avait-elle toujours eu la même chambre.

— Quel genre de relation avais-tu avec les nouveaux conjoints de ta mère et de ton père ? interrogea-t-elle.

Seb ne répondit pas tout de suite et elle sentit qu'il prenait sa question très à cœur.

— Ils changeaient trop souvent pour que nous ayons le temps de nouer des liens véritables, finit-il par dire.

A la façon que Seb eut de faire traîner la fin de sa phrase, elle comprit qu'il désirait changer de sujet mais sa curiosité fut la plus forte.

— As-tu eu des demi-frères ou des demi-sœurs ?

— Non, répondit-il sèchement. Et toi, est-ce que tu as parlé de notre mariage à ton oncle et à ta tante ?

— Je ne leur ai rien dit, dit-elle en réfléchissant à ce qu'elle venait d'apprendre sur le compte de Seb.

— Quand les as-tu vus pour la dernière fois ?

— Oh, il y a plus d'un an…

— Si longtemps ? Pour ne pas les voir plus

souvent, tu n'as pas dû avoir la vie facile avec eux, remarqua Seb.

— Ils ne m'ont jamais rendue heureuse, convint-elle, la gorge nouée par l'émotion.

Les questions de Seb ravivaient une plaie pas encore cicatrisée. Si son oncle et sa tante avaient toujours veillé à ce qu'elle soit convenablement nourrie et vêtue, ils avaient omis de donner à Ana la tendresse et l'amour qu'elle espérait plus que tout le reste.

— Celle que j'étais ne leur convenait pas et je ne comprenais pas ce qu'ils attendaient de moi, continua-t-elle.

Elle avait tellement tenté de leur plaire sans jamais y parvenir ! A la fin, elle avait bien dû admettre que ni son oncle ni sa tante ne voulaient d'elle.

Aucun des deux ne l'avait aimée !

— Pauvre Ana ! dit Seb avec compassion.

— Je ne les accable pas car ils ne sont pour rien dans ce stupide accident qui allait coûter la vie à mes parents. Au moins, ils ont fait leur devoir en me recueillant et en m'élevant. Compte tenu des circonstances, je dirais aujourd'hui qu'ils ont fait ce qu'ils ont pu.

— Tu es trop bonne ! rétorqua Seb, et je ne comprends pas comment il est concevable de ne pas aimer une fille aussi attachante que toi.

Elle darda sur Seb un regard furibond qu'il ne pouvait heureusement pas voir dans l'obscurité.

— Attachante, moi ? Pas suffisamment en tout cas pour que tu m'épouses par amour !

Seb se racla la gorge.

— J'admets que je ne te mérite pas. Tu es tellement entière, tellement sincère…

— Tu veux dire que je suis la dernière des gourdes ! soupira-t-elle.

Avec quelle naïveté elle avait bu ses belles paroles et cru qu'il l'épousait par amour !

— Si je t'ai blessée, je te demande pardon, murmura Seb.

— Personne ne m'a forcée à t'épouser, et si je n'avais pas été aussi stupide, rien de tout ça ne serait arrivé.

Elle avait tant voulu croire qu'un homme pouvait avoir le coup de foudre pour une fille comme elle, alors qu'en vérité elle n'avait été qu'une distraction, un moyen de passer du bon temps tout en gravissant les échelons de son cabinet d'avocats.

— Tu te souviens de notre première rencontre, dans ce bar à la mode ? lui demanda-t-elle.

— Bien sûr !

— Naïve et innocente comme je l'étais alors, il ne t'avait pas fallu longtemps pour me mettre dans ton lit !

— Je me suis assagi depuis, même si, en ce moment même, je regrette ma fougue d'antan.

Ecartant la perche grossière qu'il lui tendait, elle décida de changer de sujet.

— Est-ce à cause de tes parents que tu t'es spécialisé dans les affaires de divorce ?

A en juger par les grincements du lit de Seb, ce dernier était plutôt embarrassé par sa question !

— J'ai voulu mettre mon expérience au profit des couples en détresse, dit-il enfin.

— Des couples comme le nôtre ? insista-t-elle avec un petit rire.

— Dors ! répondit Seb.

Elle entendit un bruit de vêtements froissés et devina que Seb devait être en train de retirer son T-shirt.

Une soudaine envie de sentir son odeur masculine s'empara d'elle et la tarauda.

— Tu ne veux pas me prêter ton T-shirt pour la nuit, afin que je m'en fasse un oreiller supplémentaire ? lui demanda-t-elle.

Un léger sifflement troubla le silence, et le vêtement atterrit sur le lit d'Ana.

Après avoir humé le T-shirt, elle le cala sous sa nuque en tentant de se persuader que sa joie soudaine résultait de son confort accru et non du fait que l'odeur enivrante de Seb faisait battre son cœur comme au premier jour de leur rencontre.

- 5 -

Le lendemain, Ana alla flâner sur la plage de sable blond toute proche du campement.

Les vagues de l'océan Indien moutonnaient jusqu'à perte de vue, et cette houle belle et menaçante à la fois n'était pas sans relation avec son état d'esprit du moment.

Pourquoi rechignait-elle tant à admettre qu'elle était amoureuse de Sebastien ?

Un frisson qui ne devait rien à la brise lui donna la chair de poule. Pour se rassurer, elle se répéta que la jeune fille naïve de Gibraltar avait tiré les leçons de sa mésaventure. Aujourd'hui, elle se sentait plus forte, plus responsable aussi, et elle ne se laisserait plus manipuler par Seb.

Si quelqu'un devait prendre des décisions, ce serait elle et personne d'autre.

Elle observa Seb, qui se tenait à quelques mètres de là en train de discuter avec des habitants de l'île. Il était magnifique ainsi, et elle n'arrivait pas à s'arracher à la contemplation de son corps à moitié nu et bronzé.

Avait-elle jamais vu homme plus séduisant que lui ?

En apercevant un groupe de touristes jouant au football, elle eut une idée, et se dirigea vers le campement afin de trouver un ballon de volley.

— Que dirais-tu de disputer une partie de volley avec moi ? suggéra-t-elle à Seb d'un ton plein d'espoir.

Elle le vit sourire.

— J'ai bien peur d'être d'un meilleur niveau que toi !

Elle lui lança un regard de défi.

— Méfie-toi car je suis plutôt bonne à ce jeu !

Les yeux bleus de Seb étincelèrent.

— Et moi, je joue toujours pour gagner. Quel sera l'enjeu de notre partie ?

— Quelle importance puisque je vais gagner ? dit-elle en s'efforçant de cacher son trouble.

Qu'espérait donc Seb ? Qu'elle lui dise qu'en cas de victoire de sa part elle se donnerait à lui ?

D'un geste élégant, elle retira son T-shirt et, en Bikini et en short, elle effectua un service impeccable.

Seb lui renvoya aussitôt la balle, et elle se rendit compte qu'il excellait *aussi* dans ce sport.

Face à ses attaques répétées, elle courut de droite et de gauche totalement prise par le jeu. Elle voulait gagner, elle voulait battre Sebastien. Quitte à le malmener au filet ou à lui expédier le ballon en plein visage, elle remporterait la victoire et le mettrait à genoux !

Au bout d'une vingtaine de minutes, Seb donna des signes d'épuisement.

Alors qu'elle s'apprêtait à servir, Seb, distrait par l'approche d'un car de touristes, détourna la tête durant une fraction de seconde et elle en profita pour lui envoyer le ballon de toutes ses forces.

— C'est malin ! jura-t-il en frottant ses côtes endolories, là où le ballon l'avait percuté de plein fouet.

Elle éclata de rire et prit la fuite à toutes jambes. Seb, bien plus rapide qu'elle, ne tarda pas à la rattraper et, après l'avoir maîtrisée, il la jeta comme un vulgaire paquet sur son épaule droite.

— Laisse-moi, espèce de brute !

Sans écouter ses cris de protestation, il marcha à grandes enjambées vers la mer.

— Tu as besoin qu'on te rafraîchisse les idées ! dit-il en entrant dans l'eau.

Seb la largua à une distance suffisante du rivage pour qu'elle se retrouve totalement immergée.

Une fois le premier moment de surprise passé, elle se mit à nager sous l'eau. Des myriades de gouttes de lumière brillaient au-dessus de sa tête et, à ses pieds, le fond sablonneux réfléchissait en nuances dorées l'éclat réfracté du soleil.

Quand ses poumons demandèrent grâce, elle refit surface là où elle avait pied, tout près de l'endroit où se tenait Seb.

De l'eau jusqu'à la ceinture, ils se regardèrent en silence. Avec son torse viril luisant de gouttelettes irisées, jamais Seb n'avait été aussi beau. Et sa barbe naissante soulignant sa mâchoire volontaire accentuait encore l'impression de virilité qu'il dégageait.

Tandis qu'il la fixait d'un regard brûlant, elle comprit qu'il ne servait vraiment plus à rien de nier l'évidence. En dépit de l'imminence de leur divorce, tous les deux étaient attirés l'un par l'autre. Qu'allait-il se passer alors ?

Dans le clapotis de la houle qui battait contre ses cuisses, elle avança vers Seb et scruta ses yeux bleus comme pour y chercher une confirmation de ce qu'elle ressentait au plus profond d'elle-même.

En voyant à quel point il restait impassible, elle se demanda si elle ne se faisait pas des idées !

Un peu déçue, elle s'approcha au plus près de lui, jusqu'à ce qu'elle sente sur ses joues la tiédeur de son haleine.

— J'ai envie de toi, murmura-t-elle en se pressant contre son torse viril et en lui offrant sa bouche.

— Nous ferions une bêtise en allant plus loin, dit-il d'une voix rauque.

— Une grosse bêtise, même, renchérit-elle en posant les lèvres sur son épaule couverte de particules de sel.

Avec un petit grognement, Seb prit l'initiative de l'embrasser dans le cou puis sur le front.

— Nous sommes fous ! dit-il en souriant.

— Stupides, même ! renchérit-elle en léchant avidement ce torse viril où perlaient des gouttelettes salées.

— Il serait plus prudent d'arrêter ! insista Seb en réprimant mal un frisson.

Elle pressa son front contre le sien puis chercha fébrilement sa bouche qu'elle effleura d'un baiser.

— C'est vrai, nous ne devrions pas ! murmura-t-elle en plaquant ses mains sur le torse de Seb, là où battait son cœur.

— Qu'allons-nous devenir ? s'inquiéta-t-il.

Les yeux mi-clos, elle offrit son cou à Seb, et ce dernier y déposa un tendre baiser.

— Tu sais bien que nous sommes attirés l'un par l'autre, murmura-t-elle. Ce que nous nous apprêtons à faire devait arriver tôt ou tard.

— En es-tu sûre ?

— Je doute que nous ayons le choix, répondit-elle.

Tour en caressant ses cheveux, Seb lui releva le menton.

— On a toujours le choix, rétorqua-t-il.

— Le mien est fait ! dit-elle en renversant la tête en arrière et en pressant ses seins contre son torse musclé.

Il eut un petit sourire.

— Moi aussi, j'ai choisi et, tu as raison, une nuit avec toi me comblera.

Elle approuva d'un hochement de tête.

— Oui, une nuit, une seule…

Seb soupira.

— J'admets que notre mariage a été une erreur…

— Une grave erreur, renchérit-elle.

— Quand je t'ai demandé de m'épouser, je n'avais pas l'intention de te faire du mal. J'aurais dû t'avertir que je ne pouvais pas t'offrir ce que tu attendais.

— Oublions le passé, Seb. Aujourd'hui, tout ce que j'attends de toi est que tu me rendes heureuse au lit. Et puis, nous divorcerons et la page sera enfin tournée.

Il parut étonné.

— Pourtant, à Gibraltar, tu étais…

— J'étais si naïve que je confondais attirance charnelle et amour éternel. Aujourd'hui, j'ai les idées plus claires ! dit-elle en caressant le sexe de Sebastien.

Près d'un an auparavant, quand il l'avait entraînée jusqu'à Gibraltar, il n'avait eu aucun scrupule à faire d'elle sa maîtresse le soir même de leur arrivée à l'hôtel. A présent qu'elle osait prendre des initiatives, elle sentait bien que Seb hésitait à aller plus loin avec elle.

Loin de la décourager, les réticences dont Seb faisait preuve attisaient le désir qu'elle ressentait pour lui.

Les rôles étaient renversés et elle s'en réjouissait !

— Je serai ta maîtresse d'une nuit et rien de plus, dit-elle pour le rassurer.

Une nuit pour se défaire enfin de ce désir qui la taraudait chaque fois qu'elle pensait à Seb.

Après ça, plus rien ne l'empêcherait de refaire sa vie comme elle l'entendait.

Elle ne voulut plus réfléchir davantage et, tandis que Seb la dévorait du regard, elle humecta plusieurs fois ses lèvres en savourant cette douce chaleur qui envahissait son ventre.

— J'ai tellement envie de toi ! s'écria Seb en caressant de ses mains frémissantes les longs cheveux mouillés de sel d'Ana, et en serrant la jeune femme contre lui.

Eblouie par les reflets dansants du soleil sur l'eau, elle ferma les yeux et sentit la bouche de Seb se poser sur la sienne.

Elle aimait tant quand il l'embrassait à en perdre haleine !

— Moi aussi, j'ai envie de toi…, murmura-t-elle.

— Ana !

Il se frotta contre elle, et elle sentit à quel point il la désirait… de toute la force de sa virilité.

Ils s'embrassèrent longuement avant de reprendre leur souffle.

Elle sentit que Seb l'agrippait par les cheveux pour mieux l'inciter à renverser sa tête en arrière, ce qu'elle fit. Il put alors l'embrasser dans le creux du cou et elle se cambra de façon à mieux s'offrir encore à lui.

Elle gémit quand les mains de Seb caressèrent ses seins, son ventre, ses hanches avant de glisser toujours plus bas, là où elle était si moite.

Son petit cri de plaisir se mua en plainte profonde quand Seb entreprit de malaxer ses fesses rondes.

— Je veux te sentir en moi ! lui souffla-t-elle à l'oreille avant de l'entraîner en courant vers le rivage.

Quand Ana poussa la porte de leur hutte, elle fut agréablement surprise de constater qu'il y régnait une certaine fraîcheur.

— Entre ! dit-elle à Seb avant de refermer la porte derrière lui.

Suspendue à son cou, elle l'embrassa fiévreusement.

— As-tu pensé aux préservatifs ?

— Oui, répondit-il sans ciller.

A la suite de sa fausse couche, elle prenait régulièrement la pilule, mais savoir que Seb entendait les protéger de tout risque l'autoriserait à se consacrer doublement à son plaisir.

Seb se dégagea en douceur de son étreinte pour aller étendre l'un des sacs de couchage sur le sol, puis il revint l'enlacer en la scrutant au fond des yeux.

Tentait-il de lire en elle, au plus profond de son âme ?

Alors que Seb l'avait habituée à une certaine forme de brutalité virile à Gibraltar, elle dut admettre qu'il avait changé.

Tandis qu'il effleurait ses lèvres du bout de la langue, elle garda les yeux clos et laissa échapper un frisson de plaisir en le sentant prendre possession de sa bouche.

Doux et insistant à la fois, il continua de l'embrasser, faisant glisser ses doigts le long de son cou gracile, jusqu'à cette veine qui battait toujours plus, au fur et à mesure qu'elle sentait croître son excitation.

Prenant son menton entre le pouce et l'index, il insinua sa langue au fond de sa bouche et elle ne put s'empêcher de gémir.

Dévorée par le feu du désir, elle pria pour qu'il se décide à l'investir au plus profond de sa féminité. Elle brûlait maintenant de sentir le sexe de Seb en elle !

— Ta peau est si douce ! dit-il.

Elle soupira et, tout en se livrant encore plus aux caresses de Seb, elle jeta des coups d'œil envieux sur son maillot déformé par son sexe durci.

Tandis qu'elle flageolait sous l'effet de l'excitation, Seb la prit par la taille et la fit asseoir auprès de lui, sur le duvet posé à même le sol.

Avec des gestes d'une tendresse qu'elle n'aurait jamais soupçonnée de sa part, il commença à lui caresser les cuisses puis il remonta vers son ventre et encore plus haut.

Glissant ses doigts entre ses deux seins, il la caressa et, quand il se pencha pour embrasser leur chair délicate, elle se cambra en frissonnant.

Après lui avoir adroitement retiré son haut de Bikini, Seb soupesa chacun de ses seins et en palpa la chair laiteuse.

313

Elle ouvrit les yeux au moment précis où il passait ses pouces sur les mamelons aux pointes durcies.

— Tu aimes ? demanda-t-il en la scrutant du regard.

— Oh oui ! répondit-elle dans un cri du cœur.

Si elle lui reconnaissait une qualité, c'était bien de savoir aimer les femmes.

Par quel prodige avait-elle pu se passer si longtemps de ses envoûtantes caresses !

Elle ne put s'empêcher de repenser avec nostalgie à leurs étreintes passées, à l'espoir fou qu'elle avait alors d'avoir rencontré l'homme de sa vie, celui qui l'aimerait toujours et qu'elle ne quitterait jamais…

Quand Seb lécha l'extrémité de son sein droit en l'étirant entre ses lèvres et en la faisant durcir avec la langue, elle fut parcourue par un spasme et poussa un cri déchirant.

— Oh oui, continue ! dit-elle, témoignant ainsi de son abandon et de son envie d'aller encore plus loin dans la recherche du plaisir.

Seb s'empressa de lui ôter son bas de Bikini et elle se retrouva ventre nu, en proie à une fièvre violente, tenaillée par un désir fou de faire l'amour avec cet homme.

Une fois que Seb l'eut allongée sur le duvet, il lui massa doucement les pieds et lui écarta les jambes sans qu'elle proteste.

Quand elle fut offerte à ses regards, Seb caressa ses mollets puis l'intérieur de ses cuisses, ses mains remontant toujours plus haut.

Elle se sentit alors embrassée entre les cuisses, là où la peau était douce et satinée, et elle ne put s'empêcher de frissonner, ondulant des hanches pour mieux livrer son intimité à la bouche ardente de Seb.

Quand il effleura de la langue son sexe moite et brûlant, elle se sentit incapable de se contrôler plus longtemps et poussa un petit cri.

— Prends-moi, mon chéri ! Je ne peux plus attendre, lui dit-elle en haletant.

Seb vint s'allonger sur elle. Son corps viril se plaqua contre ses seins et son ventre et une vague de frissons incontrôlables la secoua.

La bouche entrouverte et les lèvres sèches, elle attira Seb entre ses cuisses et ondula des hanches, heureuse de sentir frémir son sexe tout contre elle.

Seb l'embrassa avec ferveur et leurs deux langues se caressèrent avec une fougue qui la laissa pantelante. Tout en caressant son torse musclé, elle attira Seb plus près d'elle afin de mieux sentir la force de son érection encore comprimée par le maillot humide.

— Quand vas-tu te décider à te mettre nu ? lui chuchota-t-elle à l'oreille, entre deux baisers.

En riant, il se serra davantage contre elle et caressa la peau si tendre de ses cuisses.

— Je veux faire durer notre plaisir, chérie.

— Tu ne crois pas que nous avons suffisamment patienté ? objecta-t-elle.

Avec un sourire, Seb commença à embrasser ses

seins, titillant à petits baisers délicats leur extrémité gorgée de sève jusqu'à ce qu'Ana laisse échapper un cri où se mêlaient plaisir et douleur.

Sa bouche masculine glissa sur son ventre lisse, jusqu'à son nombril orné d'un anneau d'argent, puis plus bas entre ses cuisses moites qu'il écarta pour exposer sa féminité palpitante.

Jamais elle n'aurait rêvé de retrouvailles plus érotiques avec cet homme qu'elle n'avait pu oublier !

Alors que Seb l'agrippait par les hanches et léchait les replis de son sexe, elle fit glisser son maillot sur ses cuisses musclées et, quand il fut enfin nu, elle s'empara aussitôt de son sexe.

Elle le caressa avec beaucoup de douceur, si bien que Seb ne put s'empêcher de gémir. Troublée de voir à quel point elle lui faisait de l'effet, elle l'embrassa sur la bouche puis, furtivement, se pencha pour frôler de ses lèvres l'extrémité de son sexe.

Seb changea de position pour qu'ils puissent se caresser intimement l'un et l'autre, et comme il calquait sa cadence sur la sienne, elle ne tarda pas à haleter de plaisir.

Troublée par sa senteur masculine et par ses gestes toujours plus audacieux, elle accéléra ses propres caresses. Puis, pressant ses seins contre son torse, elle lécha le sel resté collé sur le visage de Seb et sur ses épaules.

Seb la fit basculer sur le duvet et elle put sentir son érection se presser avec force contre son ventre.

— Je te veux en moi ! chuchota-t-elle.

— Rien ne presse, lui glissa-t-il à l'oreille.

— Pourquoi attendre ? demanda-t-elle d'une voix rauque, en proie à une terrible frustration.

Elle le vit déchirer un étui de préservatif dont il gaina son sexe.

— Je veux te posséder tout entière, finit-il par dire en vrillant son regard bleu dans le sien. Je veux que nous fusionnions.

Après lui avoir emprisonné les mains au-dessus de la tête, il se laissa glisser sur elle, son sexe fouillant les replis moites de sa féminité.

— Seb !

— Oui, ma chérie, dit-il à voix basse.

— Je suis à toi, rien qu'à toi et de toutes les façons possibles, chuchota-t-elle.

Quand Seb la pénétra d'un coup de reins, elle frissonna et ferma les yeux.

Et quand soudain il se retira brusquement, elle crut qu'elle allait en mourir.

— Oh, Seb, je t'en prie ! cria-t-elle.

Elle l'agrippa par les épaules, enfonçant ses ongles dans sa chair, serrant sa taille musclée entre ses cuisses pour l'inciter à s'enfoncer en elle.

Alors qu'elle commençait à se désespérer, il la pénétra d'un seul élan et accéléra le rythme de leur va-et-vient.

Les larmes aux yeux, elle caressa son torse viril et ses muscles puissants, en se laissant emporter par sa détermination de mâle au comble du désir.

Jamais elle n'aurait rêvé que Seb puisse lui faire

l'amour avec une telle intensité et elle sut qu'elle avait fait le bon choix en se donnant à lui avec autant de ferveur.

Toujours plus fort et violent, le plaisir monta en elle, balayant les mois de séparation et de souffrance.

Moitié haletante, moitié gémissante, elle se laissa aller contre Seb, toujours plus ouverte à chacun de ses coups de reins.

Quand elle ne put plus se retenir et qu'elle se mit à crier, il étouffa ses gémissements d'un baiser et tous deux fusionnèrent dans une volupté enfin partagée.

- 6 -

Quand Ana se réveilla, elle constata que Seb dormait encore profondément à son côté.

Après s'être dégagée en douceur de son étreinte, elle enfila un T-shirt et un short puis sortit sans faire de bruit de la hutte.

L'aube n'était pas encore levée mais les étoiles avaient déjà disparu et, après avoir flâné sur la plage, elle ne résista pas à l'envie de se baigner.

Alors qu'elle nageait paresseusement, Seb sortit à son tour de la hutte et elle lui fit signe de le rejoindre.

Ils restèrent un long moment à se regarder, yeux dans les yeux. Puis sans rien dire, Sebastien lui caressa doucement les seins dont les pointes se redressaient sous le T-shirt humide.

Elle ne put s'empêcher de frissonner au souvenir de leur nuit d'amour et, lascivement appuyée contre lui, elle s'offrit plus profondément à ses caresses.

Seb glissa une main sous son short et caressa son sexe avec une torturante douceur.

— Je ne peux pas me satisfaire d'une seule nuit avec toi, lui souffla-t-il à l'oreille.

Elle tressaillit tandis qu'il l'embrassait.

— Nous avions décidé d'arrêter aujourd'hui, lui rappela-t-elle.

— Tant pis !

Elle regarda Seb au fond des yeux et ne put résister à cette expression de désir et de tendresse mêlés qui enflammait ses prunelles.

— Continuons alors de faire l'amour tant que nous sommes encore en Afrique, proposa-t-elle en lui tendant ses lèvres.

Seb l'embrassa sans cesser pour autant de la caresser.

— Es-tu sûre de vraiment le vouloir ? insista-t-il.

— Oui ! Qu'attends-tu pour me ramener dans la hutte ? répondit-elle avec ferveur tandis que son visage s'embrasait sous les premiers feux du soleil levant.

Une heure plus tard, attablée à l'ombre du toit en palmes de leur terrasse privée, Ana déjeuna de fruits frais et de toasts beurrés.

Seb s'était absenté quelques minutes pour régler un point de détail avec le responsable du camp et, l'esprit encore enfiévré, elle songea à la façon fougueuse dont Seb lui avait fait l'amour par deux fois, dans la hutte, après le bain.

Alors qu'elle aurait dû se sentir détendue, elle éprouvait au contraire une nervosité croissante à l'idée d'avoir tant besoin de Seb, de ses caresses, de sa force virile.

Une fois son petit déjeuner terminé, elle s'installa confortablement dans une chaise longue et observa le manège des autres touristes qui lisaient à l'ombre de leur paillotte, déjeunaient sous un parasol, flânaient sur la plage ou encore bronzaient presque nus.

Elle qui, en dépit de son manque de sommeil et de sa fatigue, brûlait déjà de refaire l'amour avec Seb les envia de mener une existence qu'elle imaginait moins compliquée que la sienne.

— Ana !

Elle tourna la tête et sourit à Seb qui approchait à grands pas.

— Tu m'as manqué ! dit-elle en se levant.

Il la prit par la main et l'entraîna le long de la plage jusqu'à l'endroit où un kayak rouge était posé sur le sable.

— Tu ne comptes pas m'emmener à bord de cet… esquif ? s'inquiéta-t-elle.

— Ne crains rien, c'est moi qui pagayerai, répondit Seb.

N'ayant pas le courage de soulever de nouvelles objections, elle grimpa sans aucun enthousiasme à l'avant de la frêle embarcation.

— Auras-tu la force de pagayer sous ce soleil ? demanda-t-elle en ajustant son chapeau tandis que Seb donnait une poussée vigoureuse au kayak puis s'installait à la place arrière.

— Je suis sportif, non ? répondit-il en riant.

Elle admira une fois de plus sa carrure impressionnante et ses muscles frémissant sous sa peau hâlée, et se laissa convaincre.

— J'aurais juré que tu passais le plus clair de tes soirées londoniennes dans des bars branchés…

— Et tu aurais tort, répondit Seb.

— Vraiment ? rétorqua-t-elle.

Le moment lui sembla venu de vider l'abcès.

— Voudrais-tu me faire croire que tu n'as pas connu d'autre femme que moi depuis notre séparation ?

— Je te promets qu'il n'y a eu personne d'autre, dit-il en enfonçant la pagaie avec plus de vigueur dans l'eau.

— Promis ?

— Promis !

Elle le crut et son cœur fut soudain soulagé d'un grand poids.

Après s'être calée tant bien que mal sur son siège étroit, elle écouta le clapotis des vagues contre la coque et regarda la plage rapetisser dans le lointain, sous le miroitement lumineux du ciel bleu.

Beaucoup plus détendue à présent, elle s'amusa à laisser traîner sa main dans l'eau et regarda grossir l'île vers laquelle Seb avait mis le cap.

— Quel paysage magnifique ! dit-elle.

— Je n'ai d'yeux que pour toi !

Elle se retourna en rougissant.

— Tu serais vraiment prêt à tout pour me mettre dans ton lit !

— Est-ce un crime d'apprécier les femmes, surtout quand elles sont aussi belles et désirables que toi ?

Ana rougit encore un peu plus sous le compliment.

Pendant des années, sa tante lui avait seriné qu'elle n'était pas aussi belle que ses blondes et graciles cousines qui ressemblaient à des gravures de mode et elle en était venue à croire qu'elle n'était qu'un vilain petit canard.

Alors qu'elle regardait autour d'elle, elle prit conscience que leur frêle esquif se trouvait très loin de la côte, et très près de l'île.

— Tu ferais bien de rentrer ! dit-elle à Seb en fronçant les sourcils. Je n'ai aucune envie d'errer en pleine mer pendant des jours !

— Nous allons sur cette île, répondit Seb.

— Comment s'appelle-t-elle ?

— Mnemba, répondit Seb. Nous aurons notre bungalow, notre plage privée et même un majordome attaché à notre service exclusif. Tu ne t'imaginais quand même pas que j'allais passer une autre nuit dans cette hutte inconfortable ?

Prise de court, elle s'agita sur son siège et le kayak se mit à tanguer dangereusement.

— Mais… Et nos affaires ?

— Je m'en suis occupé ce matin et nous les retrouverons dans notre bungalow où elles ont été apportées par bateau.

— Combien de temps allons-nous rester ? demanda-t-elle quand ils ne furent plus qu'à une dizaine de mètres du rivage. Je te rappelle que nous sommes censés quitter Dar es-Salaam demain au plus tard !

— J'ai fait reculer nos dates de départ.

Oh non ! Autant elle brûlait de passer une dernière nuit dans les bras de Seb, autant elle doutait de pouvoir continuer à ce rythme encore très longtemps. C'était beaucoup trop risqué.

— Je n'ai pas eu le temps de faire mes adieux aux autres membres du safari, objecta-t-elle.

— Bundy s'en chargera. Je te promets que dans trois jours au plus tard nous serons à Londres.

En voyant cette mer turquoise, cette plage sablonneuse et ces luxueux bungalows à moitié cachés derrière les palmiers, elle sentit tomber ses dernières réticences.

D'une ultime poussée sur sa pagaie, Seb échoua l'étrave du kayak sur le sable, et un homme vêtu d'un élégant uniforme s'approcha d'eux en souriant.

— Voici Hamim, dit Seb. Il veillera sur nous pendant notre séjour sur l'île.

Avec une grande courtoisie, Hamim aida Ana à s'extraire du kayak et à se mettre debout.

— Que madame me pardonne, mais madame a toutes les apparences d'un mannequin, déclara-t-il avec déférence tout en la guidant jusqu'au bungalow sans plus prêter attention à Seb.

— Je ne suis pas modèle ! répondit Ana en riant de bon cœur.

— Des mannequins réputés viennent séjourner

sur l'île, poursuivit le majordome, et comme vous avez à la fois la beauté et la taille requise, j'ai pensé que…

— C'est lui la vedette, pas moi ! rétorqua Ana en désignant Seb de l'index.

Hamim esquissa un petit sourire et les conduisit sans rien dire jusqu'au bungalow qu'il leur fit visiter.

Une fois le majordome parti, elle regarda Seb d'un air faussement courroucé.

— Combien as-tu payé Hamim pour qu'il me couvre de compliments ?

Par la baie vitrée du salon, Ana admira leur plage privée et l'océan Indien qui miroitait au soleil.

Le bungalow était incroyable. Même dans ses rêves les plus fous, elle n'aurait jamais imaginé séjourner dans un endroit aussi beau et aussi luxueux. Elle adorait les meubles finement sculptés et, chaque fois qu'elle lorgnait en direction du grand lit à baldaquin, elle ne pouvait s'empêcher de frissonner de plaisir.

Seb retroussa la couverture richement brodée posée sur le drap en lin.

— Que dirais-tu d'essayer ce lit tout de suite ? demanda-t-il en souriant jusqu'aux oreilles.

— Décidément, tu as gardé tes manières directes, rétorqua-t-elle. Mais si tu veux bien, je voudrais d'abord aller me baigner car la mer doit être à une température idéale.

Sans attendre, elle ouvrit la porte et, après avoir

parcouru les quelques mètres qui séparaient le bungalow de la plage, elle se coula dans l'eau tiède.

Elle entendit dans son dos retentir le rire sonore de Seb et, peu après, il se jeta à son tour à l'eau.

Quand elle refit surface, ses lèvres avaient la même saveur salée que ce matin, quand Seb et elle avaient échangé ce baiser les pieds dans l'eau, face au soleil levant.

Les sens en feu, elle regagna la plage puis elle se dirigea vers le bungalow en laissant une traînée humide dans son sillage.

Après avoir ôté ses vêtements mouillés, elle alla s'étendre sur le lit confortable, s'étirant avec volupté et savourant sur sa peau nue la caresse de la brise qui s'engouffrait par la fenêtre ouverte.

Lorsqu'elle rouvrit les yeux quelques minutes plus tard, Sebastien se tenait debout au pied du lit, la couvant d'un regard brûlant.

— Tu es si belle ! murmura-t-il, admiratif.

— Vraiment ?

— Mais oui ! Ne me dis pas qu'avec un corps comme le tien, tu n'as pas été un objet de convoitise chaque fois que tu te montrais en Bikini !

Sebastien avait l'art de lui dire exactement ce qu'elle avait envie d'entendre.

— Quand j'étais jeune, je me sentais bien trop timide pour me montrer en Bikini…

— L'autre jour, au campement, tu m'as paru plutôt audacieuse quand tu t'affichais dans ton Bikini, murmura Seb en lui caressant les cuisses.

Elle sentit une chaleur soudaine l'envahir et retint un gémissement.

— J'avais passé ma journée sur ce maudit camion à avaler des tonnes de poussière et je rêvais d'une bonne douche. Tu n'aurais quand même pas voulu que je la prenne toute nue !

— En ce qui me concerne, si ! Mais comme les autres n'étaient pas loin, je comprends ton réflexe de pudeur.

Avant qu'elle ait pu protester, il lui écarta les jambes et caressa longuement l'intérieur de ses cuisses, puis ses mollets et enfin ses pieds.

Quand il effleura ses orteils un par un, elle ne put s'empêcher de se cambrer.

— J'ai des pieds immenses ! dit-elle d'un ton d'excuse.

— S'ils étaient plus petits, ils auraient du mal à supporter ta taille et ton poids, et tu n'arrêterais pas de tomber.

— C'est vrai…

Seb lui lança un regard insistant dans lequel se mêlaient désir et tendresse.

— Tu devrais oublier tes complexes, Ana. Je t'assure que tes pieds sont parfaits, et puis j'adore tes longues jambes.

— Tu as beau dire, moi, je me trouve trop grande, dit-elle d'une voix sourde.

— Tu es très bien comme tu es, insista-t-il.

Elle le vit froncer les sourcils.

— Comment est-ce arrivé ? demanda Seb en

soulignant de l'index la cicatrice qui barrait le bas de son abdomen.

Elle sentit un vent de panique l'envahir.

— Oh, une mauvaise chute en vélo…

Tout en fixant Seb droit dans les yeux et en lui offrant le spectacle alléchant de ses cuisses légèrement écartées, elle lui tendit les bras.

— Viens me rejoindre ! J'ai envie de faire l'amour…

— Cette cicatrice…

— Laisse ça et fais-moi l'amour ! ordonna-t-elle en lui arrachant son maillot.

Seb était déjà excité, et elle se donna à lui avec joie, dans cette subtile alchimie qui les unissait avec force et rendait leurs étreintes si troublantes.

S'il lui restait encore quelques doutes sur le bien-fondé de sa présence ici, elle les chassa rapidement et décida de ne plus laisser un douloureux passé gâcher un si délicieux présent.

Sur cette île du bout du monde, elle était déterminée à s'autoriser les plus audacieuses fantaisies dans les bras de Seb, et avec lui, elle oserait aller jusqu'au bout de ses fantasmes les plus fous.

Après s'être langoureusement étirée, elle s'offrit aux caresses de Seb, cambrant les reins et rejetant ses bras en arrière pour mieux présenter sa poitrine à sa bouche avide.

— Je te veux en moi ! dit-elle.

Seb la pénétra d'un vigoureux coup de reins et

elle noua ses cuisses autour de sa taille musclée pour mieux sentir chacun de ses assauts.

Emportée par une soudaine vague de plaisir, elle serra les poings en contractant les muscles de son ventre.

— Oh, Seb ! C'est si bon ! haleta-t-elle, le visage ruisselant de transpiration.

— Tu es la plus merveilleuse des femmes ! souffla-t-il en se laissant emporter à son tour dans cette spirale du plaisir.

— Je suis à toi, rien qu'à toi ! s'écria-t-elle.

Et elle ferma les yeux pour mieux pouvoir savourer sa jouissance.

Par la fenêtre du salon, Seb observa Ana à la dérobée.

Assise sur la plage et tournée vers la mer, elle peignait ses longs cheveux en chantonnant.

A la voir si belle, la crinière flottant au vent, devant cette mer turquoise et scintillante de soleil, il aurait voulu que ce moment ne finisse jamais.

Ana avait le don d'attiser son désir et de le troubler complètement. Il ne pouvait plus nier que ce qu'il éprouvait pour elle était plus qu'une simple attirance physique, et c'était bien ce qui le préoccupait !

Pourrait-il feindre d'ignorer longtemps qu'en succombant aux charmes d'Ana, c'était sa propre indépendance qu'il mettait en péril ?

Quelle drôle de fille !

Elle encore si naïve et timide il y avait à peine un

an, se montrait aujourd'hui avide et sensuelle au point qu'il regrettait de ne pas l'avoir revue plus tôt.

Il se remémora leurs ébats récents en s'attardant sur les moments forts qui l'avaient laissé pantelant mais impatient de recommencer.

— Seb, veux-tu venir m'aider ?

L'esprit enfiévré par des visions érotiques, il sortit du bungalow et s'approcha en souriant d'Ana.

— Que dois-je faire ? demanda-t-il d'une voix douce.

— Me coiffer par-derrière si tu veux bien. Mon bras s'ankylose.

Elle lui remit le peigne qu'il passa entre les longues mèches brunes à la senteur capiteuse et troublante.

Au cours de l'après-midi, ils se partagèrent entre les bains de mer et les bains de soleil.

Hamim vint prendre son service et, à leur demande, accepta de leur enseigner les subtilités du bao, un jeu local rappelant les échecs et qui consistait à placer selon une stratégie étudiée soixante-quatre grains sur une sorte de damier.

Quand ils furent seuls, Seb proposa à Ana de pimenter les parties en distribuant des gages érotiques plus inventifs les uns que les autres.

— Je n'ai jamais pris tant de plaisir au lit ! avoua-t-il quand Ana et lui émergèrent des draps après avoir accompli l'un des gages imposés au perdant.

— Tant mieux, mais ne t'avise pas d'essayer avec une autre que moi ! dit-elle pour le taquiner.

Après s'être douchés, ils passèrent sur la terrasse où les attendait un dîner de melon et de jambon fumé préparé par Hamim et arrosé de champagne.

Tout en dégustant son melon, il ne résista pas à l'envie de questionner Ana.

— Tu es très douée au bao. Est-ce que tu as pratiqué les échecs ?

— Oui.

— Avec qui ?

— Avec Phil et aussi avec un ami étudiant, quand j'étais à l'université, dit-elle en rougissant.

Seb lui lança un regard perçant.

— Qui était-il pour toi, cet étudiant ?

— Le garçon avec qui je sortais alors, un type persuadé d'être un grand joueur d'échecs.

— Telle que je te connais, tu l'as battu à plate couture.

— Oui, reconnut-elle en hochant la tête, et crois-moi, il avait horreur de perdre.

— Qu'est-il devenu ?

— Il m'a quittée en troisième année pour une petite étudiante blonde, expliqua-t-elle avec amertume.

— Ce type devait être un parfait imbécile ! Moi, j'aurais adoré perdre contre toi aux échecs.

Elle lui caressa la joue.

— Je pensais que tu jouais toujours pour gagner !

— Perdre ou gagner, que m'importe si nous sommes ensemble !

Visiblement touchée, Ana se leva et vint s'asseoir sur les genoux de Seb. Elle l'embrassa sur la bouche et se serra contre lui.

— J'aimerais que tu me parles de ce procès Robertson, dit-elle enfin.

— Tu as suivi cette affaire ?

— Les journaux en ont parlé pendant plusieurs semaines, lui rappela-t-elle.

Robertson, un présentateur vedette de la télévision britannique, avait abandonné femme et enfant pour vivre avec une starlette, et Mme Robertson avait décidé — sur les conseils de Seb — d'attaquer son mari en justice.

— Oui, mais j'ignorais que tu t'intéressais à ce genre d'affaires.

— Disons que je m'intéressais surtout à toi. Et quand j'ai appris que tu avais gagné le procès, je n'ai pu m'empêcher de me réjouir.

— Robertson a eu ce qu'il méritait, conclut Seb avec amertume, mais la vie de son fils a été gâchée. Une fois grand, il saura que son père n'a pas voulu de lui et qu'il aura fallu un jugement de justice pour le décider à verser une pension alimentaire à la mère.

— Oui, encore un enfant qui paie les pots cassés, murmura Ana.

Il approuva d'un signe de la tête.

— Non seulement ce pauvre gosse aura été rejeté,

mais il aura aussi servi de monnaie d'échange entre des parents qui se font la guerre ! C'est pourquoi je pousse mes clients à choisir la conciliation loin des tribunaux, afin d'épargner les enfants.

Ana était très surprise par le tour que prenait la conversation. Jamais elle n'avait vu Seb aussi concerné et elle l'aimait d'autant plus quand il défendait une noble cause.

Etait-ce parce qu'il avait lui aussi été un enjeu entre des parents devenus des ennemis qu'il pouvait se montrer aussi véhément ?

Elle posa un léger baiser au coin de ses lèvres.

— Dois-je comprendre que tu as vécu un enfer, toi aussi, quand tes parents se sont séparés ? interrogea-t-elle.

Il serra les mâchoires.

— A cause de moi, mon père et ma mère se sont déchirés devant les tribunaux ! reconnut-il d'une voix sourde.

Une monnaie d'échange entre sa mère, à moitié hystérique, et son père décidé à rompre, voilà ce qu'il avait été !

Le plus douloureux pour lui avait été de s'imaginer que, peut-être, ses parents désiraient refaire leur vie pour avoir d'autres enfants que lui…

Il se tourna vers Ana et s'efforça de sourire.

— Si mes parents se sont déchirés pour savoir qui des deux me garderait, c'était quand même la preuve qu'ils m'aimaient. Ma situation aurait pu être pire.

Ana pâlit.

— Oui, tout le monde n'a pas ta chance !

Il sembla comprendre qu'il venait de manquer de délicatesse car il voulut prendre sa main, mais elle le repoussa et l'invita à venir disputer une nouvelle partie de bao.

— Je sais bien que je n'ai pas été la bienvenue chez mon oncle et ma tante, et c'est aussi pour ça que je suis bien décidée à ne jamais avoir d'enfant, dit-elle en disposant ses grains sur le damier.

— Pourquoi donc ? s'étonna Seb.

Elle examina la position de ses grains sur le damier d'un œil critique.

— Pour que les pauvres gosses ne vivent pas un jour ce que, moi, j'ai vécu, dit-elle enfin.

— Je te comprends, répondit Seb en disposant à son tour ses grains sur le damier. Moi non plus, je ne souhaite pas avoir d'enfant plus tard.

Ana déplaça de nouveau quelques grains et sourit.

— Tout grand avocat que tu es, tu me dois un gage car je viens de remporter la partie !

Ils en disputèrent d'autres en imaginant des gages toujours plus audacieux. Comment pourrait-elle envisager de se séparer de Seb. Elle avait espéré que ce petit intermède servirait d'exutoire à leur désir et qu'elle pourrait reprendre le cours de sa vie. Mais maintenant elle doutait de pouvoir un jour se rassasier de Sebastien.

Ana se brossait les cheveux devant la coiffeuse quand elle entendit Seb pousser un juron derrière son dos.

— Quelle poisse ! J'ai oublié de faire provision de préservatifs ! dit-il en lui montrant la boîte vide qu'il tenait à la main. Imagine que tu te retrouves enceinte de moi…

Elle devint très pâle et chancela sur sa chaise.

— Ana ! s'exclama Seb en s'empressant de l'enlacer entre ses bras puissants, pour l'empêcher de tomber.

Elle voulut parler, minimiser la portée de son malaise, mais aucun son ne sortit de sa bouche.

Au souvenir du calvaire qu'elle avait vécu après avoir rompu avec Seb, un frisson la secoua de la tête aux pieds, ravivant une plaie qu'elle espérait cicatrisée.

— Oh, Seb…, commença-t-elle, une expression douloureuse sur son visage.

— Ne me dis pas que je t'ai mise enceinte lors de notre séjour à Gibraltar ! dit-il d'une voix altérée par l'émotion.

Au ton de sa voix, elle pouvait voir qu'il disait cela sans vraiment trop y croire. Comme si c'était une hypothèse trop énorme pour être vraie. Mais c'était, hélas, la triste vérité, et elle n'avait pas le courage de la lui cacher plus longtemps.

— Si !

— Je comprends à présent pourquoi tu as disparu

de la circulation pendant presque un an ! Où est notre enfant ?

— Laisse-moi ! rétorqua-t-elle tristement en s'éloignant de lui.

Mais il la rattrapa.

— N'essaie pas de me mentir ! Tu étais enceinte, oui ou non ?

— Oui ! répondit-elle en fermant les yeux.

— Te serais-tu débarrassée du bébé ?

Elle accusa le coup.

— Bien sûr que non ! répondit-elle avec véhémence. Et si je ne veux plus d'enfant, c'est parce que j'ai vécu un cauchemar après t'avoir quitté.

— Quel cauchemar ? Raconte !

— J'ai fait une fausse couche, dit-elle en retenant difficilement ses larmes. Le bébé est mort…

Plongée dans ses souvenirs douloureux, elle aurait souhaité pouvoir rapetisser et disparaître dans un trou de souris !

— Alors c'était ça, la cicatrice sur ton ventre qui m'avait tant intrigué l'autre jour ? s'exclama Seb.

— C'était ça…

Visiblement bouleversé, Seb lui caressa la joue.

— Pourquoi ne pas m'avoir dit que tu étais enceinte ?

— Parce que tu m'avais blessée et que je ne voulais plus rien partager avec toi !

Elle n'oublierait jamais avec quelle satisfaction Seb lui avait annoncé sa promotion au rang d'associé, en rentrant de son travail, un soir de septembre.

« Tu comprends, Ana, mes patrons ne voulaient pas me nommer tant que j'étais célibataire », lui avait-il expliqué en souriant.

Elle s'était sentie trahie, salie, manipulée comme la dernière des dernières.

« Alors, tu m'as épousée par intérêt, pas par amour ! », avait-elle murmuré d'une voix qui tremblait.

Seb n'avait pu que confirmer ses soupçons et elle était partie en claquant la porte.

Quelques semaines plus tard, elle s'était rendu compte qu'elle était enceinte mais son dépit était encore trop violent, sa rancune trop tenace, pour qu'elle veuille le mettre courant de son état.

Il lui avait fallu beaucoup de temps pour changer d'avis.

— Plus d'une fois, j'ai voulu te contacter et te dire la vérité mais…

— Mais quoi ? s'impatienta-t-il.

— Le courage m'a manqué.

Il la regarda avec douceur cette fois.

— Raconte-moi tout, Ana. J'ai le droit de savoir.

Elle frémit à l'idée de revenir sur ces heures d'angoisse et de souffrance, quand elle tremblait de fièvre sur son lit d'hôpital. Mais quelque chose lui disait que Sebastien avait le droit de savoir. C'était aussi son enfant…

— Après notre dispute, je me suis installée à Bath, au sud-ouest de Londres…, commença-t-elle.

Un jour, j'ai éprouvé une douleur au ventre, mais le médecin qui me suivait ne s'est pas inquiété outre mesure.

Elle soupira.

— La douleur a persisté au point qu'on a dû me faire transporter d'urgence à l'hôpital. Les médecins ont dit qu'il fallait m'opérer. Je les ai suppliés de sauver mon bébé mais quand je me suis réveillée, j'ai appris qu'il était mort. J'avais fait ce qu'on nomme une grossesse extra-utérine et, à cause de la fausse couche, mes ovaires ont été endommagés.

— Si tu savais comme je suis désolé ! dit Seb.

— Quand on m'a laissée sortir et que je me suis retrouvée toute seule dans mon petit appartement, je n'ai plus cessé de penser à mon bébé mort, dit-elle d'une voix tremblante d'émotion.

Seb lui étreignit l'épaule.

— Et dire que toi aussi, tu aurais pu mourir s'il y avait eu des complications !

Elle omit de lui dire que son état avait empiré durant l'opération et que les médecins de l'hôpital avaient redouté le pire. Elle aurait presque souhaité ne pas en réchapper !

Le silence s'éternisa, à peine rompu par la respiration saccadée de Seb.

— Tu t'es sûrement sentie très seule, poursuivit-il en lui caressant la joue. Telle que je te connais, tu n'en as parlé à personne, n'est-ce pas ?

— A qui voulais-tu que j'en parle ? soupira-t-elle.

Il la regarda au fond des yeux.

— A moi bien sûr ! Enfin, je comprends très bien que tu n'aies pas eu envie de me contacter.

Elle se laissa aller contre la poitrine de Seb. Perdre son bébé avait été une épreuve horrible qui la faisait encore souffrir aujourd'hui.

Ces derniers mois, elle avait trouvé l'énergie de donner un coup de fouet à sa carrière profession-nelle et elle s'était estimée tirée d'affaire jusqu'à ce que Seb réapparaisse dans sa vie quand elle ne l'attendait plus.

Que cherchait-elle entre ses bras virils ? Du plaisir ou bien plus ?

— Seb, si tu savais…

— Ne dis plus rien ! murmura-t-il en la serrant contre lui.

Laissant couler ses larmes, elle se blottit contre ce torse musclé et rassurant.

7

Quand Ana se réveilla le lendemain matin, elle vit que Seb, déjà levé et habillé, regardait la mer par la fenêtre du salon.

Au souvenir de leur fougueuse nuit d'amour, elle ne put s'empêcher de frissonner.

— Bonjour ! lui dit-elle, encore un peu perdue dans un nuage de volupté.

— Ah, enfin ! répondit-il avec mauvaise humeur. Tu ferais bien de boucler tes bagages car nous devons être partis à l'heure du déjeuner !

A l'évidence, Seb se trouvait déjà à mille lieues de cette île enchanteresse où ils avaient été si heureux. Un peu mélancolique, elle se rappela que la fin de leur aventure africaine sonnerait aussi le glas de leur relation.

Mais après tout, Seb et elle en avaient décidé ainsi.

— Je vais me dépêcher, l'assura-t-elle en s'efforçant de ne pas lui montrer combien elle était blessée par son ton d'une brusquerie inhabituelle.

Dix minutes plus tard, douchée et habillée, elle sortit du bungalow et alla admirer Seb qui fendait la mer turquoise de son crawl puissant.

Quel magnifique athlète !

Et surtout, quel merveilleux amant…

Elle s'arracha avec peine à ce spectacle et se rendit dans l'espace « soins du corps » du luxueux complexe touristique qui disposait d'un spa doté de tous les perfectionnements.

Une heure plus tard, elle se dépêcha de rejoindre Seb qui s'impatientait déjà devant l'embarcadère.

— Mais où donc étais-tu passée !

— Je me suis offert un bon massage ! répondit-elle en le suivant sur le bateau où se trouvaient déjà leurs bagages.

— Pourquoi ne m'as-tu rien dit ? J'aurais été heureux de te masser, observa-t-il avec une nuance de regret.

— Tu sais très bien que nous deux, c'est fini ! dit-elle d'une voix qu'elle s'efforça de raffermir.

Seb l'observa d'un regard pénétrant.

— Réfléchis bien, Ana.

Un peu gênée, elle se détourna de lui et agita la main en direction du fidèle Hamim qui, debout sur le quai de cette île paradisiaque, avait tenu à assister à leur départ.

— C'est tout réfléchi ! dit-elle d'une voix qui manquait d'assurance.

*
* *

Une fois qu'ils furent à l'aéroport, il leur fallut patienter dans le terminal jusqu'en milieu d'après-midi avant de recevoir enfin l'autorisation d'embarquer.

Habituée à l'exiguïté de la classe économique, Ana ouvrit de grands yeux en découvrant le luxe de la section de première classe. Elle s'assit en soupirant d'aise dans un siège très confortable qui lui permettait d'allonger ses longues jambes, et elle inventoria le contenu de la petite trousse de produits de beauté offerte par la compagnie.

— Si j'avais disposé de plus de temps, nous aurions pu choisir une classe encore plus luxueuse, lui glissa Seb à l'oreille.

— Mais je croyais que la première classe était…

— Les appareils de cette compagnie ont quelques cabines avec lit double et bar privé, mais aucune n'était libre, expliqua-t-il.

Elle l'avait échappé belle !

Bien sûr, l'idée d'être au lit avec Seb, en plein ciel, ne manquait pas d'attrait, mais le jeu était trop dangereux pour qu'elle s'y risque.

N'avait-elle pas fait son deuil de leur merveilleuse aventure ? Et puis, elle avait profité de son passage au spa pour en ramener un petit souvenir qui excluait qu'elle se mette nue devant lui.

— Hum… J'ai bien l'impression que faire l'amour dans les nuages ne t'emballe pas vraiment, dit-il, un peu déçu.

— Ecoute, Seb, notre aventure africaine est bel

et bien finie. As-tu oublié que nous avons décidé de nous séparer ?

Il posa sa main sur son genou.

— Pourquoi faut-il se quitter si vite ?

— Parce que ! dit-elle en repoussant sa main.

Dût-elle s'en mordre les doigts, elle se promit de se tenir loin de cet homme décidément bien trop dangereux pour elle.

Obsédé par l'imminence de leur séparation, Seb ne parvint pas à fermer l'œil de toute la nuit.

Il fut soulagé quand leur avion atterrit enfin au petit matin sur l'aéroport d'Heathrow.

L'un des privilèges des passagers de première classe étant de ne pas avoir à faire la queue avec les autres voyageurs, Ana et lui furent prioritaires pour récupérer leurs bagages sur le tapis roulant.

Alors qu'il s'emparait d'autorité du sac rouge d'Ana, celle-ci le lui arracha presque des mains.

— Je suis assez grande pour m'occuper de mes affaires ! dit-elle en plaçant elle-même le sac sur un chariot.

Agacé et même un peu vexé, il lui jeta un regard noir et tenta de reprendre le contrôle de la situation.

— Très bien ! Il ne nous reste plus qu'à trouver un taxi.

— Oh, ne te dérange pas, répondit aussitôt Ana, je saurai me débrouiller pour rentrer par mes propres moyens.

— Permets-moi au moins de t'accompagner

chez toi, insista-t-il en l'entraînant vers la station de taxis.

Avec une mimique d'exaspération, elle monta tout de même dans le taxi dont il venait galamment de lui ouvrir la portière.

— Tu habites toujours chez Phil et Jack ? s'enquit-il en prenant place à côté d'elle.

— Oui, répondit-elle assez sèchement.

Après avoir donné l'adresse au chauffeur, Seb se rencogna à l'extrémité de la banquette. Savoir que sa propre femme vivait avec un décorateur en vogue et son petit ami le laissait perplexe.

Tandis que le taxi se rapprochait de Londres, il imagina sans peine Jack et Phil sirotant un capuccino dans leur canapé dernier cri et poussant Ana à leur faire des confidences…

Oppressé, il se demanda si elle leur avait raconté l'épisode de sa grossesse et de sa fausse couche.

Le taxi se gara devant l'immeuble de Phil situé à dix minutes à peine de la rue où vivait Seb.

Cette fois-ci, les vacances étaient bel et bien finies et il allait renouer avec la solitude !

— Je vais t'aider à monter ton sac, proposa-t-il à Ana, tant il espérait retarder encore de quelques minutes l'inévitable séparation.

Elle n'essaya pas de l'en empêcher et, quand ils furent arrivés devant la porte de l'appartement de Phil, elle posa son doigt sur la sonnette.

Quelques secondes plus tard, un homme rasé de près et vêtu d'un costume strict vint leur ouvrir.

— Ana ! Quel plaisir de te revoir !

— Bonjour Jack !

Comptable dans une importante société londonienne d'import-export, Jack tenait les cordons de la bourse alors que Phil, décorateur et de dix ans son cadet, était la fantaisie incarnée, comme en témoignait l'ameublement de l'appartement.

Phil apparut au détour du corridor et se précipita vers Ana.

— Enfin, te voilà ma chérie ! dit-il en bousculant Jack et en enlaçant Ana. Et avec un homme en plus ! Entrez vite tous les deux.

Ana se tourna vers Seb.

— Je crois qu'il serait temps que tu partes, tu ne crois pas ?

— Je vous offre quelque chose à boire ? demanda Phil en regardant alternativement Seb et Ana.

— Oui, je veux bien, fit Seb en hochant la tête.

Il n'avait jamais eu l'intention de s'attarder mais, devant la mine renfrognée d'Ana, l'envie de la contrarier fut la plus forte.

— Du whisky ? s'enquit Phil.

— Parfait ! répondit Seb en acceptant le verre de *single malt* que lui tendit son hôte.

Il dut reconnaître que Phil faisait preuve d'un goût impeccable dans tous les domaines.

— Bon, je vous laisse ! Je vais poser mon sac dans ma chambre, marmonna Ana.

— Oh non, ma chérie ! protesta Phil en retenant Ana par la manche. Jack va s'en charger pour toi.

Puis, se tournant vers son petit ami, il minauda :

— Jack, veux-tu monter les bagages de notre chère Ana à l'étage ?

Avec un sourire contraint, Ana remit son sac à Jack et s'assit sur le canapé auprès des deux hommes.

Phil reposa son verre.

— C'est tout de même curieux que vous vous soyez retrouvés précisément en Afrique ! dit-il lançant des coups d'œil amusés à Seb et à Ana.

— En effet, renchérit Seb, pince-sans-rire. Heureusement qu'un décorateur très connu m'a mis sur la bonne piste.

Tôt ou tard, Ana apprendrait que c'était grâce aux renseignements donnés par Phil, son meilleur ami, son confident, qu'il l'avait dénichée au fin fond de l'Afrique.

Abasourdie, Ana en oublia de goûter l'excellent chardonnay que lui avait servi Phil.

— J'ignorais que vous vous connaissiez, vous deux ! dit-elle en fronçant les sourcils.

— Seb est un de mes bons clients, expliqua Phil d'une voix acidulée.

— Un très bon client, même, renchérit Seb.

Et pour cause ! Il avait versé une fortune en honoraires au décorateur pour que ce dernier consente à lui révéler l'endroit où se trouvait Ana.

S'il ne regrettait ni son argent ni son temps, puisqu'en fin de compte il avait pu passer quelques merveilleuses nuits avec elle, il s'étonnait d'éprouver une telle mélancolie à l'idée de devoir la quitter.

N'aurait-il pas dû être heureux de tourner définitivement la page d'une histoire qui les avait fait souffrir l'un et l'autre ?

— Décidément, je ne peux avoir confiance en personne ! s'exclama Ana au moment où Jack redescendait l'escalier.

Et elle fusilla Seb et Phil d'un regard assassin.

— J'avais très envie de te revoir, plaida Seb. Et puis, je voulais t'apporter en mains propres les papiers du divorce…

— Eh bien, tu m'as revue et je n'attends plus que ta signature au bas de ces fameux papiers ! dit-elle avec brusquerie.

Seb comprit qu'il était temps de partir. Qu'attendait-il ? Ana lui faisait très clairement comprendre que tout était fini, et pour sa part il devrait se sentir plutôt soulagé de reprendre sa liberté.

Il se leva et prit congé de Phil et Jack qui, d'ordinaire, bavards comme des pies, restaient curieusement silencieux.

— Ne te dérange pas, dit-il à Ana, je connais le chemin !

Mais elle le suivit dans l'entrée et lui ouvrit la porte avec raideur.

— Adieu, Seb !

Ainsi, c'était bien fini !

Il aurait voulu l'embrasser, au moins une dernière

fois, mais il n'eut pas le courage de lui parler et il préféra partir sans se retourner.

Dans le taxi qui le raccompagnait chez lui, Seb se sentit plus seul que jamais.

Une fois dans son appartement, il poussa le volume de sa chaîne stéréo au maximum comme pour mieux noyer ses pensées noires sous un flot de décibels, mais son malaise ne fit que croître.

Il incrimina la fatigue liée au décalage horaire pour expliquer sa soudaine tristesse et, après s'être assis devant son ordinateur, il releva son courrier électronique.

Son père lui rappelait qu'il s'était engagé à être son garçon d'honneur, lors de son prochain remariage, puis lui demandait un rendez-vous pour régler des points de détail liés à son divorce avec sa précédente épouse.

Si ses parents continuaient à divorcer et à se remarier en faisant chaque fois appel à ses services, il finirait bien par leur demander des honoraires ! songea-t-il, amusé.

Mais sa gaieté ne fit pas long feu et ses pensées le ramenèrent une fois de plus vers Ana.

Prostré dans son fauteuil, il repensa à ses nuits d'amour avec elle, leurs bains dans l'océan Indien, leurs flâneries main dans la main au soleil, et il se sentit envahi par une profonde nostalgie.

Il éteignit son ordinateur, coupa le son de sa chaîne stéréo et augmenta le chauffage, car — et pas forcément à cause du froid — il se sentait glacé jusqu'aux os.

Sans aucun enthousiasme, il alla ouvrir son sac de voyage et en sortit le jeu de bao qu'il avait acheté avant de prendre l'avion.

Tout en caressant le plateau de bois, il repensa à ces gages plus érotiques les uns que les autres qu'ils avaient mis en pratique au lit…

A quoi bon remuer le couteau dans la plaie ?

Entre Ana et lui, c'était fini, voilà tout !

Triste et irrité, il rangea le jeu sur le haut de sa bibliothèque puis alla se coucher. Demain tout irait mieux, l'Afrique ne serait qu'un lointain souvenir et il reprendrait le cours joyeux de sa vie de célibataire.

8

Après le départ de Seb, Phil et Jack firent asseoir Ana sur le canapé.

— Et si tu nous parlais de tes vacances en Afrique ? demanda Phil en sondant la jeune femme du regard.

— Ne lui mets pas la pression ! protesta Jack. Elle nous parlera quand elle sera décidée à le faire.

Phil sursauta.

— Je suis son plus fidèle ami et j'ai le droit de savoir !

— Rien que ça ? s'étonna Jack.

Phil lui lança un regard hautain.

— Et si tu allais faire la vaisselle ? Je suis sûr qu'Ana aurait alors des tas de choses à me raconter !

— Hum… Je crois plutôt qu'elle souhaiterait parler à quelqu'un capable de l'écouter ! rétorqua Jack.

Les deux hommes étaient coutumiers de ces échanges piquants mais, cette fois-ci, Ana n'eut pas le cœur de s'en amuser.

— Je peux dire quelque chose ?

— Oui, naturellement ! répondirent les deux hommes en se tournant aussitôt vers elle.

— Ce voyage m'a fatiguée et j'ai envie d'aller au lit, déclara-t-elle en se levant.

— Voyons, Ana, tu dois comprendre que nous mourons d'impatience, Jack et moi, d'en savoir plus sur tes retrouvailles avec Seb.

— Il n'y a pas grand-chose à en dire, répondit-elle en étouffant un bâillement.

— Pas grand-chose, mais encore ? insista Phil.

— Et en quoi ce que nous avons vécu ensemble, Seb et moi, te regarde-t-il ?

— Ça me regarde parce que je m'inquiète pour toi, rétorqua Phil en se levant pour aller enlacer la jeune femme. Tu as une petite mine chagrinée…

— Je viens de passer des heures en avion, sans compter la fatigue du décalage horaire.

— Et Seb ?

Elle soupira.

— S'il s'est passé quelque chose entre lui et moi, c'est à présent terminé, conclut-elle en se dirigeant vers sa chambre.

— Ana !

— Désolée, Phil ! J'ai vraiment besoin de me reposer !

— Mais…

— Laisse-la tranquille ! intervint Jack.

— Pourquoi donc ? protesta Phil.

Exaspérée et épuisée, elle tapa du pied.

— Puisque vous voulez tout savoir, Seb et moi avons recouché ensemble !

— Ah ! déclara Phil, un peu gêné. Et… Que comptes-tu faire maintenant ?

— Rien du tout ! Nous avons définitivement rompu, répondit-elle avec un haussement d'épaules.

Phil la suivit jusqu'à sa chambre.

— Comprends-moi, après la façon dont tu as disparu de la circulation, il y a près d'un an, j'ai quelques raisons de m'inquiéter.

— Et tu aurais bien tort ! Si c'est ce que tu veux savoir, il n'y a pas de sentiments entre nous.

— Du sexe et rien d'autre ?

— Exactement ! Et maintenant, bonne nuit, dit-elle en fermant la porte de sa chambre derrière elle.

Elle n'avait qu'une seule envie : dormir pour oublier l'Afrique et, plus encore, Seb…

Il n'y avait même pas une semaine qu'Ana était rentrée de vacances et elle avait toutes les peines du monde à reprendre son rythme de sommeil.

L'esprit en effervescence, elle se retournait durant des heures dans son lit et ce n'était qu'à l'aube qu'elle parvenait enfin à prendre un peu de repos.

Croyant plus que jamais en son projet de location en ligne de vêtements et accessoires féminins, elle faisait du lèche-vitrines presque chaque jour, à la fois pour dénicher de nouveaux vêtements susceptibles de plaire à sa future clientèle, mais aussi pour se changer les idées.

Flâner dans ces rues londoniennes qu'elle aimait tant l'aidait à oublier cette île de rêve au fin fond de l'Afrique et, plus encore, ce bungalow où Seb et elle avaient si souvent et si bien fait l'amour.

Elle ne pouvait s'empêcher de repenser à lui, et un regret lancinant l'envahissait d'être peut-être passée à côté du bonheur.

Elle accueillit le vendredi avec appréhension tant elle redoutait de passer le week-end toute seule. N'était-elle pas idiote de se cantonner comme elle le faisait dans sa solitude ? Pourquoi s'obstinait-elle à ne pas vouloir vivre le moment présent, quand celui-ci se présentait ?

Elle se mit en quête de Jack et de Phil qu'elle trouva dans la cuisine en train de savourer un bordeaux grand cru avec des mines de sommeliers gourmands.

— Je vous propose d'aller dîner dans ce restaurant thaï, vous savez, celui qui se trouve en face de ce bar où j'avais rencontré Seb. Et c'est moi qui vous invite !

— Mais nous avions prévu de faire autre chose, protestèrent-ils d'une même voix.

— Eh bien, tant pis pour vos projets ! dit-elle en leur montrant avec fierté la paire d'escarpins aux talons démesurément hauts qu'elle tenait à la main. Ce soir, j'ai plus que jamais besoin de votre soutien, et si jamais vous me voyez faire du gringue à un grand brun viril, venez à mon secours et empêchez-moi de faire la plus grosse bêtise de ma vie. O.K. ?

— Entendu, approuva Phil en riant.

Quand il comprit que la jeune femme splendide qui venait de rentrer dans le bar n'était autre qu'Ana, Seb sentit son cœur battre plus vite et plus fort. Cela faisait des heures qu'il guettait l'entrée et il avait presque fini par se convaincre qu'elle ne viendrait pas.

Elle n'avait jamais été plus belle, plus sensuelle et désirable. Juchée sur des talons vertigineusement hauts, elle rayonnait de beauté et d'assurance.

Une brusque poussée d'adrénaline enflamma ses sens.

Ane et lui se dévisagèrent en silence mais, avant qu'il ait eu une chance de déchiffrer ses intentions, elle baissa pudiquement les yeux.

— Je croyais que tu avais renoncé aux sorties nocturnes et que tu te consacrais exclusivement au sport, minauda-t-elle avec une pointe d'ironie.

— Et moi, j'aurais juré que ta société en ligne t'absorbait trop pour te permettre d'avoir une activité mondaine, répondit-il en lui adressant un regard perçant par-dessus son verre de whisky.

— Sortir un peu me fait le plus grand bien et je me sens en pleine forme, mentit-elle.

Elle lorgna le verre de whisky à moitié vide de Seb.

— Je crois que je vais te suivre. En veux-tu un autre ?

Alors que Seb refusait d'un hochement de tête,

Phil s'approcha et les deux hommes échangèrent un signe de salutation.

— Bon, je vais chercher ma consommation, dit Ana en les laissant en tête à tête.

Quand ils furent seuls, Seb adressa un sourire à Phil.

— Merci de m'avoir laissé un message !

Phil se jucha sur un tabouret voisin et fixa Seb avec sévérité.

— Ana est mon amie, et vous feriez bien de ne jamais l'oublier.

Agacé par les airs protecteurs que se donnait Phil, Seb réprima une grimace.

— Et moi, je suis *encore* son mari, répondit-il d'un ton sec.

Depuis son retour d'Afrique, il passait ses soirées dans ce bar où Jack et Phil avaient leurs habitudes. Il y avait une demi-heure à peine, Phil l'avait appelé pour l'avertir de la venue d'Ana, ce soir.

Phil se fit plus conciliant.

— Jack, Ana et moi, nous allons dîner dans le restaurant thaï d'en face et si vous voulez vous joindre à nous, vous êtes le bienvenu.

— Je ne sais pas si c'est une bonne idée, répondit Seb.

Accoudée au bar, à quelque distance de là, Ana bavardait avec une femme tout en sirotant son whisky. A l'évidence, elle ne s'intéressait pas du tout à lui.

— Et moi, je suis sûr qu'Ana sera ravie de vous savoir des nôtres, insista Phil.

Seb ravala son amertume. Depuis leur retour d'Afrique, Ana avait pris ses distances avec lui. Elle ne l'avait pas appelé une seule fois !

La pensée qu'il pouvait ne plus compter pour elle le blessait. Mais n'était-ce vraiment qu'une question d'amour-propre ? Au fond de lui, il savait bien que non.

Une petite voix lui soufflait de prendre ses jambes à son cou et de fuir sans plus attendre.

D'un autre côté, pouvait-il résister à la tentation de passer une soirée avec Ana ?

— O.K., je suis des vôtres, déclara-t-il à Phil.

Ana se retrouva assise en face de Seb dans le restaurant thaï et, en dépit de sa détermination à vouloir l'ignorer, elle ne put s'empêcher de couler des regards furtifs dans sa direction.

Lui qu'elle avait connu si dynamique semblait éteint, et elle se demanda quel chagrin pouvait bien le miner.

— Est-ce le fait que ton père se remarie demain qui te rend morose ? finit-elle par lui demander à voix basse.

— Je me moque de son remariage, répondit Seb avec un haussement d'épaules.

Elle sut qu'il mentait et elle éprouva un brusque accès de compassion pour lui.

— Quand donc doit avoir lieu la cérémonie ? insista-t-elle.

— Quelle importance puisque je n'ai pas la moindre intention de m'y rendre !

Seb avait parlé avec une hargne qui ne manqua pas de la surprendre. Elle qui s'était promis de divorcer au plus vite et d'effacer le souvenir de cet homme de sa mémoire, voilà qu'elle avait soudain envie de prendre Seb dans ses bras et de le consoler de son chagrin.

Elle s'efforça de le dérider et fut heureuse de le voir se mettre au diapason de la gaieté ambiante. Pourtant, s'il lui arrivait de rire aux bons mots de Phil et de tenter de faire bonne figure, Seb continuait de broyer du noir même si elle était la seule à s'en apercevoir.

Où était donc passé l'homme sensuel et libertin qui lui avait donné tant de plaisir durant leur séjour en Afrique ?

En proie à une soudaine mélancolie, elle ne fut plus si sûre de vouloir tirer un trait sur son passé.

Après le dîner, tous les quatre rentrèrent sous un crachin froid qui rendait les trottoirs glissants.

En équilibre instable sur ses escarpins à talons démesurés, Ana s'attira plus d'une fois les sarcasmes de Jack et de Phil. Vexée, elle accéléra l'allure et quand Seb vint marcher à son côté, prêt à prévenir une chute qu'elle pourrait faire, elle le remercia d'un sourire.

Phil et Jack ayant insisté pour que Seb monte boire un dernier verre dans leur appartement, les trois hommes se retrouvèrent assis dans le salon autour d'une bouteille de whisky.

Elle aurait préféré que Seb rentre tout de suite chez lui et lui épargne la tentation de sa présence. Dès qu'elle le put, elle prit donc congé et alla se coucher dans sa chambre, à l'étage.

Depuis son lit, elle pouvait suivre leur conversation au rez-de-chaussée et quand elle reconnaissait la voix grave de Seb, ou encore son rire sonore amplifié par les boiseries de la cage d'escalier, elle repensait à son séjour en Afrique avec lui.

Le cœur serré, elle s'interrogea une fois de plus sur les raisons de la mélancolie de Seb, sur cette tristesse qu'elle avait remarquée chez lui, durant le dîner au restaurant thaï.

Etait-ce le remariage de son père qui provoquait ses sautes d'humeur ?

Etait-ce la nostalgie de leurs torrides vacances africaines ?

Incapable de trouver une réponse satisfaisante, elle essaya de penser à autre chose. Elle était bien sotte de s'en faire autant pour cet homme avec lequel elle avait non seulement rompu, mais dont elle serait aussi bientôt officiellement divorcée.

- 9 -

Les premiers sons qu'Ana entendit le lendemain matin, quand elle se réveilla, furent ceux de la voix criarde de Jack houspillant Phil et lui demandant de se dépêcher.

Un coup d'œil à sa montre lui apprit qu'il était déjà 10 heures.

Flûte !

Un peu plus, et elle en oubliait que les deux amis partaient ce matin même pour Manchester, où ils passeraient deux jours dans la famille de Jack.

Après avoir enfilé un jean et un T-shirt, elle descendit l'escalier et alla saluer Phil qui portait des lunettes de soleil et avait un teint barbouillé.

— Tu t'es couché tard ? s'enquit-elle.

— Oui, et je me suis levé tôt ! grommela-t-il.

Alors qu'ils traversaient le salon, elle aperçut Seb vautré sur le canapé et ronflant à poings fermés.

Réprimant mal sa surprise puis un mouvement de contrariété, elle suivit Phil jusqu'au garage, où Jack casait tant bien que mal une dernière valise dans le coffre déjà rempli de bagages.

— Mais c'est un véritable déménagement ! s'exclama-t-elle.

— Jack tient à ce que je sois bien habillé en toutes circonstances, alors il a bien fallu prévoir large, lâcha Phil.

— Je vois ! Eh bien, j'espère que vous ferez bon voyage.

Phil lui caressa le poignet et, lui, si boute-en-train d'ordinaire, afficha une mine grave.

— Ne profite pas de mon absence pour te sauver, Ana. Promis ?

Après sa grossesse et sa fausse couche, Phil et Jack l'avaient recueillie chez eux mais, un beau matin, elle était partie sans rien leur dire.

Jamais elle n'avait raconté à quiconque les terribles moments qu'elle avait vécus dans une chambre d'hôtel sordide, en proie au cafard et à la solitude.

Elle avait bien cru qu'elle ne remonterait jamais la pente !

Quelques semaines plus tard, amaigrie et déprimée, elle était revenue sonner chez Jack et Phil, et tous les deux l'avaient accueillie avec soulagement.

Depuis, elle gardait une dette de reconnaissance à leur égard et les considérait comme ses vrais amis.

— Promis, dit-elle sur le même ton.

Phil lui adressa un sourire rusé.

— Tu ne vas sans doute pas tarder à réveiller notre bel endormi ?

— Il le faut bien ! répondit-elle, déjà inquiète.

— Si c'est la crainte de succomber à son charme viril qui te chagrine, n'hésite pas à nous envoyer un

SOS, ajouta-t-il avec un clin d'œil en grimpant dans la décapotable.

Après avoir adressé un signe de la main à ses deux amis, elle remonta dans l'appartement.

Elle resta un instant à contempler Seb, endormi sur le canapé.

Trois bouteilles vides étaient encore posées sur la table et elle en déduisit que le trio avait bu durant une partie de la nuit.

Elle alla préparer un expresso fumant et, une fois de retour dans le salon, elle approcha la tasse du nez de Sebastien.

— Debout, paresseux ! Il est grand temps de te lever.

Il ouvrit un œil et fit une grimace.

— Tu sais ce qui se passerait si nous vivions ensemble ?

— Non, mais tu vas me le dire.

— Tu serais déjà nue entre mes bras et nous nous embrasserions.

— Sois sérieux ! As-tu oublié que le remariage de ton père a lieu aujourd'hui et que tu lui as promis d'être à la fois son témoin et son garçon d'honneur ?

— Je n'irai pas. Je n'ai nullement envie d'assister au remariage de mon père avec une femme que je ne connais même pas !

Ana afficha un air navré.

— Voyons, Seb, tu ne peux pas faire cet affront à ton père !

— Je refuse de participer à cette mascarade, sans

compter qu'il y aura toute la famille de sa future épouse. Et tout ce tralala pour aboutir tôt ou tard à un divorce !

— Tu as le devoir d'y aller !

— Pas question, s'entêta Seb.

Elle contint difficilement son indignation.

— Tu devrais être heureux d'avoir encore tes parents ! dit-elle en lui tendant la tasse de café fumant. Allez, bois, et puis je t'accompagnerai chez toi pour t'aider à enfiler ton smoking de cérémonie.

— Je n'ai besoin de l'aide de personne.

— Avec ce que tu as bu hier soir, tu ne pourrais même pas marcher droit jusqu'à ton appartement ! Et je te connais assez pour savoir que tu n'iras pas au mariage de ton père si je ne prends pas les choses en main.

Visiblement déconcerté par son insistance, Seb hocha la tête.

— Bon, supposons que tu m'accompagnes chez moi et que tu m'aides à me changer. Et après, que fais-tu ?

— Après, je te conduis en voiture au mariage.

Il réfléchit en se massant les tempes.

— Accepterais-tu de me tenir compagnie à ce mariage ?

— Pourquoi pas ? dit-elle avec défi.

Lorsqu'il entendit la réponse d'Ana, Seb sentit son cœur s'emballer et il faillit prendre la jeune femme entre ses bras pour lui prouver sa reconnaissance.

— Ah, j'ai compris, plaisanta-t-il. Tu veux voir à quoi va bien pouvoir ressembler cette mascarade ?

— Je n'aime pas t'entendre dévaloriser le mariage comme tu le fais !

— Excuse-moi.

Une idée farfelue lui rendit sa bonne humeur.

— Tous les invités vont être sur leur trente et un. Quelle robe as-tu l'intention de mettre ?

Elle émit un petit rire charmant.

— J'en ai quelques-unes qui sortent de l'ordinaire et je compte sur toi pour m'aider à choisir celle qui m'ira le mieux. Attends-moi, je n'en ai pas pour longtemps.

Après être montée dans sa chambre, elle redescendit avec une robe légère et sexy qui fit pâlir Seb.

— Je… As-tu déjà porté cette robe en public ?

— Pourquoi, elle ne te plaît pas ?

— Si…, fit-il d'une toute petite voix en se représentant les formes pulpeuses d'Ana à peine voilées par le tissu transparent.

— Alors, où est le problème ?

— Je… Tu ne peux pas porter cette robe à un mariage.

— Pourquoi donc ?

Seb la fit asseoir sur le canapé et lui caressa la main.

— Parce qu'on dirait un déshabillé et que je te vois plutôt la porter dans une chambre à coucher !

— Cette robe est accompagnée d'un châle qui couvrira mon buste et mes épaules, rétorqua-t-elle en souriant. Le seul problème est ce décolleté trop échancré pour m'autoriser à porter un soutien-gorge à bretelles.

— Choisis-en un *sans* bretelles !

— Je n'en possède aucun mais j'en trouverais peut-être un chez Harvey Nicks, la boutique de lingerie fine.

Elle éleva la robe à bout de bras devant elle et l'examina par transparence.

— Et ce n'est pas tout ! Le tissu est si fin qu'on risque en plus d'apercevoir les contours de ma culotte…

— Je… C'est probable, déclara Seb d'une voix étranglée en se demandant si Ana le faisait exprès.

Il en eut la certitude lorsqu'elle lui lança avec un sourire faussement innocent :

— Bah, je peux arranger ça en portant un string ou même rien du tout !

— Dépêchons-nous d'aller chez toi, sinon nous arriverons en retard à la cérémonie ! pressa Ana alors que Seb et elle marchaient dans la rue.

Elle se félicitait d'avoir convaincu Seb de se rendre au mariage de son père. Par expérience, elle savait que se brouiller avec sa famille et se retrouver seul n'apportait que des regrets.

En reconnaissant le grand appartement où elle avait vécu avec Seb avant leur dispute, elle éprouva un pincement au cœur et elle profita de ce qu'il prenait une douche dans la salle de bains installée à l'étage pour faire le tour des lieux.

— Mais je n'en crois pas mes yeux ! Tout, ici, a été refait à neuf ! s'exclama-t-elle quand elle fut revenue au pied de l'escalier.

Seb, torse nu, se pencha au-dessus de la rambarde.

— Tu aimes ce style ?

— Phil a fait un travail fantastique, convint Ana. Tout est plus lumineux, plus moderne et plus spacieux aussi.

— C'est vrai, approuva Seb, une serviette négligemment nouée autour des reins, en redescendant l'escalier.

La douche et un bon rasage avaient effacé toute trace de morosité sur son visage, et il était redevenu l'homme raffiné et séduisant pour qui son cœur battait un peu trop fort.

— Tu… Tu ne t'habilles pas ? demanda-t-elle, fascinée par cette silhouette virile.

Seb n'avait pas pris la peine de se sécher complètement et des gouttelettes luisaient sur sa poitrine et ses abdominaux saillants. Elle mourut d'envie de s'approcher de lui et de passer lentement sa langue sur sa peau humide…

— Bien sûr que si, mais laisse-moi finir de repasser ma chemise blanche, répondit Seb.

Elle sentit la pointe de ses seins se durcir et une chaleur soudaine la submergea. L'imaginer à moitié nu, même debout devant la planche à repasser, avait le don de la mettre dans tous ses états.

Rester une seconde de plus dans le même appartement que Seb lui parut très risqué et, après avoir pris le trousseau de clés posé sur le buffet, elle se dirigea vers la porte qui menait au sous-sol.

— Quand tu auras fini, rejoins-moi au garage, lança-t-elle à Seb d'une voix qu'elle voulait désinvolte mais qui chevrotait un peu.

Après avoir rangé le sac contenant sa robe et ses escarpins dans le coffre de la décapotable de Seb, elle s'installa derrière le volant et essaya de se détendre.

Cinq minutes plus tard, Seb vint la rejoindre vêtu d'un impeccable costume gris anthracite.

— Et maintenant, en route ! dit-il joyeusement.

- 10 -

Après s'être rangée devant l'entrée de l'hôtel où devait avait lieu le mariage, Ana se tourna vers Seb.

— Eh bien, te voilà à pied d'œuvre ! Je reviendrai te chercher tout à l'heure, après la cérémonie, et je te ramènerai chez toi.

— Voyons, tu plaisantes ?

— Ecoute, j'ai bien réfléchi pendant le trajet et je crois qu'il vaut mieux que je ne t'accompagne pas. A quoi bon faire semblant d'être mari et femme alors que, dans quelques jours, nous serons divorcés toi et moi ?

— Si tu ne viens pas, je n'y vais pas non plus ! Je n'ai aucune envie de me retrouver sans cavalière parmi tous ces invités.

Elle soupira.

— Il s'agit de ton père, Seb !

— Je n'irai pas sans toi !

— Tes parents ignorent tout de mon existence, et puis je ne porte *pas* de soutien-gorge !

Seb ne put s'empêcher de rire.

— Je suis au courant, chérie, mais en quoi est-ce

un problème ? Si ma mémoire est bonne, tu ne portais pas non plus de soutien-gorge en Afrique.

— Ça n'avait rien à voir ! Il faisait si chaud que j'étais tout le temps en Bikini, répondit-elle sans parvenir à retenir un petit sourire.

Seb lui caressa le menton.

— Allez, viens ! Tu es belle à croquer dans cette robe…

Elle sentit son cœur battre plus vite.

Si elle s'était efforcée d'aguicher Seb, c'était uniquement pour le convaincre de se rendre au mariage de son père, et le fait qu'elle soit seins nus sous sa robe et en petite culotte sexy ne rentrait pas en ligne de compte.

— Si tu ne m'accompagnes pas, je ne réponds plus de rien, déclara Seb en la déshabillant des yeux.

Soumise au regard flamboyant de cet homme qui attisait son désir, elle eut l'impression que son corps s'embrasait et elle caressa un instant l'idée d'aller se garer dans un coin tranquille où elle pourrait se donner à Seb sans plus réfléchir.

— A quoi penses-tu ? lui demanda-t-il.

D'un geste rageur, elle arracha la clé de contact du tableau de bord et la glissa dans son sac à main.

— Il est temps d'aller féliciter ton père et son épouse, dit-elle d'une voix rauque. Et n'oublie pas que nous ne sommes plus en Afrique mais dans un pays pluvieux et à la morale frileuse…

Une fois dehors, elle recouvrit ses épaules nues à

l'aide du châle, cachant ainsi son décolleté un peu trop audacieux pour ce genre de cérémonie.

D'une pression de la main sur le bas de son dos, Seb la guida dans l'hôtel. La réception était encore plus cossue qu'elle l'imaginait et, en réponse aux questions des invités qu'ils croisaient, Seb la présenta comme étant « son amie », ce qui lui déplut étrangement.

— Seb chéri ! s'exclama une femme blonde entre deux âges en se précipitant vers eux.

— Ma mère, murmura Seb à l'oreille d'Ana.

— Quel plaisir de te revoir, mon grand ! susurra sa mère. Et tu as minci ! ajouta-t-elle en lançant un regard curieux à Ana.

— Ana, je te présente Lily, déclara Seb. Maman, je te présente Ana, une amie.

— Enchantée, répondit Ana.

Faire la connaissance de sa belle-mère dans des circonstances aussi improbables lui arracha un petit sourire. Et dire que ce sadique de Seb se régalait de la voir dans l'embarras !

— Il est temps que tu ailles rejoindre ton père puisque tu es son garçon d'honneur, déclara Lily à Seb.

— Oui, il le faut bien ! grommela ce dernier.

Lily sourit à Ana.

— Me ferez-vous le plaisir de me tenir compagnie, durant la cérémonie ?

Ignorant le regard de détresse qu'Ana lui lança,

Seb s'éloigna pour aller rejoindre son père, et Lily entraîna Ana à sa suite.

Résignée, Ana s'assit à côté de la mère de Sebastien dans le parterre réservé aux invités et elle ajusta son châle.

Quand la cérémonie commença, elle oublia vite sa gêne et jeta des regards envieux à la mariée qui rayonnait de bonheur dans une belle robe blanche.

En voyant les futurs époux échanger leurs vœux avec une ferveur non feinte, elle sentit sa gorge se nouer d'autant plus que Seb, impeccablement sanglé dans son costume de garçon d'honneur, avait les yeux braqués sur elle.

Une fois la cérémonie terminée, Seb vint la rejoindre.

— Je n'imaginais pas que le mariage pouvait à ce point transfigurer les êtres, déclara-t-elle, encore sous le coup de l'émotion. Ton père et sa nouvelle épouse irradiaient de bonheur !

— Ce bonheur ne fera pas long feu, répondit Seb d'une voix grinçante, et je ne leur donne pas six mois avant de divorcer.

— Ce que tu peux être cynique !

Il haussa les épaules.

— Certains êtres sont faits pour le mariage, d'autres non. Mon père, lui, en est à sa troisième tentative et je t'avoue que je n'ai plus guère d'espoir en ce qui le concerne.

Elle s'agaça.

— Je m'étonne qu'un homme de ta trempe puisse

être aussi défaitiste, dit-elle en s'emparant d'une coupe de champagne sur le plateau d'un serveur.

— Notre petite discussion t'a donné soif, remarqua Seb tandis qu'elle portait la coupe à ses lèvres.

— Ce champagne est excellent, dit-elle avec un claquement de langue appréciateur. Les mariages servent *aussi* à ça.

— Tu as raison, s'amusa Seb en optant pour un jus de fruits. Disons que je ne peux tout simplement plus supporter ce genre de cérémonie.

— A ta santé ! dit-elle en vidant sa coupe, et si je suis un peu pompette, tout à l'heure, je compte sur toi pour conduire.

Seb acquiesça d'un hochement de tête.

— Si j'étais toi, je retirerais ce châle qui cache de si jolies épaules.

— Que penseront les invités ?

— Ils penseront ce qu'ils veulent !

Ana sentit une chaleur soudaine l'envahir. Ce petit flirt était risqué, mais comment aurait-elle pu résister longtemps au sourire de Seb ?

Alors qu'elle s'apprêtait à lui répondre, elle aperçut du coin de l'œil la mère de Seb qui embrassait cordialement son ex-mari et sa nouvelle épouse.

— Dis-moi, Seb, interrogea-t-elle en fronçant les sourcils, tu m'avais bien dit que tes parents ne se supportaient plus du tout ?

Seb, à qui ces effusions n'avaient pas échappé, lui adressa un regard désabusé.

— Mon père et ma mère jouent cette comédie à

mon intention. Crois-moi, ils ne sont pas du genre à laver leur linge sale en public !

Pas vraiment convaincue, Ana se demanda aussitôt si les parents de Seb étaient aussi hypocrites que le prétendait leur fils.

— Je comprends que tu réprouves les remariages successifs de tes parents, mais pourquoi ne pas leur témoigner un peu plus de tendresse et de compréhension ?

Le regard que lui lança Seb était peu amène.

— Parce que leurs divorces à répétition ont sali l'idée même que je me faisais de l'amour !

Elle l'avait rarement vu autant en colère mais, avant qu'elle ait pu placer un mot, une petite blonde aux yeux bleus en top ajusté et jupe ultracourte s'approcha d'eux.

— Sebastien ! s'écria la blonde en se jetant au cou de l'intéressé et en souriant de toutes ses dents blanches.

Ana s'efforça de ne pas céder à la jalousie en voyant Seb enlacer la nouvelle venue, mais comment aurait-elle pu rester indifférente aux minauderies de cette petite peste ?

— Ana, je te présente Cassie, déclara Seb.

— Enchantée !

— Ravie de vous rencontrer, fit la blonde avec indifférence.

Sans la moindre gêne, Cassie se pressa contre Seb.

— Tu m'as manqué ! roucoula-t-elle. Tu travailles trop et tu devrais t'amuser plus souvent !

— J'ai été très occupé, ces derniers mois, répondit Seb.

— Et si tu m'emmenais dîner ce soir ? suggéra Cassie.

Seb afficha ce sourire canaille qu'Ana connaissait si bien.

— Une autre fois… Bon, Cassie, si tu veux bien m'excuser, il faut que j'aille poser pour la photo avec les mariés, déclara Seb en se dégageant à grand-peine de cette blonde envahissante.

Tandis qu'il s'éloignait, Cassie décocha un sourire fielleux à Ana.

— Vous vous connaissez depuis longtemps ?

— Un certain temps, répondit-elle simplement.

— Sebastien me connaît depuis que je suis adolescente et nous sommes très proches, lui et moi, affirma Cassie avec arrogance.

— Comme c'est charmant !

Pendant quelques instants, les deux femmes se défièrent du regard et ce fut à celle qui sourirait le plus hypocritement à l'autre.

— Je n'en reviens pas que vous soyez aussi bronzée en cette période de l'année, reprit Cassie. Moi, je n'oserais pas m'exposer autant au soleil car j'aurais bien trop peur d'abîmer ma peau !

— Quel dommage que vous ayez une peau fragile ! rétorqua Ana. Seb et moi, nous venons de passer quinze jours merveilleux en Afrique, à nous dorer au soleil.

— Et en quel honneur ? demanda Cassie en fronçant les sourcils.

— Oh, pour notre lune de miel, jubila Ana.

Prenant conscience qu'elle avait parlé beaucoup trop vite, elle s'empressa de vider une nouvelle coupe de champagne.

— Je n'en reviens pas ! s'exclama la blonde. Seb se serait marié sans rien me dire ?

— Excusez-moi, je… J'ai quelque chose d'urgent à faire, bafouilla Ana en prenant congé de Cassie.

Quand elle revint des lavabos où elle était allée se passer de l'eau sur ses joues brûlantes, elle aperçut Cassie en grande conversation avec la mère de Sebastien.

La petite peste blonde pointait son doigt dans sa direction.

Ana vit la mère de Seb se diriger, très choquée, vers les mariés et son fils. Alors qu'elle se dirigeait à son tour vers Seb, la voix aiguë de Lily déchira ses tympans.

— Comment ! Tu es marié et tu ne m'avais rien dit ! s'écriait la mère de Seb en levant les bras au ciel.

Seb, qui se tenait à la droite de son père, lança à Ana un regard accusateur.

— Et maintenant, insista Lily en regardant tour à tour Seb et Ana, je veux savoir de quand date ce mariage mystère.

— Nous nous sommes mariés il y a quelques mois, répondit Seb.

— Sans cérémonie ?

— Sans faire-part ni invités, maman. Il y a juste eu la cérémonie civile.

Après avoir jeté un regard attristé à Ana, Lily se tourna vers son fils.

— Sans robe blanche et sans fleurs, alors ? Et je parie que tu n'as même pas fait danser ta femme une fois que vous avez échangé les vœux nuptiaux ?

Ana jugea le moment venu d'intervenir.

— Seb et moi, nous n'accordons pas tant d'importance à ce genre de détails, expliqua-t-elle.

Sans lui prêter attention, Lily lança un regard furibond à son fils.

— Comment as-tu pu priver ta femme d'un grand mariage, Seb !

— Rien de plus simple, répondit-il, le regard glacial. Je me suis dit que papa et toi, vous vous étiez suffisamment mariés et remariés en grande pompe et en pure perte, pour que je me dispense de suivre votre exemple !

— Si vous voulez bien m'excuser ! déclara Ana en s'éclipsant, rouge comme une pivoine.

Quand elle revint des lavabos où elle s'était rafraîchi une nouvelle fois le visage, Seb l'attendait de pied ferme et elle n'eut pas le courage de le regarder en face.

— Dire que tu as osé vendre la mèche ! lui dit-il d'une voix vibrante de colère.

— Je ne supportais plus la façon dont Cassie t'accaparait.

— Ne me dis pas que tu es jalouse ?

— Eh bien, si !

Seb ne put s'empêcher de sourire.

— Cassie est la fille d'un ami de mon père. Nous nous connaissons depuis longtemps mais il n'y a jamais rien eu entre nous.

— Tu veux me faire croire que cette petite peste ne t'a jamais couru après ? lança Ana à l'aveuglette.

— Si, mais je n'ai pas répondu à ses avances.

Seb lui caressa le menton et elle se sentit fondre.

— Cassie ne m'intéresse pas et ne m'intéressera jamais, dit-il en la regardant dans les yeux. Es-tu satisfaite, à présent ?

— Si tu savais comme je suis désolée ! marmonna-t-elle. Je crois que je vais rentrer…

— Reste, chacun sait à présent que nous sommes mariés ! décréta Seb en entraînant Ana par la main jusqu'à la longue table dressée pour le repas.

D'un geste rapide, il ôta le châle qui couvrait les épaules de sa femme, dévoilant sans pudeur ses bras nus et son décolleté.

— Mais que fais-tu ? dit-elle en tentant vainement de récupérer le châle qu'il venait de jeter négligemment sur le dos d'une chaise.

— Tu es belle, Ana, et je trouve tout à fait légitime que les invités admirent celle que j'ai eu la chance d'épouser !

Prenant le parti de faire contre mauvaise fortune bon cœur, Ana se mit au diapason de l'ambiance joyeuse qui régnait autour de la table de mariage où Seb et elle étaient assis.

Elle eut droit à des compliments sur sa robe, plaisanta avec ses voisins et, le champagne aidant, elle se sentit soudain plus légère.

Quand le père de Seb et sa nouvelle épouse se levèrent pour aller danser, elle leur jeta un regard envieux et elle se surprit à fredonner la mélodie que jouait l'orchestre.

Un jour peut-être, elle aussi connaîtrait la joie de valser en robe blanche et d'être au centre de tous les regards.

Pourtant, quand Seb se leva pour l'inviter à danser, elle se sentit très gênée.

— Non, s'il te plaît !

Sourd à ses protestations, il lui prit la main et l'entraîna sur la piste de danse.

Tandis qu'elle tourbillonnait au rythme de cette musique entraînante, elle dut reconnaître qu'il était merveilleux de danser avec un cavalier aussi doué que Seb.

— Laisse-toi aller, lui dit-il, le regard fiévreux, en valsant de plus en plus vite.

Subjuguée, elle posa sa joue sur son épaule et huma son odeur masculine si troublante.

Comment aurait-elle pu résister à un homme aussi séduisant et persuasif que l'était Seb ?

Plus Seb observait Ana virevoltant entre ses bras dans sa robe vaporeuse, et plus il la trouvait belle et sexy.

Il se félicita de lui avoir retiré d'autorité son châle, tout à l'heure, et il ne put s'empêcher de jeter un coup d'œil sur sa poitrine à demi nue.

Plus ils valsaient étroitement serrés l'un contre l'autre, et plus le désir montait, au point qu'il eut envie d'embrasser Ana à pleine bouche, et bien plus encore.

Jamais autant qu'aujourd'hui, il n'avait éprouvé un tel désir de la tenir dans ses bras et, alors même qu'ils tournoyaient au milieu des autres couples, il se jura de plus jamais laisser Ana sortir de sa vie.

Mais cette dernière s'obstinait à garder la tête baissée, comme si elle le fuyait.

Une fois de plus, elle évitait de le regarder au fond des yeux et, à bien y réfléchir, il se rendit compte qu'elle avait toujours agi ainsi, même pendant leurs ébats amoureux les plus fougueux.

Il eut alors un petit pincement d'amertume. Qu'est-ce qu'Ana attendait de lui ? Attendait-elle autre chose que la satisfaction de ses désirs sexuels ? Il n'aurait su le dire, car même s'il avait su embraser ses sens et la conduire au plaisir suprême, elle se gardait bien de partager ses émotions avec lui !

Peut-être avait-elle peur de lui, ou bien se sentait-elle trop vulnérable pour lui laisser deviner les sentiments qu'elle pourrait éprouver pour lui ?

Tout à l'heure, lorsque son père et sa nouvelle épouse s'étaient juré fidélité, Seb avait constaté à quel point Ana était touchée par cet échange de vœux, tant elle en rayonnait de bonheur.

Sans nul doute, elle était romantique, sentimentale, et en quête de quelque chose de bien plus profond qu'un simple plaisir sexuel…

Alors qu'il la sentait frémir entre ses bras au son de cette valse et qu'il devait se faire violence pour ne pas se pencher et l'embrasser, il déplora d'autant plus la froideur dont elle faisait trop souvent preuve à son égard.

— Ana ?

— Oui ?

— Ne baisse pas la tête comme si tu me fuyais. J'aimerais que tu me regardes quand nous sommes ensemble.

Trop impatient de tirer les choses au clair avec elle, il ne prêta pas attention à son père et sa nouvelle épouse qui dansaient non loin d'eux et qui risquaient de surprendre leur conversation.

Ana se décida à relever la tête et il vit briller des larmes dans ses yeux.

— Oh, Seb, ce mariage, ces invités…

— Je comprends ce que tu ressens, murmura-t-il à son oreille tandis qu'elle baissait pudiquement les paupières.

A l'évidence, Ana aurait bien voulu, comme la mariée, porter une belle robe blanche et être coiffée d'un voile lumineux.

Plus ému qu'il ne voulait le laisser paraître, il étreignit avec une force accrue cette femme qui le troublait tant et tous deux valsèrent à l'unisson, tendrement enlacés.

Quand la cuisse d'Ana effleura la sienne, il ressentit un frisson étrange le traverser.

Dire que, dans quelques jours, leur mariage allait se solder par un divorce ! songea-t-il.

Ana l'aimait-elle ?

Las de se poser des questions auxquelles il ne pouvait pas répondre, il décida de savourer l'instant présent.

Ana était dans ses bras, vibrait sous son étreinte, lui transmettait la chaleur sensuelle de son corps. De son côté, il se pressait contre elle, ne lui laissant rien ignorer du désir qu'elle suscitait en lui.

Tout en plongeant son regard dans celui d'Ana, il constata qu'elle était aussi troublée que lui.

Leur histoire était-elle vraiment sur le point de se terminer ?

Il n'en fut plus si sûr.

***

Comme enivrée par ce souffle suave qui se mêlait au sien, Ana se laissa embrasser par les lèvres caressantes de Seb.

Qui aurait cru qu'elle était à ce point assoiffée de tendresse ?

Elle déplora que l'orchestre ait cessé de jouer cette valse si propice aux étreintes. Que n'aurait-elle donné pour entendre de nouveau cette jolie mélodie !

Après leur avoir fait signe, le père de Seb et sa nouvelle épouse s'approchèrent.

— Quelle belle journée ! dit M. Rentoul d'un ton jovial.

— En effet ! répondit Seb en se forçant à sourire.

Même si elle brûlait d'envie de se retrouver seule avec Seb pour pouvoir encore l'embrasser, Ana échangea quelques paroles amicales avec le père de Seb et la mariée.

Pendant que les deux femmes bavardaient, Seb et son père parlèrent des moments heureux qu'ils avaient passés ensemble, de leurs vacances au bord du lac Ontario, d'une sortie en mer épique durant laquelle Seb avait attrapé un barracuda.

— Je voudrais bien qu'on se revoie, déclara M. Rentoul avant de prendre congé de son fils et d'Ana.

— Quand tu voudras, papa, répondit Seb, visiblement plus ému qu'il ne voulait le laisser voir.

Posant sa main au creux de ses reins, il la guida vers un autre groupe d'invités et, tout en discutant avec un vieil ami de son père, il ne put s'empêcher de presser sa cuisse contre la hanche d'Ana et de lui lancer des regards ardents.

Sans doute à cause du champagne qu'elle avait bu, elle brûlait de désir sous sa robe légère et rêvait de se trouver loin d'ici et de la foule avec Seb, là où ils auraient pu s'abandonner l'un à l'autre.

Alors qu'elle ne s'était jamais sentie aussi bien dans sa peau, la pensée de leur prochain divorce la ramena brutalement à la réalité.

— Es-tu prête à partir, chérie ? lui demanda Seb.

— Quand tu voudras, répondit-elle d'une voix rauque.

Ils prirent congé des invités et, dix minutes plus tard, Seb démarra en direction du quartier d'Ana sous un crachin qui rendait la chaussée glissante.

— Alors, tu t'es bien amusée ? interrogea-t-il.

— Beaucoup ! Et toi ?

— Moi aussi, répondit Seb, et je dois reconnaître que ce mariage était plutôt réussi.

Elle fut déçue de voir qu'il se rangeait sur un parking voisin de l'immeuble où elle habitait. Elle qui espérait être invitée chez lui !

Elle avait compris le message. Il voulait bien flirter avec elle, lui voler un baiser ou la dévorer des yeux, mais pas question d'aller plus loin !

Seb coupa le moteur et se tourna vers elle.

— Je voudrais te remercier de m'avoir tenu

compagnie au mariage de mon père, dit-il d'un ton bourru.

Cédant à une impulsion, elle détacha sa ceinture, se pencha au-dessus de Seb et l'enlaça sauvagement comme elle en rêvait depuis des heures.

Attirant son visage tout contre le sien, elle souda ses lèvres contre sa bouche, tout ébahie de sa propre audace.

Etait-ce le champagne ?

Etait-ce de se sentir presque nue sous sa robe qui lui donnait des ailes ?

A force d'échanger tant de regards brûlants avec Seb, sur la piste de danse, à force de sentir son corps viril se frotter au sien, elle était surexcitée et n'avait plus le courage d'attendre.

Elle s'installa d'autorité à califourchon sur Seb et, sa robe retroussée jusqu'à la taille, elle déboutonna sa braguette et libéra son sexe.

— Continue ! souffla-t-il en se penchant pour l'embrasser à pleine bouche.

Alors qu'elle lui rendait son baiser, Seb caressa fébrilement ses seins nus puis son corps impatient.

A l'abri derrière les vitres embuées de la voiture, ils mélangèrent leurs souffles, leurs gémissements croissant de plaisir et leurs caresses se firent plus rapides et plus intenses.

Elle s'empala sur le sexe de Seb en poussant un cri.

— Oh oui, c'est si bon !

A califourchon sur Seb, elle s'agita avec une frénésie croissante et resserra les muscles de son ventre pour mieux le sentir en elle.

— Tu te souviens, dans notre bungalow… chuchota-t-il à l'oreille d'Ana tout en lui mordillant le cou.

— Ce que nous vivons est encore plus torride !

— Oui ! renchérit Seb tout en caressant frénétiquement les seins d'Ana à peine voilés par sa robe légère.

D'une savante ondulation des hanches, elle précipita le jaillissement de leur plaisir sans quitter Seb des yeux, et ce qu'elle lut dans son regard la convainquit que leur histoire était loin d'être terminée.

— Je n'ai jamais fait l'amour aussi bien qu'avec toi, murmura-t-il.

— Moi non plus ! approuva-t-elle, hors d'haleine et enfiévrée par des pensées contradictoires.

Elle qui avait espéré tirer un trait définitif sur leur relation après une ultime jouissance, elle en était pour ses frais !

Ouvrant la portière côté conducteur, elle se dégagea de l'étreinte de Seb et voulut sortir mais il la retint par le bras.

— On ne peut pas se quitter comme ça, Ana.

— Si, il le faut.

— Viens chez moi.

— Non.

— Alors, invite-moi à passer la nuit chez toi puisque Phil et Jack ne sont pas à Londres…

— Je n'oserais jamais !

Seb s'efforça de cacher sa déception.

Après l'avoir quasiment violé sur ce parking, Ana n'avait tout simplement plus envie de rester avec lui et voulait le fuir au plus vite !

Une fois de plus…

Il lâcha la main d'Ana qui s'empressa de descendre et qui, après avoir récupéré ses affaires dans le coffre, se dirigea d'un pas rapide vers son immeuble.

Qu'il le veuille ou non, Ana était en train de bouleverser son existence !

D'un geste impulsif, il se libéra de sa ceinture de sécurité qu'il n'avait même pas eu le temps de détacher et il ouvrit sa portière.

— Je ne veux plus te quitter, Ana ! cria-t-il de toutes ses forces, le visage soudain glacé par l'air de la nuit, alors qu'elle s'engouffrait dans l'immeuble.

- 12 -

Le lendemain matin, Seb alla tambouriner avec impatience à la porte d'Ana.

— Qui est là ? demanda-t-elle d'une voix lasse.

— C'est moi, ouvre !

Elle obtempéra et il eut un choc en la voyant si pâle, des cernes sous les yeux et les cheveux en bataille.

— On dirait que tu as la gueule de bois ! dit-il en s'invitant dans l'appartement.

Après la façon dont Ana s'était jetée sur lui, la veille au soir, il avait été incapable de fermer l'œil. Le seul fait de repenser à leur brève et fougueuse étreinte enflammait ses sens.

— Que me veux-tu ? demanda-t-elle d'une voix sèche.

Il lui offrit son plus beau sourire.

— Je parie que tu n'as pas encore pris ton petit déjeuner.

— Dans l'état où je suis, je serais incapable d'avaler quoi que ce soit ! rétorqua-t-elle en se massant les tempes.

— Une bonne tasse de café aura vite fait de te remettre d'aplomb, dit-il en se dirigeant vers la cuisine pendant qu'elle s'asseyait dans le canapé du salon.

Il utilisa la machine à expresso qui trônait sur le comptoir et revint avec une tasse de café fumant qu'Ana parut déguster avec plaisir.

— Pourquoi es-tu venu, Seb ?

Il prit place à son côté et caressa tendrement le genou d'Ana.

— Parce que j'ai beaucoup pensé à toi depuis hier soir. Et puis, nous avons fait l'amour sans préservatif…

— Ma fausse couche m'a laissé des séquelles presque irréversibles. D'après les médecins, je ne cours pratiquement aucun risque de tomber enceinte.

Alors qu'il aurait dû être soulagé, il se sentit frustré.

Etait-ce parce qu'il s'était imaginé qu'Ana pourrait avoir un autre enfant de lui et que, dans ces conditions, divorcer ne serait plus une priorité pour elle ?

— Prépare-toi, je t'emmène voir la mer, dit-il en se levant brusquement. Un bon bol d'air iodé nous fera le plus grand bien.

— Je n'ai pas envie de faire de la route, répondit Ana d'un ton morne.

Ana avait conscience de se montrer grossière et désagréable. Son spleen n'était pas dû aux quelques coupes de champagne qu'elle avait bues la veille mais à leur fougueux corps à corps de la veille qui, loin de l'avoir guérie, la rendait encore plus avide de refaire l'amour avec cet homme qui se dressait devant elle en jean et pull noir !

— Voyons, Ana, sortir de ta tanière ne pourra que te faire du bien ! insista-t-il en lui caressant la joue.

Agacée par son insistance, elle détourna sèchement la tête. Il lui en coûtait de ne pas se montrer plus chaleureuse avec lui mais, après tout, Seb lui avait expliqué qu'il ne tenait pas à s'engager durablement dans une relation.

Dont acte.

De son côté, elle voulait se consacrer à sa carrière professionnelle et elle ne voyait pas l'intérêt de prolonger une relation source de nouvelles souffrances.

— Tu verras, décréta Seb, je connais un endroit dans les dunes qui est superbe ! décréta-t-il en la faisant lever d'autorité du canapé et en l'entraînant dans son sillage.

Encore abasourdie, elle se laissa convaincre de faire un brin de toilette et de passer un polo à manches courtes et une jupe légère.

Quand ils furent dans la rue, elle cligna des yeux car le soleil l'éblouissait et elle laissa Seb l'aider à s'installer à l'avant de la décapotable.

Pendant le trajet, elle se tut, laissant Seb faire tous les frais de conversation pour meubler un silence qui, sinon, aurait été plus que pesant.

— Pourquoi ne dis-tu rien ? s'étonna-t-il en la regardant de biais. A quoi penses-tu ?

— A toi… A nous, répondit-elle sincèrement.

Comment dire à Seb qu'elle l'aimait bien plus qu'il ne l'imaginait, et pas seulement comme amant ?

— Et alors ? dit-il en lui lançant un regard inquiet.

— Je n'ai pas envie d'en parler aujourd'hui, dit-elle froidement.

De toute évidence un peu interloqué, Seb ne trouva rien à répondre.

Quand ils furent enfin arrivés au bord de la mer, ils marchèrent longuement sur la plage en étirant leurs muscles encore endoloris par leur étreinte de la veille.

Ce genre de promenade avait d'ordinaire un effet apaisant sur Ana, mais aujourd'hui elle se sentait bien trop anxieuse et émotive pour en profiter pleinement.

— Allons manger une glace ! proposa Seb avec entrain.

Elle prit son courage à deux mains.

— Seb, il faut que nous cessions de nous voir, dit-elle aussi vite qu'elle le put.

Il se figea.

— Mais pourtant, la nuit dernière…

— C'était une erreur ! Mieux vaut cesser toute relation à l'avenir.

Dans une soudaine volte-face, elle marcha à pas vifs vers la voiture. A quoi bon discuter puisqu'il n'y avait rien de plus à dire !

Le soleil l'éblouit et elle crut que ses jambes allaient se dérober sous elle. En proie à une migraine fulgurante, elle eut l'impression que quelqu'un jouait du tam-tam dans son cerveau.

Tout ce qu'elle désirait était de s'allonger et de fermer les yeux au plus vite !

— Ana ?

Seb eut juste le temps de se précipiter vers elle et de la retenir par le bras pour l'empêcher de tomber.

— Je vais bien…

— Mais non ! protesta-t-il.

Ana sentit la douleur s'amplifier dans son crâne à la limite du supportable.

— J'ai la migraine et je veux rentrer ! gémit-elle.

Les yeux mi-clos pour filtrer cette lumière qui l'éblouissait, elle se laissa guider par Seb jusqu'à la voiture où il l'aida à s'installer.

— Je suis désolée de te créer autant d'embarras, dit-elle en massant ses tempes en feu.

— Tu n'y es pour rien ! répondit-il en claquant la portière et en reprenant le volant.

Durant le trajet du retour, sa souffrance augmenta au point qu'elle eut du mal à respirer et une soudaine nausée lui souleva le cœur.

— Seb !

Il s'arrêta juste à temps pour qu'elle puisse ouvrir la portière.

Gênée et honteuse, elle hoqueta pendant qu'il l'aidait en lui tapotant le dos.

Percluse de douleurs, elle s'abandonna entre les bras de Seb.

— J'ai des lingettes rafraîchissantes dans mon sac, murmura-t-elle entre deux nausées.

Seb fouilla le sac d'Ana et y prit une lingette dont il lui tamponna le front.

— Merci, je peux continuer, dit-elle en s'efforçant de lui arracher la lingette des doigts.

Mais elle renonça, terrassée qu'elle était par une nouvelle vague de douleur.

— Excuse-moi de te donner tant de tracas, fit-elle, mortifiée.

Seb lui caressa tendrement la joue puis l'aida à remettre sa ceinture de sécurité avant de démarrer et de reprendre la route.

La nuque appuyée au dossier, Ana s'efforça de ne pas bouger, le moindre mouvement décuplant son mal de tête.

Le retour lui parut durer une éternité et elle poussa un soupir de soulagement quand Seb s'arrêta et coupa le contact.

— Viens, dit-il d'une voix douce en ouvrant la portière et en prenant Ana dans ses bras.

Elle ouvrit les yeux avec précaution et constata qu'ils étaient garés non pas devant l'immeuble de Phil, mais devant celui de Seb.

— Où m'emmènes-tu ?

— Chez moi, voyons ! Tu ne penses quand même pas que je vais te laisser seule dans un appartement désert ?

Seb la souleva sans peine et l'emporta dans ses bras jusqu'à la salle de bains qui se trouvait à l'étage.

— Bois ça, dit-il en lui tendant un verre contenant de l'aspirine effervescente.

Après avoir procédé à une rapide toilette, elle alla au lit, posant sa tête avec délice sur l'oreiller.

Quand Seb se coucha à son côté en l'enlaçant tendrement, elle sentit le matelas se creuser sous leur double poids.

— Merci pour tout ! murmura-t-elle.

— Repose-toi, dit-il en se pressant contre elle comme s'il voulait la guérir en lui transmettant sa chaleur et sa force de vie.

Tandis que le sommeil la gagnait de plus en plus, elle oublia tout.

A son réveil, Ana remua la tête avec précaution et, à son grand soulagement, elle constata que sa migraine avait disparu. Pelotonné contre son dos, Seb était en érection.

— Tu vas mieux ? souffla-t-il à son oreille.

— Oh oui, bien mieux ! répondit-elle en reprenant ses esprits.

— Je ne veux pas que ça s'arrête entre nous, Ana, du moins pas encore.

Elle essaya de se glisser hors du lit mais il l'en empêcha et l'embrassa longuement sur la bouche.

— A mon avis, ta migraine d'hier est un avertissement.

— Que veux-tu dire ?

— Que ni toi ni moi, nous ne sommes prêts à nous séparer ! C'est l'appréhension de la rupture qui t'a donné ces maux de tête.

Elle voulut protester mais Seb lui cloua le bec d'un nouveau baiser.

— Tu as les plus belles jambes du monde, dit-il d'une voix rauque en lui caressant l'intérieur des cuisses. Et tes seins sont tout simplement parfaits ! ajouta-t-il en mordillant tour à tour chacune de leurs pointes.

Seb changea de position et frotta son sexe durci contre le ventre tiède d'Ana qui ne put retenir un gémissement.

Quand il la pénétra, elle poussa un petit cri et ferma les yeux.

— Oh non, ne t'arrête pas ! s'exclama-t-elle en sentant Seb se retirer.

— Alors regarde-moi quand nous faisons l'amour ! insista-t-il en saisissant son menton entre le pouce et l'index.

— Je suis à toi ! dit-elle en obéissant.

Non seulement elle accepta que Seb la dévore des yeux, mais elle répondit à ses assauts avec une ardeur incomparable tandis que leurs souffles et leurs cris se répondaient.

— Tu es très belle, lui souffla Seb à l'oreille, mais ce que j'aime le plus en toi ne se voit pas.

Trop émue pour répondre, elle ne put faire autrement que de détourner la tête afin de cacher ses larmes et, sans cesser pour autant d'aller et venir en elle, Seb lécha ses joues humides.

Elle avait l'impression d'être au bord du gouffre. A chaque nouveau coup de reins de Seb, elle sentait fléchir ses bonnes résolutions.

Saurait-elle jamais quitter un homme qui lui apportait une telle force de vie et d'amour ?

Sachant maintenant combien il serait vain de résister, elle chercha la bouche de Seb qu'elle embrassa fébrilement.

Tous deux s'enlacèrent avec une force accrue et elle ne put s'empêcher de fermer les yeux pour mieux savourer son bonheur de faire l'amour avec Seb.

Elle l'entendit gémir et elle se laissa totalement aller à leur étreinte, embrassant sa bouche à en perdre haleine et l'étreignant contre elle avec frénésie.

— Plus vite ! cria-t-elle d'une voix altérée.

Mais Seb n'en fit rien, au contraire, il s'arrêta un instant, plongeant son regard brûlant dans le sien.

Mais alors qu'elle s'apprêtait à protester, il reprit ses assauts, toujours plus forts, toujours plus étourdissants.

Dans un cri, elle se sentit aspirée par un orgasme d'une intensité qui dépassait ses rêves les plus fous.

Emportée par la vague de plaisir, elle planta ses ongles dans le dos de Seb pour se souder encore plus à lui et, quand celui-ci se laissa enfin aller, elle ressentit un bonheur inouï et ferma les yeux pour mieux saisir toute la magie de l'instant.

***

Tout en écoutant le souffle régulier de Seb allongé près d'elle, Ana se remettait de l'incroyable moment qu'elle venait de vivre dans les bras de Sebastien.

Quel merveilleux amant !

Dommage qu'il lui ait brisé le cœur, près d'un an auparavant, en lui annonçant froidement qu'il l'avait épousée pour satisfaire son ambition professionnelle.

Quoi qu'elle en dise, elle devait bien admettre que sa blessure, loin d'être cicatrisée, était encore à vif !

Certes, elle lui était reconnaissante d'avoir pris soin d'elle, hier, quand cet accès de migraine l'avait terrassée, mais elle était aussi convaincue que Seb ne savait pas aimer ailleurs que dans un lit.

Comment pourrait-il, dans ces conditions, lui apporter un jour la stabilité affective dont elle avait tant besoin ?

C'était d'autant plus dommage qu'après ce qu'il lui avait dit de son enfance et du déchirement qu'avait été pour lui le divorce de ses parents, elle n'aurait pas demandé mieux que de l'aimer et de rester à ses côtés.

Quelle idiote elle avait été de s'imaginer qu'elle pourrait renouer avec Seb tout en restant maîtresse du jeu car, en définitive, elle s'était attachée à lui bien plus encore que lors de leur lune de miel à Gibraltar.

Elle secoua doucement Seb par l'épaule.

— Il faut que je rentre, dit-elle.

— Pourquoi donc ? demanda-t-il d'une voix ensommeillée.

— J'ai promis à Phil d'être là pour son retour.

— Je le préviendrai que tu as la migraine et que tu as préféré passer quelques jours chez moi, répondit Seb en lui caressant la joue.

Elle hésita à s'engager dans une épreuve de force avec lui.

— Bon, mais c'est moi qui me charge d'appeler Phil, dit-elle en se levant.

Phil décrocha à la première sonnerie.

— Ana, ma chérie ! Comment vas-tu ?

— Pas très bien. J'ai eu une violente migraine hier et Seb m'a donné l'hospitalité pour quelques jours. Je ne voulais pas que tu t'inquiètes.

— Ma pauvre chérie ! Je suis sûr que Seb saura très bien te soigner. Reste aussi longtemps que tu veux avec lui.

— Pas de problème ! répondit-elle avec un pincement au cœur avant de couper la communication.

Elle qui pensait que Phil lui demanderait de revenir dare-dare, elle en était pour ses frais !

— Je suis sûre que, toi et Phil, vous avez tout combiné ! lança-t-elle à Seb qui s'était levé et qui s'habillait.

— Eh bien, oui ! Je voulais que tu restes chez moi, admit-il tout penaud.

Sebastien ne chercha même pas à nier. Hier, il avait éprouvé pour elle un élan de tendresse si violent en la voyant souffrir de cette migraine qu'il n'avait pu se résigner à la laisser rentrer seule chez Phil et Jack.

Ce matin, profitant de ce qu'Ana dormait encore, il avait téléphoné à Phil et il ne lui avait pas fallu bien longtemps pour convaincre le décorateur qu'il aimait Ana et qu'elle ne pouvait pas être mieux que chez lui.

— Mais enfin, Seb, pourquoi ne pas me l'avoir directement demandé ? s'étonna Ana.

— Parce que tu aurais refusé !

— Tiens ! Tu en étais donc si sûr ?

Tout en boutonnant sa chemise, Seb ne put s'empêcher de penser à Ana, à tout ce qu'elle représentait pour lui, à ces moments de bonheur qui avaient illuminé leur séjour en Afrique.

Il s'éclaircit la gorge.

— Ana…, commença-t-il.

— Oui ?

— Je crois que nous devrions tenter de reprendre la vie commune, dit-il enfin.

De toute évidence pas très convaincue, elle secoua la tête.

— Je resterai chez toi le temps de me trouver un autre logement, mais je reprendrai mon indépendance dès que possible.

— Rien ne presse. Je passerai prendre tes affaires chez Phil à l'heure du déjeuner, ajouta-t-il.

— Voyons, ne te dérange pas pour moi ! Je peux

très bien patienter jusqu'à ce soir, quand tu auras fini de travailler.

Il n'osa pas lui avouer qu'il était impatient de la revoir avant ce soir et que lui rapporter ses bagages n'était qu'un prétexte pour pouvoir être plus tôt avec elle.

— Bon, je crois que je vais me recoucher ! dit Ana en étouffant un bâillement avant d'ôter son peignoir et de se glisser, nue, sous le drap.

— Et moi, il est temps que j'aille travailler, dit Seb qui ne parvenait pas à détacher les yeux de ce corps nu à peine voilé.

Ana était si belle et si émouvante qu'il mourait d'envie de la prendre dans ses bras et de lui refaire l'amour sur-le-champ.

Mais il savait aussi qu'à trop céder à ses impulsions, il risquait d'aliéner son indépendance, et cette pensée l'incita à garder son sang-froid.

— Je voudrais te remercier pour tout ce que tu as fait pour moi, Seb, dit Ana en accompagnant ses propos d'un long regard troublant.

— C'était bien naturel, répondit-il en se penchant sur le visage de la jeune femme et en effleurant sa tempe d'un baiser.

La première chose que vit Seb en arrivant dans son bureau fut la pile des dossiers en attente.

Il poussa un profond soupir de découragement.

Depuis qu'il avait pris ses fonctions dans ce cabinet

d'avocats très réputé, il avait traité des centaines de divorces dont aucun ne l'avait laissé indifférent.

N'était-il pas bien placé pour savoir qu'une rupture entre deux personnes s'étant juré amour et fidélité donnait lieu à de sordides règlements de comptes ?

Pour sa part, il n'avait encore jamais rencontré de conjoints prêts à renoncer à un quelconque avantage matériel.

Chaque fois qu'il l'avait pu, il s'était efforcé de faire passer l'intérêt des enfants avant toute autre considération, quitte à réclamer et à imposer des expertises psychologiques aux parties en présence.

Quand le mariage de ses parents avait fait naufrage, n'avait-il pas souffert de la rancœur de sa mère ? De la pugnacité de son père ?

Heureusement qu'Ana et lui s'étaient mariés sous le régime de la séparation des biens, n'avaient rien acquis en commun et n'avaient pas non plus d'enfant !

Le cœur serré, il repensa à ce petit être qu'Ana avait porté dans son ventre et qui était une part de lui.

Cette nouvelle l'avait profondément troublé. Pourtant, il avait toujours eu l'impression de ne pas avoir l'étoffe d'un père, pas après ce qu'il avait vécu étant enfant.

Et d'ailleurs avait-il aussi l'étoffe d'un mari ? Il était très attaché à Ana. Un attachement qu'il ne pouvait nier, mais il n'était toujours pas certain d'être un mari idéal pour elle. Il n'était sans doute pas encore prêt à s'engager. Il souhaitait de tout son cœur passer du temps avec Ana, qu'elle reste sa maîtresse. Mais au fond, il ne pouvait pas s'empêcher de penser qu'il ferait mieux de signer au plus vite ce fameux protocole de divorce qu'Ana lui réclamait depuis des semaines à cor et à cri.

Après avoir travaillé toute la matinée sur ses dossiers les plus urgents, Seb alla chercher, un peu avant midi, les bagages d'Ana chez Phil à qui il réitéra sa promesse de prendre soin de la jeune femme.

Une fois de retour dans son appartement, il monta les sacs et les valises de la jeune femme jusqu'à la chambre à coucher.

Alors qu'il s'étonnait de voir le lit vide, il entendit de l'eau couler dans la salle de bains adjacente.

— Ana ?

— J'arrive ! Je suis sous la douche ! répondit-elle en criant pour couvrir le bruit du jet.

Il en profita pour examiner le placard à vêtements et il libéra assez d'espace pour que la jeune femme puisse y ranger ses affaires.

— Tu es rentré plus tôt que prévu ! dit-elle en venant le rejoindre en peignoir et les cheveux mouillés.

— J'avais hâte de te revoir, dit-il en l'enlaçant. Je n'ai pas arrêté de penser à toi.

— Seb…

Il effleura ses lèvres d'un baiser puis lui montra le placard.

— Crois-tu que tu auras assez d'espace pour ranger tes vêtements ?

— Oh, ça ira très bien ! dit -elle en s'asseyant sur le lit, ce qui eut pour effet de dénuder ses cuisses.

Il dut se faire violence pour ne pas s'approcher du lit mais la pâleur d'Ana l'en dissuada. Elle était loin d'être remise de sa migraine et il préférait la ménager pendant encore un jour ou deux.

En ouvrant l'un des sacs qu'il venait d'apporter, il fit un faux mouvement et plusieurs paires d'escarpins s'en échappèrent.

— Eh bien, tu disais vrai en affirmant avoir la folie des escarpins ! dit-il en contemplant l'enche-vêtrement de ces dizaines de talons aiguilles.

Elle rougit.

— Tu ne les trouves pas un peu trop ridicules ?

— Non, j'aime beaucoup. Et ils ont l'air flambant neuf.

Elle lui adressa un sourire contrit.

— Je sais ! J'aurais trop mal au cœur de penser qu'une autre que moi pourrait les porter, alors je préfère ne pas les mettre en location tout de suite.

Il sentit son désir se ranimer en voyant qu'Ana n'avait pas encore rabattu le peignoir sur ses cuisses nues.

— En tout cas, ces talons hauts mettent ta silhouette en valeur, dit-il avec sincérité.

Elle se leva et vint se suspendre langoureusement à son cou.

— J'aime quand tu me complimentes, dit-elle

en lui effleurant la joue d'une caresse. Bon ! Il est temps que je commence à ranger mes affaires.

Pendant qu'Ana suspendait ses chemisiers dans le placard, Seb décida d'aller ranger les précieux escarpins dans la chambre d'amis. Il n'y aurait jamais assez de place dans ce placard, et il voulait absolument qu'Ana se sente à l'aise chez lui, qu'elle se sente la bienvenue.

— Je n'en ai pas pour longtemps, dit-il en remettant soigneusement les chaussures dans le sac et en se dirigeant vers la chambre d'amis.

Alors qu'il venait de finir de ranger toutes les chaussures, son attention fut attirée par une boîte en carton fermée, au fond du sac. Incapable de réprimer sa curiosité, il s'empressa d'ouvrir la boîte.

Elle contenait quatre paires de baskets multicolores pour bébé…

Bouleversé, il aligna les huit minuscules baskets en rang d'oignons sur le parquet.

— Ana ?

— Oui !

— Veux-tu venir un instant ?

Elle s'arrêta net en voyant les baskets.

— Ces chaussures…, dit Seb d'une voix rauque.

— Oui, je n'ai pas eu le cœur de les jeter.

— Que dois-je en faire, à présent ? demanda-t-il.

— Mais je n'en sais rien ! répondit-elle en s'efforçant visiblement de maîtriser le tremblement de sa voix.

— Tu ne veux sans doute pas les vendre, insista-t-il avec maladresse.

Ana lui décocha un regard furieux.

— Comment peux-tu dire une chose pareille ? s'indigna-t-elle en se penchant pour remettre les baskets dans leur boîte.

— Excuse-moi ! Si tu savais comme je suis désolé !

— J'en ferai don dès que possible à la Croix-Rouge, dit-elle d'une voix étrangement calme.

Lorsqu'elle eut quitté la pièce, Seb se retrouva seul avec sa maladresse.

Il aurait mieux fait d'agir comme si de rien n'était !

Si Ana avait pris la peine de conserver pieusement ces minuscules baskets, c'était bien parce qu'elles lui rappelaient le bébé qu'elle aurait dû avoir si sa grossesse n'avait pas été interrompue par une fausse couche !

Pourtant, elle lui avait affirmé ne pas vouloir d'enfant et préférer mener une vie de femme libre. Etait-ce vraiment la vérité ? Maintenant, il en doutait.

Il se reprocha amèrement d'avoir été si désinvolte à son égard et de ne pas se donné la peine de découvrir ce que son épouse cachait au fond de son cœur.

Il n'avait été préoccupé que de lui-même, et de ses propres états d'âme, sans vraiment s'intéresser à ce que pouvait ressentir Ana. Pourquoi lui était-il si difficile d'avouer qu'elle espérait fonder une famille ?

Il se promit d'être vigilant. La prochaine fois qu'elle se comporterait en femme libérée et insouciante, il saurait à quoi s'en tenir et éviterait ainsi de commettre d'autres maladresses.

Ana était en train de terminer de ranger ses vêtements et elle n'avait pas entendu Seb s'approcher.

— Tu m'as fait peur ! dit-elle en sursautant.

— Bien involontairement, crois-moi. Je voulais t'avertir que je retourne au cabinet, dit-il froidement.

Elle le regarda d'un air troublé.

— Quand penses-tu être de retour ?

— Oh, ce soir ! En attendant, ne te gêne pas pour t'installer dans mon bureau, si tu en as envie.

— Entendu, merci.

Elle le regarda s'éloigner vers l'escalier.

— Seb, tu ne m'embrasses plus ?

Il se retourna, lui adressa un petit signe de la main avant de quitter la pièce.

La froideur de Seb la bouleversa. Pourquoi se comportait-il ainsi, lui qui s'était montré si tendre le matin même, après lui avoir fait l'amour ?

Agissait-il ainsi pour lui signifier qu'entre eux, tout était désormais fini ?

Puis soudain, elle comprit et elle sentit sa gorge se nouer. Comment avait-elle pu être aussi naïve ?

Evidement que Seb essayait de lui signifier que rien n'avait changé et que même s'ils étaient bons amants, elle ne devait surtout pas se faire des idées. Une immense colère la submergea. Contre elle-même et sa propre sottise qui l'avait poussée à baisser la garde, mais surtout contre la cruauté de Sebastien.

En dépit de sa fureur et de sa déception, elle se fit néanmoins une dernière promesse : quoi qu'il arrive, elle ne prendrait pas la fuite en claquant la porte derrière elle, comme elle l'avait fait la première fois !

Quand Seb rentrerait, elle lui demanderait les yeux dans les yeux d'accélérer la procédure de leur divorce.

Seb planchait sur un dossier épineux lorsque l'Interphone de son bureau bourdonna.

— Monsieur Rentoul ? Votre père désirerait vous voir, l'avertit sa secrétaire.

— Faites-le entrer, répondit Seb, intrigué.

Que lui voulait donc son père si peu de temps après s'être remarié ? Il n'envisageait tout de même pas de divorcer tout de suite ?

La porte de son bureau s'ouvrit et son père entra, l'air renfrogné.

— Ne me dis pas que tu veux *déjà* entamer une procédure de divorce ! plaisanta Seb.

— Très drôle ! s'exclama son père en fermant la porte derrière lui, sa haute silhouette projetant une ombre démesurée sur la table de travail de Seb.

— Je te croyais en pleine lune de miel à Paris avec ta nouvelle épouse, s'étonna Seb.

— Nous sommes revenus plus tôt que prévu. Figure-toi que Janine est enceinte.

Seb accusa le coup.

— Félicitations, dit-il en s'efforçant de prendre un ton réjoui. Je sais que tu espérais un enfant depuis longtemps déjà.

— Tu peux même dire que j'en rêvais, renchérit son père en souriant.

Seb se leva pour aller lui serrer la main et, après une imperceptible hésitation, les deux hommes se donnèrent l'accolade.

Ni son père ni lui n'étaient coutumiers de ces démonstrations affectueuses mais Seb avait conscience qu'il se passait quelque chose de particulier entre eux aujourd'hui.

— Maman est-elle au courant ? demanda-t-il.

Son père baissa les yeux.

— Non, pas encore, et c'est pourquoi je…

— Eh bien ? insista Seb, bien décidé à ne pas lui tendre la perche.

M. Rentoul rectifia son nœud de cravate et s'éclaircit la voix.

— En fait, je me demandais si tu pouvais en toucher deux mots à ta mère.

Et voilà ! Une fois de plus, son père refusait d'affronter ses responsabilités.

— Ne crois-tu pas que ça serait à toi de lui annoncer la nouvelle ?

— J'ai peur de lui faire de la peine, se justifia son père.

Seb poussa un soupir désabusé.

— Parce que tu t'imagines peut-être que, moi, j'ai envie de faire de la peine à maman ?

— Tu es son fils.

— Et alors ?

— Tu comptes plus que tout pour elle. Si tu lui parles, elle t'écoutera.

Seb crut qu'il allait s'étrangler d'indignation car il n'avait jamais eu le sentiment d'occuper une place privilégiée dans l'existence mouvementée de sa mère.

— Assieds-toi, papa, dit-il en montrant du doigt la chaise réservée aux visiteurs.

— Ta mère et moi, nous t'avons fait du mal, n'est-ce pas ? dit son père avec une mimique gênée. Tu étais ce que nous avions de plus précieux au monde et nous n'avons pas eu, elle et moi, l'intelligence de nous entendre.

Comme Seb ne disait rien, M. Rentoul crut bon d'insister.

— Crois-moi, fils, j'ai tout fait pour préserver tes intérêts.

C'était faux, et Seb était bien placé pour le savoir.

A sa naissance, ses parents étaient encore très jeunes, insouciants, en quête de leur propre bonheur et n'avaient eu que faire d'un bébé qui passait son temps à pleurnicher.

Adolescent, Seb s'était rendu compte que ses parents s'entendaient de moins en moins bien. Plus d'une fois, il avait aperçu sa mère en larmes, toujours plus malheureuse d'être la femme d'un homme qui ne se souciait plus d'elle depuis bien trop longtemps déjà.

Le divorce de ses parents l'avait déstabilisé.

Se partager entre un père et une mère qui affirmaient l'aimer autant l'un que l'autre avait été une pénible épreuve pour l'adolescent et le jeune adulte qu'il allait devenir.

Il en était venu à penser que le bonheur ne se construisait pas à deux, mais seul, dans l'insouciance et la recherche du plaisir.

Tout au long de ses brillantes études, il avait mené une existence de play-boy doré, papillonnant de conquête en conquête sans jamais s'attacher à une femme en particulier.

— S'il te plaît, Sebastien, peux-tu me rendre ce service ? lui demanda son père d'un ton anxieux.

— C'est entendu, je parlerai à maman, déclara Seb sans enthousiasme.

Quand son père fut parti, Seb essaya de se concentrer sur son travail mais était incapable de chasser Ana de ses pensées.

Il avait bien du mal à croire qu'il saurait rendre la jeune femme heureuse et il redoutait qu'un nouvel échec ne les pousse vers une séparation qui, cette fois-ci, serait définitive.

Certes, Ana le troublait et il aurait sans doute été heureux d'avoir un enfant d'elle, mais tout ça n'appartenait-il pas au passé ? Il fallait qu'il lui parle, qu'il mette un terme à cette situation avant qu'elle ne devienne inextricable.

L'idée qu'il allait devoir bientôt s'expliquer avec elle le rebutait, mais la petite scène de ce matin avec les petites chaussures d'enfant lui avait fait prendre conscience d'une chose : il ne se sentait pas de taille à assurer son bonheur, pas plus que celui d'une autre femme.

Ce fut avec un mélange d'impatience et d'anxiété qu'il regagna son appartement en fin d'après-midi.

A la surprise de Seb, Ana l'accueillit juchée sur des talons aiguilles démesurés.

Elle était même plus grande que lui !

— Je t'avais bien dit que je dénicherais *la* paire d'escarpins capable de te damer le pion ! lui dit-elle, les yeux brillants.

Souriante sur ses longues jambes effilées, elle n'avait jamais été plus belle ou plus désirable.

Tout en regardant Ana dans les yeux, il sentit ses bonnes résolutions de l'après-midi s'évaporer tant il se sentait subjugué par cette femme si sexy.

Devant cette paire d'yeux radieux, cette bouche prête à frôler la sienne, il se sentit faiblir. Elle dominait la situation, et pas seulement par la taille.

Incapable de résister plus longtemps, il prit Ana dans ses bras et l'étreignit de toutes ses forces.

Elle se laissa faire sans protester et lui adressa même un petit sourire complice qui acheva de le troubler.

Tout en humant le parfum troublant d'Ana, il essaya de retrouver ses esprits et de se montrer raisonnable. La leçon passée n'avait-elle pas porté ses fruits ? Ana et lui n'avaient-ils pas assez souffert du fiasco qu'avait été leur mariage ?

Mais toutes ses tentatives furent vaines. Elle l'avait littéralement ensorcelé, il ne se maîtrisait plus.

Plaquant fermement Ana contre le mur, il prit sa bouche et l'embrassa à en perdre haleine en frottant son sexe déjà dur contre son ventre.

— Non, il ne faut pas ! s'écria-t-elle.

Sans l'écouter, il déboutonna son pantalon, souleva prestement la jupe d'Ana et entreprit de lui caresser les cuisses.

Il mourait d'envie de la pénétrer sauvagement et s'imaginait déjà la mener vers la jouissance.

— Oh oui, c'est bon ! cria-t-elle en se tortillant sous ses caresses.

Il était d'autant plus fébrile qu'il avait parfaitement conscience que c'était sans doute la dernière fois qu'Ana et lui feraient l'amour.

D'un élan viril, il la plaqua de plus belle contre le mur, serrant son beau visage entre ses mains pour mieux plonger au cœur de ses prunelles qui étincelaient dans la pénombre.

Il la pénétra lentement, heureux de l'entendre gémir, savourant ses convulsions croissantes, puis se retirant pour faire durer le plaisir avant de replonger en elle, alternant la force et la douceur, la rapidité et la lenteur, jusqu'à ce qu'il atteigne le seuil au-delà duquel il ne pourrait plus se contrôler.

Quand elle le supplia de ne pas la faire languir davantage, il lui cloua la bouche d'un baiser passionné et redoubla d'ardeur jusqu'à ce qu'elle explose de joie sous ses coups de reins.

— Oh, Seb, c'était merveilleux ! dit-elle un peu plus tard, en tentant de reprendre son souffle.

— Pour moi aussi, admit-il, plus ému qu'il ne voulait le laisser paraître.

Il s'essuya le front sans parvenir à détacher son regard de ce doux visage illuminé par les ultimes feux du plaisir.

Nullement rassasié d'Ana, il la souleva dans ses bras et, sans plus réfléchir, l'emporta dans l'escalier jusqu'à leur chambre à coucher.

Elle se laissa aller contre son torse viril, et Seb comprit qu'il était en train de commettre une terrible erreur.

Quand Seb la déposa sur le lit, Ana était déjà ivre de désir, et une soudaine chaleur envahit son ventre.

— J'ai tellement pensé à toi aujourd'hui ! lui dit-il en se penchant sur elle.

Alors qu'elle allait s'abandonner à ses mains expertes, le doute l'envahit de nouveau. Elle ne pouvait pas faire confiance à Seb. Comment avait-elle pu l'oublier ?

Ce matin encore, il s'était montré si distant avec elle, et voilà qu'à présent il la couvrait de compliments ?

Soudain refroidie, elle s'assit sur le lit et regarda Seb d'un air grave.

Ne la menait-il pas en bateau depuis le début de leur relation ? Après lui avoir juré un amour éternel devant le consul britannique qui les mariait, il lui avait avoué quelques jours plus tard que seule son ambition professionnelle l'avait motivé.

Seb était un cynique égoïste qui préférait les aventures faciles et qui ne voudrait sûrement jamais s'encombrer d'une famille !

En l'observant plus attentivement, elle se demanda si c'était l'imminence de leur divorce qui stimulait ainsi sa libido ?

Comme s'il lisait dans ses pensées, Seb lui caressa tendrement la joue.

— Tu comptes beaucoup plus pour moi que tu ne le penses, dit-il d'une voix rauque en serrant Ana entre ses bras.

Aussitôt, elle sentit renaître son désir pour lui.

— Oh Seb, aime-moi ! murmura-t-elle.

Elle savoura le contact de ses mains d'homme sur sa peau nue et s'abandonna à ses caresses ensorcelantes.

Et la petite flamme qu'elle voyait danser au fond des prunelles de Seb lui fit oublier ses ultimes réticences.

— Seb ?

— Chut ! répondit-il en l'embrassant doucement sur la bouche. Laisse-moi te montrer ce que je ressens pour toi.

Seb lui communiqua tant de plaisir et de bonheur avec ses caresses et ses baisers que, pour la première fois, elle eut le sentiment qu'il y avait bel et bien quelque chose de très fort entre eux. Quelque chose qui pourrait même être de l'amour. Mais si elle ne pouvait s'empêcher d'espérer, tous ses doutes n'étaient pas balayés pour autant.

Seb caressa les cheveux d'Ana en plongeant son regard au fond de ses yeux.

— Tu mérites d'être la plus heureuse des femmes, dit-il avec gravité.

Stimulée par ces mots magiques, elle se livra corps et âme et quand, enfin, le plaisir la submergea, elle s'abandonna en gémissant à cette merveilleuse étreinte.

— Toi au moins, tu sais rendre une femme heureuse ! lui dit-elle impulsivement, une fois qu'elle eut retrouvé un peu de souffle.

— Et toi, tu es si belle ! lui murmura-t-il à l'oreille.

Encore tremblante de bonheur, elle regarda Seb avec tendresse.

— Je t'en ai beaucoup voulu, tu sais, mais je crois que je suis en train de te pardonner, dit-elle.

D'un doigt discret, Seb souligna la zébrure qui barrait le bas du ventre d'Ana.

— Si je n'avais pas vu cette cicatrice sur ton ventre, quand nous étions à Mnemba, m'aurais-tu parlé du bébé que tu as perdu ?

Elle sentit sa gorge se serrer.

— Aurais-tu encore voulu de moi si je t'avais mis au courant de ma grossesse ? Tel que je te connais, tu aurais toujours eu un doute sur mon intention de t'informer que tu étais père…

Seb ne sut trop quoi répondre. Il savait qu'Ana venait de marquer un point. Ne gagnait-il pas sa vie en persuadant les juges de la bonne foi de ses clients, même quand ces derniers accumulaient les mensonges ? L'âme humaine lui était trop familière pour qu'il se berce d'illusions, y compris sur sa capacité à pardonner à Ana de lui avoir caché — un temps du moins — le fait qu'elle ait été enceinte de lui.

S'il lui exprimait de nouveau ses regrets pour la perte du bébé, il était prêt à parier qu'elle l'accuserait d'être un opportuniste.

C'était d'autant plus injuste qu'il était sincère en affirmant qu'elle comptait beaucoup pour lui, quoi qu'elle en dise.

Alors, à bout d'arguments, tout ce qu'il trouva à faire fut de serrer Ana très fort entre ses bras.

A l'aube, Seb s'écarta du corps brûlant d'Ana et lui glissa au creux de l'oreille de continuer de dormir.

Encore obsédé par leur récente étreinte et enivré par l'odeur de la jeune femme, il avait besoin de réfléchir. Ana comptait beaucoup pour lui, et pas seulement sexuellement, mais la rendrait-il jamais heureuse si, par extraordinaire, ils reprenaient une vie commune ?

Ana avait bien trop souffert pour ne pas mériter ce bonheur qu'il ne se sentait pas en mesure de lui apporter, et il lui apparut que la meilleure des solutions était de lui accorder enfin le divorce.

Intelligente, sensible et jolie comme elle l'était, Ana rencontrerait sans peine quelqu'un capable de lui donner ce qu'elle espérait, et cette personne-là, ça n'était sûrement pas lui !

L'évocation de la grossesse d'Ana lui rappela qu'aujourd'hui il devait annoncer à sa mère que son père allait avoir un enfant avec Janine, sa nouvelle femme.

Se sentant soudain complètement découragé, il alla faire sa toilette et s'habilla.

Avant de partir, il ne put résister au désir de s'asseoir sur le bord du lit pour regarder le beau visage d'Ana.

Il l'embrassa longuement et, sous la caresse de ses lèvres, elle s'étira et remua ses jambes sous le drap.

Plus troublé encore qu'il ne voulait l'admettre, il détacha à regret ses lèvres de sa peau si douce et sortit sur la pointe des pieds avant de refermer la porte derrière lui.

Dans son bureau au rez-de-chaussée, il relut les documents relatifs à leur divorce, en particulier les termes du protocole qui officialiserait leur séparation et qu'il ne lui restait plus qu'à signer.

Une fois le divorce prononcé, il avait la certitude qu'Ana et lui ne se reverraient plus et cette idée lui fut insupportable.

Mais que pouvait-il faire d'autre ? Ne l'avait-il pas épousée sans vraiment l'aimer, parce qu'il voulait obtenir coûte que coûte sa promotion dans ce cabinet huppé d'avocats londoniens ?

Il songea soudain à une alternative qui lui redonna un peu d'espoir.

Lui et Ana s'entendait trop bien pour se séparer. Certes, il connaissait ses limites et il n'était toujours pas sûr d'être capable de la rendre vraiment heureuse. Mais cela ne valait-il pas la peine d'essayer ? Peut-être qu'une fois leur divorce prononcé, ils pourraient repartir sur de nouvelles bases ? Personne ne pouvait présumer de l'avenir, mais le jeu en valait la chandelle. Et s'ils devaient se séparer, autant que cela se produise après qu'ils auront donné toutes ses chances à leur couple.

Restait à savoir si Ana croirait en sa bonne foi.

En tremblant légèrement, il décapuchonna son stylo et apposa sa signature au bas du protocole du divorce avant de partir rejoindre sa mère.

- 14 -

Seb avait réservé un box privé dans l'un des meilleurs restaurants de la capitale anglaise.

— Bonjour maman, dit-il en s'avançant vers Lily qui était déjà arrivée.

— Bonjour mon chéri ! dit-elle en l'embrassant.

Un maître d'hôtel les accompagna à leur table et, dans l'éventualité où sa mère réagirait mal à ce qu'il devait lui annoncer, Seb s'arrangea pour qu'elle tourne le dos aux autres convives.

De cette façon, personne ne la verrait pleurer !

— J'ai vu papa hier…, commença-t-il quand ils furent assis.

Sa mère regarda fixement la carafe d'eau posée sur la table.

— Ah ! Je parie que Janine est enceinte !

— Mais… Comment le sais-tu ? s'étonna Seb.

— Leur mariage a été précipité, et puis, je ne sais pas si tu l'as remarqué, mais Janine n'a pas bu une seule goutte de champagne durant le dîner alors que ton père m'avait expliqué qu'elle adorait ce vin.

Elle pencha la tête sur le côté et sourit.

— C'est ton père qui t'a demandé de me parler, n'est-ce pas ?

Seb approuva d'un hochement de tête.

— Mon pauvre chéri ! reprit sa mère.

— L'important est que la prochaine venue au monde de cet enfant ne t'attriste pas trop, dit-il en esquissant un sourire.

— Au contraire, c'est une merveilleuse nouvelle, affirma sa mère sans conviction.

Seb lui prit la main pour la réconforter.

— Ne sois pas triste. Je sais bien que, papa et toi, ça n'était plus possible…

Après avoir bu un peu d'eau, elle regarda Seb dans les yeux.

— Il faut que tu saches que j'ai trompé ton père alors que nous vivions encore ensemble.

— Toi, tromper papa ?

Lily baissa la tête d'un air coupable.

— Tu te souviens de Miles, mon second mari ?

— Très bien, répondit Seb sans le moindre entrain.

— Je le connaissais avant de divorcer avec ton père.

— Vraiment ?

— Je me sentais si seule avec ton père qui ne s'occupait plus de moi. Miles a illuminé ma vie.

— Je comprends, dit Seb avec tristesse.

— Si j'ai finalement divorcé avec ton père, sois sûr que tu n'y es pour rien, l'assura sa mère.

Le serveur vint prendre leur commande et le sommelier apporta une bouteille de bourgogne.

Après avoir goûté et accepté le vin, Seb attendit d'être de nouveau seul avec Lily pour satisfaire sa curiosité.

— Dis-moi, maman, as-tu pris Miles comme amant dans l'espoir qu'il te ferait enfin l'enfant que tu désirais tant ?

Sa mère eut un petit rire.

— Miles s'était fait faire une vasectomie et il ne pouvait donc plus avoir d'enfant. Si j'ai choisi de vivre avec lui, c'était pour être libre.

Seb n'en revenait pas. Qui aurait cru que sa mère pouvait quitter son père pour un homme ayant eu une vasectomie, elle qui avait toujours clamé qu'avoir des enfants était son plus cher désir ?

Il se sentit perdu.

— Pourtant, tu rêvais bien de maternité, de couches et de berceau !

— C'est vrai, mais l'amour nous fait parfois changer d'avis. J'aurais été prête à adopter un enfant mais Miles, pas plus que ton père, n'était très chaud pour cette solution.

— Pourquoi donc ? insista Seb.

Sa mère soupira.

— Miles avait déjà plusieurs enfants d'une précédente union et s'en occupait peu, au point de les avoir laissés à la charge de son ex-épouse. Il voulait vivre en couple, pas en famille…

— Je vois !

Seb se souvenait de la froideur que lui témoignait Miles lorsqu'il venait rendre visite à sa mère. Le moins qu'on puisse dire est qu'il n'avait jamais été le bienvenu chez son beau-père !

— Est-ce à cause de son refus d'adopter des enfants que tu as rompu avec Miles ? poursuivit-il.

— Non, c'est parce qu'il m'a trompée, répondit sa mère avec un haussement d'épaules.

Seb tomba des nues. Lui qui s'était si longtemps imaginé être la cause de la désunion de ses parents, il se rendait compte un peu tard qu'il n'y avait été pour rien.

Après Miles, sa mère s'était mariée avec un autre homme sans avoir d'enfant de lui. Seb se souvenait avoir vu, à plusieurs reprises, Lily pleurer, et il en avait déduit qu'elle n'était pas heureuse.

— Et toi, lui demanda sa mère, te sentirais-tu capable d'élever un enfant qui ne serait pas le tien ?

— Bien sûr, car tout est une question d'amour, répondit-il d'une voix chaude.

Lui qui prétendait chérir sa liberté par-dessus tout n'en revint pas de sa propre audace.

Il fut surpris, presque choqué, de s'apercevoir que la perspective d'avoir des enfants ne l'effrayait pas le moins du monde…

Ce fut soudain comme une révélation. Tous ses doutes, toutes ses hésitations, tout ce dont il était persuadé quelques heures seulement auparavant lui semblait maintenant complètement dérisoire.

Il aimait Ana. Il brûla soudain de l'appeler sur-le-champ pour lui dire en face que tous deux sauraient construire une famille, une vraie, dans l'amour et la sécurité.

Il lui tardait aussi de lui promettre qu'il ne la quitterait jamais et resterait toujours avec elle, jusqu'à ce que la mort les sépare. Il espérait seulement qu'il n'était pas trop tard et qu'elle croirait en sa sincérité.

Il effleura tendrement la main de sa mère.

— Tu n'es pas trop triste ? lui demanda-t-il.

Lily soupira.

— Ça ira, Seb, mais c'est surtout pour toi que je me fais du souci. Quand je pense à ce que nous t'avons fait subir, ton père et moi !

— Maman !

— Une chose est sûre, c'est que je suis fière de toi. Quelle mère pourrait souhaiter plus grand bonheur que d'avoir un fils qui te ressemble ?

Après le départ de Seb, Ana paressa au lit en repensant aux moments magiques qu'ils venaient de vivre dans les bras l'un de l'autre.

De toutes leurs nuits d'amour, aucune ne lui avait procuré un tel sentiment de plénitude et de bonheur, et elle en venait à croire qu'un divorce n'était peut-être pas aussi inévitable qu'elle le craignait.

Elle se leva d'un cœur léger sans plus songer à ses préoccupations d'hier, à ses doutes et à ses soucis. Elle avait l'impression que ses blessures s'étaient enfin refermées.

Cette fois-ci, Seb pensait vraiment à elle !

Il lui avait dit qu'elle était belle, et elle avait voulu le croire.

Comment d'ailleurs aurait-il pu l'enlacer, la caresser, la toucher comme il l'avait fait cette nuit-là, s'il n'avait pas éprouvé à son égard bien plus que du simple désir ?

L'envie de bâtir un avenir commun avec Seb l'effleura une fois de plus et elle ne put s'empêcher de sourire.

Après avoir enfilé son peignoir, elle décida d'aller s'installer dans le bureau de Seb pour s'occuper de sa société de location de vêtements. Il lui restait encore tant à faire avant de voir son rêve se réaliser.

En entrant dans le bureau, elle huma l'odeur typiquement masculine de Seb et éprouva l'envie soudaine de sentir ses mains sur son corps, sa bouche sur sa bouche…

Quand elle fut assise, elle remarqua plusieurs dossiers ouverts sur le bureau témoignant que Seb était venu travailler avant d'aller rejoindre sa mère.

Alors qu'elle poussait les dossiers pour faire place nette, une chemise étiquetée à son nom retint son attention. Avant même d'en avoir examiné le contenu, elle eut l'intuition qu'elle allait s'offrir la plus belle déception de sa vie.

Elle ne s'était, hélas, pas trompée !

D'une paume qui tremblait un peu, elle lissa le protocole de divorce qu'elle avait renvoyé, signé, à

Seb, avant de partir en Afrique, et qu'il venait de signer à la date d'aujourd'hui.

Quel salaud !

Dire qu'il lui avait fait l'amour toute la nuit durant pour finalement se rendre en catimini dans son bureau et apposer sa signature en douce, au bas de ce document qui allait officialiser leur séparation définitive !

En dépit de son ressentiment, elle ne put s'empêcher d'être saisie d'un doute. Quelque chose clochait.

Ce qui s'était passé entre eux cette nuit, elle ne l'avait pas rêvé. Et pourtant… Ces étreintes fougueuses, cette complicité affective et érotique entre eux, n'avaient-elles donc vraiment constitué qu'un baroud d'honneur pour lui, avant le divorce ?

Elle trépigna de rage. Dire qu'elle avait fini par y croire ! Par espérer que, peut-être un jour, Seb lui murmurerait au creux de l'oreille ces mots tant attendus.

Quelle sotte elle était de s'être bercée d'illusions dans les bras de ce bellâtre qui ne savait que tricher avec les femmes !

Alors qu'elle ruminait sa déconvenue, elle sursauta en entendant un bruit de pas dans son dos.

— Ana ?

En reconnaissant cette voix grave, elle crut que son cœur allait s'arrêter de battre.

Folle de colère, elle se retourna et vit la silhouette de Seb se découper dans l'encadrement de la porte.

— J'aurais dû t'écouter quand tu m'avais conseillé,

en Afrique, de me tenir à l'écart d'un homme tel que toi. Surtout, ne t'avise pas de t'approcher !

Sans l'écouter, Seb combla d'un pas vif l'espace qui les séparait.

— Ana, laisse-moi t'expliquer !

Elle qui n'avait jamais frappé quiconque jeta avec rage au visage de Seb les pages froissées du protocole de divorce. Et puis, incapable de maîtriser sa violence, elle bondit sur ses pieds et lui fit face.

Elle mourait d'envie de le griffer, de gifler ce menteur !

Seb esquiva les coups qu'elle tentait de lui porter et il l'immobilisa par les poignets.

— Calme-toi, ma chérie !

— Espèce de salaud ! Quand je pense que tu t'es décidé à signer ces papiers alors que nous venions de passer toute la nuit ensemble ! s'égosilla-t-elle.

— Et alors ? répondit-il d'un ton tranquille.

Elle grimaça de rage.

— Tu sais ce que tu es ?

— J'ai hâte de l'apprendre, répondit-il sans lâcher prise.

— Un sans-cœur ! Un détraqué ! Il n'y a rien d'humain en toi ! Que tu aies souffert du divorce de tes parents m'est complètement égal car ça n'est pas une raison pour traiter les autres comme tu le fais.

— Continue…

— Espèce de profiteur ! Tu t'es servi de moi, et après tu m'as jetée comme un vieux mouchoir !

— C'est faux.

— Tu te moques de ce que peuvent ressentir les autres, ou des sentiments qu'ils peuvent avoir envers toi. Tu ne sauras jamais ce qu'aimer veut dire, martela-t-elle avec toute la force de conviction dont elle était capable.

Seb relâcha ses poignets et la repoussa.

— Tu te trompes ! Je sais ce qu'aimer veut dire puisque je t'aime, ma chérie…

Comme assommée, elle chancela.

— Comment oses-tu parler ainsi ?

— Parce que c'est la vérité !

De qui Seb se moquait-il donc ?

Elle éclata d'un rire hystérique qui grimpa crescendo dans l'aigu.

— Tu m'aimes tant que tu viens de signer les papiers de notre divorce !

— En effet.

Elle hocha la tête avec une incrédulité croissante.

— Depuis quand divorcer constitue-t-il un témoignage d'amour ? ironisa-t-elle en essuyant une larme qui coulait sur sa joue.

— A Gibraltar, quand nous étions chez le consul britannique, j'ai menti en prétendant que je t'épousais par amour ou que je prendrais soin de toi jusqu'à ce que la mort nous sépare, déclara Seb d'une voix posée. Pour tout te dire, je n'en pensais pas un mot, à l'époque.

— Je m'en suis aperçue, répondit-elle d'une voix blanche.

— Et c'est bien pour ça, enchaîna Seb, que le contrat de mariage que nous avons signé n'est pour moi qu'un bout de papier sans valeur !

Incapable d'en supporter davantage, elle ferma les yeux et laissa couler ses larmes.

— Ai-je oui ou non raison, Ana ? insista Seb.

Mais pourquoi donc la tourmentait-il à ce point ! Pourquoi se montrait-il aussi cruel ?

— Oui, finit-elle par dire, le visage baigné de larmes.

— Regarde-moi, déclara Seb.

— Pour quoi faire ?

— S'il te plaît, Ana, regarde-moi !

A son étonnement, elle décela sur le visage de Seb une expression de souffrance au moins égale à la sienne.

— J'ai commis des erreurs, Ana, mais j'aimerais que tu saches que je t'aime comme un fou, poursuivit Seb avec conviction. Tu mérites plus et mieux que ce contrat de mariage au rabais et, une fois que nous serons divorcés, je veux que nous nous remariions, et cette fois-ci en grande pompe.

Elle le regarda avec incrédulité.

— Ana, as-tu entendu ce que je viens de dire ? insista Seb. Je veux que nous nous remariions devant

une foule d'invités, avec buffet, déjeuner gastrono-
mique, orchestre jouant des valses.

— Il n'en est pas question !

— Oh, arrête de mentir ! Je sais très bien que tu
rêves de te marier en blanc avec un énorme diamant
au doigt ! J'ai bien vu la façon dont tu dévisageais
Janine, l'autre jour, quand elle se pavanait dans sa
robe à volants.

Elle ne put s'empêcher de rougir.

— J'admets que j'ai peut-être pu envier la nouvelle
épouse de ton père, mais en vérité, c'était surtout
parce que tu me regardais avec des yeux si tendres
que je me sentais heureuse. Souviens-toi ! Tu ne
pouvais pas t'empêcher de me couver du regard
comme si j'étais la plus belle, la plus désirable des
femmes…

— Pour moi, quoi qu'il arrive, tu seras toujours la
plus belle des femmes, répondit Seb avec douceur.
Je t'aime et je veux me marier avec toi.

Elle se renfrogna.

— Comment croire en ta sincérité, Seb ? Un jour,
tu me donnes le sentiment de compter plus que tout
pour toi, et le jour d'après, tu m'ignores froidement.
Quand nous étions à Mnemba, tu m'as boudée le
jour de notre départ.

Seb se rapprocha d'elle, un léger sourire aux
lèvres.

— C'était la perspective de quitter cette île
enchanteresse où nous avions été si heureux qui me
rendait irritable. Et tout ça parce que j'avais promis

à mon père d'être à la fois son témoin et son garçon d'honneur à son remariage.

Le visage d'Ana s'éclaira. Elle avait l'impression qu'on la soulageait d'un énorme poids.

— Ah bon, je comprends mieux ! Est-ce aussi pour cette raison que tu me faisais la tête après avoir dormi sur le canapé de Phil ?

— Assister à cette cérémonie ne me disait rien, et puis je m'étais mis dans la tête que tout était fini entre nous. J'ai même cru que tu voulais que nous soyons amis, rien de plus… Alors, bien sûr, j'étais déçu.

Ana s'autorisa un léger sourire et Seb, encouragé, fit un pas supplémentaire dans sa direction.

— Que faut-il donc que je fasse, Ana, pour que tu admettes enfin que je t'aime ?

Troublée par la tournure que prenait leur conversation, Ana ne trouva rien à répondre, et quand Seb se serra contre elle, elle n'eut pas la force de le repousser.

— Il faut que tu me croies quand je dis que je t'aime, martela-t-il d'une voix vibrante. Tu mérites d'être aimée et d'avoir tout ce qu'une femme peut désirer.

— Eh bien… Je…, commença-t-elle sans pouvoir s'empêcher de bafouiller. Peut-être après tout…

Elle se mit à sangloter.

— Oh Seb, ne déchirons pas notre contrat de mariage ! Moi aussi je t'aime, mais ne divorçons pas !

— Ma chérie ! dit-il en l'enlaçant de toutes ses forces et en humant le parfum de ses cheveux.

— Tout ce que je demande est que tu restes avec moi, dit-elle, les yeux brillants.

Seb lui releva le menton et approcha sa bouche de la sienne. D'abord très doux, leur baiser ne tarda pas à devenir passionné et fougueux.

— Suis-je assez bien pour toi, Ana ? demanda Seb d'une voix rauque. Es-tu sûre que je suffirai à ton bonheur ?

— Mais de quoi parles-tu ? demanda-t-elle, incrédule.

— Du fait que nous n'avons pas d'enfant.

— C'est toi que j'aime, toi que je veux !

Il secoua tristement la tête.

— Perdre ton bébé a été un choc terrible pour toi. Le temps ne viendra-t-il pas où l'envie de fonder une famille sera plus forte que tout ?

Elle s'écarta légèrement de lui.

— J'admets qu'il m'arrive d'y penser et de me dire que je suis peut-être définitivement stérile, mais tu sais, si j'ai envie de fonder une famille, ça n'est pas obligatoirement avec des enfants à qui j'aurai donné la vie.

Seb tressaillit.

— Tu veux dire que tu serais d'accord pour en adopter un ou même plusieurs ?

— Exactement. Ce ne sont, hélas, pas les orphelins délaissés qui manquent de par le monde.

Ils s'embrassèrent avec tant de violence qu'ils

durent faire une pause pour reprendre leur souffle. Et quand ils s'étreignirent une fois de plus, ce fut cette fois-ci avec une infinie tendresse. Ils pleuraient et riaient en même temps.

Seb sortit un petit écrin de sa poche et le tendit à Ana.

— Pour toi.

Elle l'ouvrit fébrilement et laissa échapper un cri.

— Quelle splendeur ! fit-elle en admirant la bague ornée d'un diamant aux splendides reflets bleutés.

— J'ai choisi cette bague parmi des centaines d'autres. Le diamant me rappelle un saphir et je trouve qu'il a des reflets exactement semblables à ceux de tes yeux.

— Oh, Seb, c'est trop beau !

— Si la monture en platine ne te convenait pas, le bijoutier m'a assuré qu'il serait facile d'en changer.

Il parlait vite, comme pour mieux s'étourdir, et elle dut poser un index tremblant en travers de ses lèvres pour le faire taire.

— Cette bague me ravit et je l'accepte de tout mon cœur.

Jamais elle n'avait été aussi heureuse qu'aujourd'hui !

Quand Seb se mit à genoux devant elle, elle sentit s'évanouir ses dernières réticences.

— Je fais le serment de t'aimer et de prendre

soin de toi pour le meilleur et pour le pire, dit-il en glissant la bague au doigt d'Ana.

Rayonnante de bonheur, elle aida Seb à se relever et elle se blottit entre ses bras.

— Je t'aime moi aussi, Seb, et pour toujours.

Épilogue

Alors que les vaguelettes tièdes et caressantes de l'océan Indien venaient lécher leurs mollets, Seb caressa le ventre rond d'Ana qui entamait son sixième mois de grossesse.

— Regarde comme l'horizon est beau quand il s'embrase au soleil couchant ! murmura la jeune femme.

Ana et lui n'avaient pas divorcé, mais Seb avait insisté pour qu'ils retournent ensemble à Mnemba, cette île de rêve où ils avaient été si heureux, afin d'y échanger des vœux d'amour éternel.

Il s'empara de la main droite d'Ana au dos de laquelle un tatouage au henné représentait un S et un A entrelacés, et il la porta délicatement à ses lèvres.

Tout en effleurant cette peau douce d'un baiser, il imagina la surprise d'Ana quand elle découvrirait, sous le T-shirt qu'il portait encore, un tatouage identique au sien.

— Je me sens bien et l'air est si doux ! murmura-t-elle à son oreille.

— Oui, cette île est magique, répondit-il, les yeux brillants.

Hamim, leur majordome, devait déjà être en train de faire leur lit et d'arranger dans des vases les nombreux bouquets de fleurs que Seb avait commandés pour décorer la chambre à coucher.

A la pensée qu'Ana et lui s'enlaceraient bientôt sur ce lit, il éprouva un frisson de joie.

— Qu'as-tu prévu de faire demain ? demanda Ana.

Seb s'éclaircit la gorge.

— J'avais pensé à une promenade en kayak autour de l'île. Nous pourrions nous arrêter à notre gré, flâner sous les palmiers, jouer au bao…

Comme si elle lisait dans ses pensées, elle lui adressa un grand sourire.

— Quelle bonne idée. Et je n'aurais rien contre une petite sieste, sur ce sable si chaud…

Les vaguelettes frappèrent leurs mollets avec plus de force et Ana prit la main de Seb pour la poser sur son ventre.

— C'est la première fois qu'ils remuent autant, dit-elle, émue. Il y en a même un qui donne des coups de pied !

— Je n'arrive toujours pas à le croire ! déclara Seb en s'efforçant de cacher son émotion croissante. Qui aurait pensé que tu attendrais des jumeaux ?

— Tu as toujours aimé ce qui sortait de l'ordinaire, répondit-elle avec humour.

D'après les médecins, la migraine qui l'avait terrassée quand ils étaient au bord de la mer, en Angleterre, aurait annihilé les effets de sa pilule contraceptive et aurait favorisé la venue de leurs jumeaux.

Et elle qui s'était crue stérile après sa fausse couche !

Au début, Seb s'était montré très préoccupé par la santé d'Ana. L'avis favorable de trois gynécologues avait fini par le rassurer et il avait voulu, sans plus attendre, emmener son épouse sur l'île de Mnemba.

La veille, ils avaient visité l'orphelinat de Dar es-Salaam, et le sort de ces enfants délaissés les avait émus. Comme la nouvelle société de location en ligne d'Ana tournait déjà à plein régime et que Seb gagnait largement sa vie, il avait été convenu qu'Ana ferait don d'une partie de ses bénéfices aux pensionnaires de l'orphelinat.

— Tu crois que le feu d'artifice va bientôt commencer ? interrogea-t-elle avec impatience.

Avant qu'il ait pu répondre, une première déflagration retentit et le ciel se colora des retombées vert et or de plusieurs fusées.

Autant parce qu'elle était fascinée par la beauté du spectacle que parce que les bébés s'agitaient de plus belle dans son ventre, elle laissa échapper une exclamation joyeuse.

— Seb ?

— Oui…

— Je suis si heureuse d'être enfin ta femme ! dit-elle en lui tendant ses lèvres.

Le 1er décembre

Passions n°236

Un troublant adversaire - LeAnne Banks

Depuis la mort de sa sœur, Nicole s'occupe de son neveu de trois ans, qu'elle aime comme son propre fils. Elle est donc bouleversée lorsque Rafe Medici, le père de l'enfant, vient la trouver pour en réclamer la garde. Comment lutter contre cet homme d'affaires aussi puissant qu'arrogant ?

Comme un parfum de rose - Christyne Butler

Il suffit d'un simple échange de regards pour que Maggie tombe sous le charme de Landon Cartwright. Elle sait bien, pourtant, qu'avec son caractère ombrageux, Landon n'est pas un homme pour elle, et qu'il ne pourra que la faire souffrir. Mais elle est incapable de résister à la violente attirance qu'elle éprouve pour lui...

Passions n°237

Un enfant avec lui - Maureen Child

En se faisant embaucher auprès de Jericho King, Daisy n'a qu'une idée en tête : le séduire. Et peu lui importe que Jericho la méprise et la prenne pour une écervelée. Car ce qu'elle attend de lui n'a rien à voir avec l'amour...

Une liaison inattendue - Christine Rimmer

Marnie est folle de rage. Jamais encore un homme ne l'avait traitée avec autant de condescendance que Jeri Bravo. Une colère d'autant plus grande qu'elle s'aperçoit bientôt que cet homme, qu'elle devrait pourtant détester de tout son cœur, est en réalité loin de la laisser indifférente...

Best-Sellers n° 441

Magie d'hiver

Les six histoires réunies dans ce volume nous plongent au cœur d'un hiver romantique, pour mieux explorer la magie de l'amour et de la passion : retrouvailles bouleversantes et tendres réconciliations, rencontres imprévues, plaisir de la séduction, promesses passionnées... sans oublier le parfum d'enfance et le goût du rêve propres à cette saison chargée d'espoirs.

Best-Sellers n° 442 • suspense

Plus fort que la peur - Dinah McCall

Quand Catherine Fane retourne pour la première fois à l'âge de 27 ans à Camarune, berceau de sa famille, c'est avec l'espoir d'honorer le dernier souhait de sa grand-mère : être enterrée près de la cabane perchée au milieu des bois où elle a vécu autrefois. Comment imaginer que sa vie va en être bouleversée à jamais ? Catherine ne connaît plus personne dans cette petite ville nichée dans les montagnes du Kentucky. Pourtant, dès son arrivée, les habitants lui témoignent une hostilité incompréhensible, angoissante, même. Jusqu'à ce qu'elle découvre que de sombres histoires de famille sont sur le point de remonter à la surface et qu'elle pourrait bien être associée à des événements du passé dont elle ignore tout. Bouleversée, Catherine accepte avec soulagement la protection du shérif Luke DePriest – un homme qui lui inspire spontanément confiance. Car malgré les tentatives d'intimidation chaque jour un peu plus nombreuses, elle a décidé de rester à Camarune pour découvrir la vérité, quitte à faire surgir de l'ombre le passé de la petite communauté...

Best-Sellers n° 443 • thriller

Le secret écarlate - Erica Spindler

A trente ans, Alex Clarkson ressent un immense vide en elle et cherche toujours à percer le mystère qui entoure sa naissance. Aussi, quand sa mère se suicide, la laissant seule avec les secrets de son passé, Alex décide-t-elle de tout mettre en œuvre pour trouver enfin les réponses aux questions qu'elle se pose depuis l'enfance. Pourtant, lorsqu'elle contacte l'inspecteur Daniel Reed, le dernier à s'être entretenu avec sa mère, elle est encore loin d'imaginer les révélations qu'il va lui faire. D'après Daniel, en effet, elle aurait grandi jusqu'à l'âge de 5 ans dans une famille de viticulteurs. Une famille dont elle ne se souvient absolument pas, malgré la tragédie qui l'a frappée à l'époque : la mystérieuse disparition d'un bébé de quelques mois. Son petit frère ? Si tel est le cas... qu'est devenu cet enfant ? Et comment Alex a-t-elle ainsi pu tout oublier de ce tragique événement ? Résolue à aller jusqu'au bout, elle poursuit sa quête pour briser l'amnésie, quitte à déterrer des secrets destinés à rester enfouis à tout jamais...

BestSellers

Best-Sellers n° 444 • thriller

Le sceau du silence - Karen Rose

Après des années d'absence, Susannah Vartanian est de retour dans sa ville natale de Georgie pour assister à l'enterrement de ses parents. La petite communauté de Dutton se trouve encore sous le choc de meurtres récents qui ont fait ressurgir des fantômes du passé. Un passé qui la renvoie à l'agression dont elle a été victime, adolescente... A l'époque, la terreur l'avait réduite au silence. Depuis, le remords et la honte ne l'ont pas quittée : parce qu'elle n'a pas eu le courage de parler quand il le fallait, d'autres victimes ont été violées et assassinées. Désormais décidée à surmonter son sentiment de culpabilité, Susannah brise enfin le sceau du silence et accepte de répondre aux questions de Luke Papadopoulos, l'agent du FBI chargé de l'enquête. Mais le temps presse, et Susannah sent l'ombre du mal planer à nouveau au-dessus d'elle...

Best-Sellers n° 445 • roman

Un Noël au lac des Saules - Susan Wiggs

Maureen Davenport s'apprête à réaliser un rêve de toujours : se charger de l'organisation du spectacle de Noël dans sa ville d'Avalon, au bord du lac des Saules. Aussi est-elle furieuse d'apprendre que son équipier n'est autre qu'Eddie Haven, un homme qui se moque des règles et des conventions sans se soucier le moins du monde de mettre le spectacle en péril. Mais plus que tout, Maureen est furieuse contre elle-même. Car dès le premier regard que lui jette Eddie, son cœur se met à battre à tout rompre. Pourtant, encore sous le choc d'une récente et douloureuse rupture, elle n'aspire qu'à la tranquillité, loin de toute présence masculine. Tiraillée entre la méfiance et l'intensité des émotions nouvelles qu'Eddie suscite en elle, elle espère plus que tout que la magie réconfortante de Noël l'aidera à soigner ses blessures et à donner à sa vie un nouvel élan...

Best-Sellers n°446 • suspense

Mortel mensonge - Karen Harper

Le monde de Briana s'est écroulé en quelques instants face à cette vision d'horreur : sa sœur jumelle Daria noyée, prisonnière de leur bateau naufragé. Si la police a conclu à un accident, Briana, elle, ne peut s'ôter un affreux doute de l'esprit. Et si Daria avait été assassinée ? Difficile de croire en effet que cette dernière, nageuse accomplie, ait pu se laisser piéger par la tempête. Dès lors, Briana est prête à tout pour découvrir la vérité. Mais à peine démarre-t-elle son enquête sur la sœur dont elle croyait tout savoir, qu'un pan caché de la vie de Daria apparaît en pleine lumière - un secret si brûlant qu'elle a cru devoir mentir à sa propre sœur... Un mensonge qui lui a peut-être coûté la vie ?

Best-Sellers n°447 • historique

Le secret d'une lady - Kat Martin

Londres et Philadelphie, 1810

Cinq ans après que son fiancé Rafael Saunders, duc de Sheffield, a rompu leurs fiançailles, l'accusant à tort de l'avoir trahi, Danielle Duval s'est résolue à quitter l'Angleterre pour fuir le chagrin et le déshonneur. Là-bas, de l'autre côté de l'Atlantique, l'attendent une nouvelle vie... et un nouveau fiancé : un homme d'affaires veuf, prêt à lui accorder son nom et sa protection. Mais à peine est-elle arrivée à Philadelphie que Rafe resurgit dans son existence et prétend vouloir renouer avec elle. Conscient de l'erreur qu'il a commise autrefois, il lui offre même un précieux collier, gage de son amour. A la fois abasourdie et folle d'espoir, Dani est prête à tout pardonner puisque Rafe est l'amour de sa vie ; elle le sait à présent. Pourtant, elle hésite encore car un douloureux secret l'empêche de donner libre cours à ses sentiments...

www.harlequin.fr

GRATUITS !

2 romans
et 2 cadeaux surprise !

Pour vous remercier de votre fidélité, nous vous offrons 2 merveilleux romans **Passions** (réunis en 1 volume) entièrement GRATUITS et 2 cadeaux surprise ! Bénéficiez également de tous les avantages du Service Lectrices :

- **Vos romans en avant-première**
- **Livraison à domicile**
- **5% de réduction**
- **Cadeaux gratuits**

En acceptant cette offre GRATUITE, vous n'avez aucune obligation d'achat et vous pouvez retourner les romans, frais de port à votre charge, sans rien nous devoir, ou annuler tout envoi futur, à tout moment. Complétez le bulletin et retournez-le nous rapidement !

☐ **OUI !** Envoyez-moi mes 2 romans Passions (réunis en 1 volume) et mes 2 cadeaux surprise gratuitement. Les frais de port me sont offerts. Sauf contrordre de ma part, j'accepte ensuite de recevoir chaque mois 3 volumes doubles Passions inédits au prix exceptionnel de 5,99€ le volume (au lieu de 6,30€), auxquels viennent s'ajouter 2,80€ de participation aux frais de port. Dans tous les cas, je conserverai mes cadeaux.

N° d'abonnée (si vous en avez un) ⎵⎵⎵⎵⎵⎵⎵⎵⎵⎵⎵   **RZ0F09**

Nom : .... Prénom : ....

Adresse : ....

CP : ⎵⎵⎵⎵⎵⎵   Ville : ....

Téléphone : ⎵⎵⎵⎵⎵⎵⎵⎵⎵⎵

E-mail : ....

☐ Oui, je souhaite être tenue informée par e-mail de l'actualité des éditions Harlequin.
☐ Oui, je souhaite bénéficier par e-mail des offres promotionnelles des partenaires des éditions Harlequin.

Renvoyez cette page à : Service Lectrices Harlequin – BP 20008 – 59718 Lille Cedex 9

Date limite : **31 décembre 2010**. Vous recevrez votre colis environ 20 jours après réception de ce bon. Offre soumise à acceptation et réservée aux personnes majeures, résidant en France métropolitaine. Offre limitée à 2 collections par foyer. Prix susceptibles de modification en cours d'année. Conformément à la loi Informatique et libertés du 6 janvier 1978, vous disposez d'un droit d'accès et de rectification aux données personnelles vous concernant. Il vous suffit de nous écrire en nous indiquant vos nom, prénom et adresse à : Service Lectrices Harlequin - BP 20008 - 59718 LILLE Cedex 9. Harlequin® est une marque déposée du groupe Harlequin. Harlequin SA – 83/85, Bd Vincent Auriol – 75646 Paris cedex 13. SA au capital de 1 120 000€ - R.C. Paris. Siret 31867159100069/APE5811Z

Composé et édité par les
éditions **Harlequin**

Achevé d'imprimer en France (Malesherbes)
par Maury-Imprimeur
en octobre 2010

Dépôt légal en novembre 2010
N° d'imprimeur : 158447 — N° d'éditeur : 15332